上癮謎題

ミステリー・オーバードーズ

白井智之

目次

美食偵探消失了

1

「你知道艾力克斯・華特金斯的下落嗎？」

雖然睽違十六年不見，但倫敦警局的埃德嘉警探臉上卻沒有任何喜悅的表情，宛如人偶般毫無光彩的眼神投射過來。

「不知道。他怎麼了？」

「他跟同住的母親一起在四月十五日失蹤了。」

我懷疑自己到底聽到了什麼。艾力克斯是我在伊頓公學就讀時的同學，我們後來還聯袂進劍橋大學的聖約翰學院。甚至，我還曾以助手的身分在他的偵探事務所工作過一陣子。

「你有聽說艾力克斯遇上什麼麻煩嗎？」

「我跟他已經很久沒有聯絡了。」

「最後一次聯繫是什麼時候？」

「十六年前。由於我在寫小說，時間開始不夠用了，所以主動辭去了助手工作。」

「從那之後就再也沒聯絡過了嗎？以前你們看起來可是換帖的好兄弟呢。」

以偷拐搶騙這方面的事情來說的話倒是沒錯。埃德嘉警探在倫敦警局是赫赫有名的辦案高手，以前他跟艾力克斯還會互相競爭，當時鬧得可精彩了。我在當助手的時候，也曾多次在殺人案件的現場碰到他。

「是壽司達人害我們變得疏遠的。」

稍微想了一下之後，我決定據實以告。

「是……」警探的眼神都要飄到大後天去了。「壽司捲嗎？」

「不，是握壽司。你記得一九九四年在布萊頓曾發生過一起主廚慘遭殺害的案件嗎？那起事件的犯人是我的另一半。艾力克斯明明知道我們之間的感情，卻還是把實情爆了出來。就因為發生了那起事件，我和艾力克斯之間才會築起一道高牆。」

埃德嘉警探點了點頭。看不出來他是第一次聽到這個說法，還是早就有所聽聞。

「如果你有想起些什麼，請務必跟倫敦警局聯絡。」

警探脫下帽子，假惺惺地鞠了個躬。

艾力克斯消失了。這件事後來讓我吃足了苦頭，但在那個當下我一無所知，只是短暫地想起了久違的老朋友，如此而已。

艾力克斯・華特金斯被稱之為美食偵探。

就像夏洛克・福爾摩斯及約翰・華生博士一樣，以前我跟艾力克斯的交情可是非常深厚的。他在劍橋大學就讀時便開始嶄露頭角、發揮偵探才華，而我則在一旁守護著摯友的一切，隨時提供支援，並將發生過的事都記錄下來。

可惜的是，現實中的友情比小說情節還要脆弱百倍千倍，十六年前所發生的壽司達人火烤事件，讓我們兩人閃閃發光的友情關係從此走入歷史。

一九九四年的冬天，烏雲壟罩的星期五深夜，在布萊頓的倫敦路車站北方約半英里的地方，也就是靠鐵軌非常近的斯普林頓菲爾德路上，發生了一起木造平房完全被燒毀的火災事件。由於屋內看來並沒有使用暖爐，且客廳的神明桌燒得特別嚴重，因此起火原因就被定義為神明桌用火不慎。

這間木造平房只有一個名為五橋次郎的日本人住在裡頭，他是壽司達人，在布朗茲維克街上的壽司店「七夕」工作，負責處理握壽司。

就外表來說，五橋是如同啤酒桶一般的壯漢，看到他的身形，認為「日本料理對健康很好」的人應該會馬上閉嘴。至於個性則是相當具有職人的偏執，這是眾所周知的事情。說起來他並不是一個沉默寡言的人，但對女性卻經常會有差別待遇，過往他曾經在接受地方雜誌的採訪時，明確表示「女性學不會製作握壽司」，當時還受到一波抗議。五橋聘請了兩位工作人員在店裡工作，對於東尼•托德，他會在禮拜五的晚上與之對飲暢談，或是邀請到家裡並以日本料理大方招待；但對貝芙莉•桑恩就沒那麼好了，就連在店裡都很少跟她交談互動。

儘管在火災現場進行了地毯式的搜索，但五橋的屍體還是未能尋獲。由於行李及鞋子也同樣下落不明，所以讓人不禁懷疑他是不是逃離失火的平房，躲到某個地方去了。薩塞克斯警探在平房四周進行了訪查，同時也調閱過監視錄影器的影像，但都沒有發現五橋的蹤跡。

火災發生後的第四天，警探造訪了平房的設計師威廉・C・威廉森，才得知原來平房下面有個隱密的地下室。消防局後來果然在屋內發現了遭燒毀的物品所遮蓋的入口，並從崩塌的地下室中拖出了五橋的遺體。雖然五橋身上有燒傷的痕跡，不過並不嚴重，因而判斷死因是一氧化碳中毒。

儘管搜查工作並沒有做得那麼完美，但終究還是暫且告一個段落。布萊頓的居民們了解火災的實情後便感到安心許多，並紛紛為粗心大意的日本人獻上哀悼。只有一個人跟大家的想法不同，那就是美食偵探。

發現遺體之後過了兩天，艾力克斯把我叫到了位於西敏市的事務所。

當時的我，手邊有〈三明治伯爵之死〉、〈司康到哪裡去了〉、〈炸魚排及唐揚人肉〉等三部作品的連載得寫，每天都忙得不可開交，因此只有少數空檔時間，況且我只有在心情還不錯的時候，才會過去幫艾力克斯的忙。那一天，我手上依舊有必須通宵達旦才能寫完的稿量，但艾力克斯在電話中的語氣讓我產生一種微妙的感覺，因此我跟編輯謊稱「吃壞肚子」，接著便前往艾力克斯的事務所。

進入接待室後，映入眼簾的是滿桌的空盤子。

每個人或多或少都會有刺激自我潛能的小習慣，像是喝咖啡、吃巧克力、拉筋伸展，或是聽唱片等等，而艾力克斯所用的方式，就是在大大的胃袋裡塞滿美食。

「提姆，我好難受啊。」

那一天的事務所，看起來就像是剛結束了一場奢華的盛宴一般。

「身為大胃王的你，居然會說出這種話來，真難得啊。難不成是遇到了什麼艱難的案件嗎？」

「主要是因為我必須要跟你說壽司達人殺人事件的真相。」

艾力克斯沉重的語氣，跟鼓脹的肚子相互輝映。

「你指的是布萊頓的火災意外嗎？那是一起殺人事件？」

「如果將這起事件認定為五橋次郎因自身疏忽而丟掉性命，那麼中間就會出現無論如何都說不通的地方，也就是，屍體的腳上並沒有穿鞋子。」

「死者是日本人對吧。日本人在家裡通常都會把鞋子脫掉不是嗎？」

我不經後腦隨口反駁。

「的確如此。不過，在燒毀的遺物之中，也沒有發現死者的鞋子。如果鞋子沒有像煙一樣消失無蹤的話，就表示是殺害五橋的犯人將鞋子從遺體上脫下來，並且從現場帶走了。」

「為什麼要這麼做？」

「撲滅火災，並且在搜查工作告一段落之後，犯人將遺體搬移到被火燒過的地下室，這才發現身為日本人的五橋在室內穿著鞋子有些奇怪。消防局已經把地下室以外的區域都調查過了，所以不可能偷偷藏在某個地方，犯人逼不得已只好將鞋子帶回家了。」

「這表示房子燒起來的時候，五橋並不在地下室？」

「是的。五橋在星期五的營業結束之後，往往都會留在店裡喝酒，事件發生的當晚也是如此。犯人在看到斯普林頓菲爾德路的房子起火燃燒之後，便萌生了殺害五橋的想法。他打算把在布朗茲維克路上的店裡喝得爛醉的死者，布置成因火災而死的受害者。」

「如果五橋並沒有回家的話，那麼他的客廳怎麼會起火燃燒呢？」

「在神明桌點上細長的線香，是佛教的禮俗之一。一般來說，線香大概三十分鐘就會燒完，不過或多或少還是會有燃燒不完全導致持續悶燒的情況。根據日本新聞媒體的報導，線香最長甚至有悶燒超過四十個小時的紀錄。五橋在火災發生的當天早上，點燃了線香並對著神明桌祈福。結果，這個線香經過一整夜的悶燒之後，因為某種不知名的震動……很有可能是倫敦地鐵的列車在通過時所造成的搖晃，導致線香掉落，火苗便因此竄到坐墊上。

犯人就是利用了這個火災意外，先是潛入「七夕」把醉到不省人事的五橋搬到廚房，然後用塑膠袋悶住他，再把瓦斯爐的火開到最大，造成氣體燃燒不全，藉以用一氧化碳殺死五橋。」

「受害者全身應該布滿了燒傷的痕跡，所以除非是店面全部燒掉，否則無法形成那樣的遺體。」

「遺體就在廚房啊，燒一燒不就行了。」

「難道說『七夕』裡面有烤乳豬的那種迴轉式烤肉機嗎？五橋身形龐大，光靠瓦斯爐是不可能燒成那樣的。」

「可能你並不喜歡吃炙燒壽司吧。」

那一瞬間，我突然有種吸不到空氣的感覺。

「你應該看過壽司達人手持噴火槍對著食材進行炙烤的動作吧？雖然跟火災比起來，噴槍的火焰就像是玩具一般，不過它的最高溫度卻可以來到一千六百度，比小型火災的熱力還要高。犯人就是拿著噴槍燒遍五橋全身上下。接著在幾天後，等到消防局的調查告一段落，他才偷偷潛入燒毀的遺跡，將遺體擺放在地下室。

儘管不願相信，但腦中確實浮現了畫面——「犯人潛入充滿煤炭的地下室」。

「所以，犯人就是知道星期五的晚上五橋都會在店裡喝酒，並且可以在不破壞門鎖就潛入店內的傢伙。那想必就是『七夕』的兩位員工之一吧。五橋有蔑視女性的傾向，所以能被他找來家裡的就只剩東尼了。也就是說，殺了五橋的人，肯定就是東尼！」

根據十多年來累積的經驗，我知道自己沒有足夠的能力可以「反駁艾力克斯的推理」。

「警方不會認為這是一起殺人案吧？可以看在過往情誼的份上，將事實埋藏起來嗎？」

「我不能再承受更多祕密了，明天早上我打算聯繫埃德嘉警探。」

艾力克斯苦著臉說道。

我的另一半是在隔天被逮捕的。在員警的查問之下，東尼坦承自己殺害了五橋。東尼在倫敦的壽司店認識了五橋，因為五橋讓他相信自己可以成為壽司師傅，所以他便開始在「七夕」工作。然而，無論他做了多久，五橋都只會安排買菜或洗碗的工作給他，完全不願意教他握壽司的作法。東尼覺得自己被五橋欺騙了，積怨也越來越深。也正因為如此，當他看到斯普林頓菲爾德路上的平房起火燃燒了，便萌生殺害五橋的想法。

就這麼一個事件，讓我同時失去了好友，以及另一半。

2

當天我到了查令十字那邊的一家「貪吃鬼天堂」餐廳與編輯一起用餐。我們針對新作交換了意見，並於晚上九點在店門前道別分開。由於編輯一直在說些奉承的空泛言辭，讓我吃得並不開心，所以之後我一個人去了柯芬園的「牆洞」酒吧。

點了一杯威士忌加冰之後，我在吧檯前坐下，沒想到抬起頭就看到了艾力克斯・華特金斯那張再熟悉不過的圓臉。

「More eat, More smart.」多吃一點，讓自己變得更聰明吧。

這句話是來自健保署的宣導海報，目的是規勸年輕人切勿過度減重。說艾力克斯是「吃越多、越聰明」的代表，我倒是沒有什麼意見，但選用「看來明顯是腦中風候補人選」的男性參與宣傳活動，感覺就像是政府部門開的玩笑。

艾力克斯已經消失了三個月了，人到底在哪裡呢？由於他所參與的事件真的多到數不清了，所以或許真的有討厭他的人暗算了他。他的母親也一起消失了，這更加引發了一些不安的想像。

我握著杯子思考著，忽然從店裡的深處傳來了一個尖銳的聲音。

「咦，你不是拉斯提嗎？」

店裡原本的交談聲逐漸消失了，只有朝氣蓬勃的小提琴聲從喇叭中持續傳出。

藉著懸掛在牆上的鏡子，我望向深處，發現一個年過四十的男子正在對一位老人大小聲。男人的臉顯得精悍，隆起的肩膀就像巨大的西瓜一般，然而，卻只有左腿異常纖細，看起來應該是義肢。

「我是不可能忘記你身上那個刺青的。我啦，C&K開發公司的克勞斯。」

遭受逼問的老人，用星條旗圖案的棒球帽遮住眼睛。他的桌子上擺著啤酒杯及炸薯條，對面則坐著兩個年輕人，應該是他的手下吧。

「兩年前，我從德班港要將糧食運送到波札那，當時我曾請求你保護我，結果你卻搶走了我的貨物和義肢，還把我拋棄在夜路中。在我抵達旅館之前，被車子撞了三次，遭到幫派襲擊了五次，甚至還被變態強姦了兩次。」

男人勃然大怒，高聲喊叫，並將老人的帽子打落在地。

「出來吧，我要殺了你！唯一遺憾的是我只能殺你一次。」

「雖然我很喜歡愉快地與人聊天，但對於你所提到的事情，我完全不感興趣。」

老人頭也不抬地回應。就在男子準備伸手去抓老人的脖子時，那兩個年輕人粗暴地將他推倒，其中一人騎坐了上去，另一人則朝著沒有裝義肢的那隻腳狠狠踩住膝蓋，並將他的腳踝往前拉。木板斷裂的聲音傳來，以及尖銳的呻吟。一邊啼哭一邊不斷喊著「別這樣」的男人，被兩個年輕人架出了店外。

客人們目瞪口呆地看著躺在路上的男人。一輛車長按喇叭飛馳而過。

老人趁著空檔拾起掉在地板上的帽子。他的臉上刻滿無數的紋身，看起來就像烘豆一樣。

我記得那張臉。

為什麼這位老人在倫敦呢？難道他是綁架了艾力克斯嗎？如果是這樣的話，下一個被瞄準的就是我了，還有我的朋友賽夫。

老人戴著帽子，若無其事地吸著菸斗，彷彿什麼都沒發生一樣。

我在他的手下回來之前，匆匆離開了。

隔天，我緊急約了一個朋友在劍橋大學的聖約翰學院碰面。

賽夫・提瓦利是我的大學同學，他出身於印度的貴族階層，入學時搬到英國居住。他取得了十七世紀印度文化研究的博士學位，目前正在母校任教。即使和艾力克斯變得疏遠，我和賽夫迄今依舊保持著淡如水的往來。

「員警也來找過我了，不過好像一點線索也沒有。」賽夫的聲音、表情及身體動作，全都深深表現出對於艾力克斯的深深擔憂。「來做個果昔吧。」

「你最後一次見到艾力克斯是什麼時候？」

「大約是半年前吧，我們去了位於鮑斯公園的印度餐廳。」

「當時艾力克斯有沒有在害怕些什麼？」

「菠菜和胡蘿蔔，你比較喜歡哪個？」

「菠菜。」

「一切如常啊。你是後悔跟艾力克斯斷絕來往了嗎？」

「不是那樣的。我在柯芬園的酒吧見到了豪爾赫。」

賽夫正在挑玻璃杯的手突然停了下來。

「……那個噁心的豪爾赫？」

這就是我們所熟知的那個老人的名字，然而裝義足的男人卻稱他為拉斯帝，我們不曉得哪個是他的真名。

一九八三年的夏天，我們在尚比亞認識了豪爾赫，距今已過了二十七年。

一開始我們是在國際救援組織「飢餓救援行動（HRA）」設立於倫敦的據點實習。H

ＲＡ創立的目的是為了改善非洲及南亞的糧食短缺問題，實際的做法是對政府機關提出建議，或是協助當地人創造收入。我、艾力克斯及賽夫三人，在長假期間前往非洲，投身食物栽培技能的推廣計畫。

儘管我們非常熱血地投入了活動，然而一年後我們終究還是感到莫可奈何，畢竟面對以糧食為投資標的的國際市場，經濟能力較弱的國家想要保住糧食是相當困難的。每當發生乾旱或內戰時，總有數以百萬計的人們會深陷飢餓之苦。看著瘦弱的孩子們，我們的無力感湧上心頭，看不到希望的救援活動更是激起了我們的怒氣。

就在這時候，賽夫向我們兩人提出了設立「ＭＰ供應站」的想法。

「解磷定（ＭＰ）是所謂的「飢餓特效藥」，六〇年代中期，它被研發出來做為鉈中毒的解毒劑，隨後經過臨床實驗，發現它有身體分泌瘦體素的逆轉效果。

瘦體素是一種荷爾蒙，可以透過刺激飽足中樞來抑制食欲，通常會在血糖升高時釋放出來。然而，在攝取了ＭＰ之後，不僅體內的脂肪細胞會產生變化，而且在血糖值上升時，瘦體素會被抑制；反之則會開始分泌，也就是當人在空腹的時候，可以提供飽足感，吃飽的時候則變成增加空腹感。

一九七〇年代的歐美市場，充斥著大量的ＭＰ，許多年輕女性陷入了ＭＰ中毒的泥淖。由於營養不良而致死的案例接連不斷發生，所以到了一九八〇年代初期，各國紛紛開始禁用ＭＰ。然而，除了埃及與南非共和國之外，其他的非洲國家自始至終都不曾下令禁用ＭＰ。據說黑幫或是某些激進派組織的資金來源，就是仰賴在沙漠乾旱地帶販賣ＭＰ。

「飢餓特效藥」這個名號很容易會讓人誤解，事實上ＭＰ對於營養失衡完全沒有任何作用，反而更像是一種致幻劑，讓人消除飢餓感，並感到飽足。服用之後效果大概可以稱十到十五個小時，然後就會恢復原狀。話雖如此，但對於那些無法獲得食物的人來說，ＭＰ宛如夢幻藥物的定位未曾改變。

「如果以個人名義從印度的化學工廠進口報廢的ＭＰ，基本上是可以免費取得的。儘管只是短暫的假象，但好歹能把孩子從痛苦深淵中解救出來。」

賽夫的雙眼像是吸了大麻一樣發出紅色光芒。

事實上，由於非洲各國並未明令禁止，使得任何人都可以輕輕鬆鬆地進口ＭＰ，差別只是在於想不想去做而已。再者，如果聯合國或其他各類組織團體推薦大家使用ＭＰ，等於承認了無法救助受飢難民的事實。他們的自私心機無聊透頂，但卻也因此剝奪了當地孩子的療癒機會。

我們在劍橋大學辦了休學一年，為了設立ＭＰ供應站而忙碌不已。

整體行動我們必須都要站在個人立場去執行，不能借助ＨＲＡ的力量。賽夫自己掏錢付了保證金給印度清奈的化學公司，雙方簽訂合約，內容是化學公司「每個月提供ＭＰ注射五千次的量」。我和艾力克斯找到了一家運輸公司，並且改建了尚比亞南部的一間診所，這就是設置供應站的前期準備。

當地人的反應各不相同，大部分的人對於能夠拿到ＭＰ都感到相當開心，然而，可能是我們把話說得太滿吧，也開始有些人對我們投以懷疑的目光，像是當時我們就在住所收到了一封威脅信件，裡頭寫著「如果這一切都是騙人的，我絕對不會放過你們」。

接近開幕日之際，我們的手臂上出現了越來越多的洞。畢竟我們三個人都不是醫學生，所以得要練習注射針頭的刺入才行。雖然ＭＰ也可以使用普通的針筒進行投藥，但為了維持效果，必須進行約三十分鐘的點滴注射，藉以提高血中濃度。收到從路沙卡運來的十套點滴裝置之後，我們便以自學的方式學會了如何操作。

可惜，所有努力並沒能化為實際的成果。

那時的事情我只能斷斷續續地回想起來，記得是一個臉上刺著烘豆刺青的男人，一邊大吼大叫一邊闖進供應站。我嚇得渾身發軟，縮在房間的角落。因為接連不斷的哀號聲，讓我聽不清男人在叫些什麼。另外有幾個男人拿著槍指著我們，他們看起來是男人的夥伴。我拚死拚活站了起來，想從供應站逃出去，可是……

接下來在腦海中出現的就是倫敦大學附設醫院的幽暗病房。根據醫生的診斷，我因強大的壓力導致記憶出現障礙。

出院後，我才從艾力克斯及賽夫口中得知了他們的真實身分。

開始提供ＭＰ的第六天早上，黑幫帶著武器襲擊了供應站，並且將之占領，同時把我們關了起來。不用說，ＭＰ被洗劫一空了，至於我們所聘請的保鑣，根本一點作為也沒有。

黑幫把我們帶到了他們的藏身處。領頭的男人，也就是噁心的豪爾赫，以為我們是被另一個幫派雇來負責處理MP進口的人。為了問出意圖破壞他們地盤的冒失鬼名諱，豪爾赫把我們吊起來進行審問及施虐，而且不給我們吃東西，只給了一點點的水。艾力克斯和賽夫都做好赴死的心理準備了。

受困的第五天晚上，一個年輕的男人出現在房間裡，為我們解開繩索。由於這個男人曾經參加過HRA的技能培育計畫，所以記得我們。趁著夜色，我們慌亂地逃離豪爾赫一夥人的藏身處，並花了兩天的時間移動到路沙卡，最後倉皇地衝進了大使館。

「豪爾赫正在倫敦。」

「我去拿蜂蜜。」

當我試著說明在「牆洞」所發生的事情時，賽夫突然彈了一下手指，然後轉身走向櫃子。每當談到二十七年前的事情，賽夫總是會想要轉移話題，想必是因為被黑幫毆打的記憶還深深烙印著，所以恐懼感依舊如影隨形吧。

「或許艾力克斯是被豪爾赫綁架了。」

「我不再認為光有水果的甜味就夠了。」

「下一個遭到襲擊的對象恐怕就是我們了。」

賽夫將手從櫃子深處抽回來，並深深地嘆了口氣。

「都已經這麼多年過去了，豪爾赫才想到要來懲罰我們嗎？我們只是想要把藥物分發出去，又沒有攻擊黑幫。或許他來倫敦是有其他目的吧。」

看來他非常努力想要找到一個自己能夠接受的解釋。

「我也這麼認為，不過，保持警戒總是好事。」

「知道了，我會小心的。」

賽夫從窗戶往下看著廣場，立即把目光移開了。「該不會有不速之客藏身一群又一群的學生之中吧！」他的內心似乎相當不安，卻又對自己的反應感到羞愧。

「好晚喔。」

搭著末班車回到家的時候，東尼正在沙發上看電視劇。畫面中，摩瑞・查肯正對著僕人破口大罵，原來正在上演的是《美食偵探　尼洛・伍爾夫》。客廳裡瀰漫著番茄醬和大蒜的味道。

「因為採訪的時間拖得很長。」

我當下說了一個謊。在這個家裡，與壽司及艾力克斯相關的話題是一大禁忌。東尼被判了無期徒刑，直到兩年前才剛剛獲釋出獄。

「先去休息了，晚安。」

東尼特意一邊揉著眼睛一邊走向臥室，感覺好像有什麼事情隱瞞著我。

突然有個不祥的預感閃過腦海。

拜艾力克斯之賜被送進監獄的犯人們，當然會對他懷恨在心，東尼也不例外。十六年前，我並沒有察覺到自己的另一半殺了壽司達人；所以現在倘若東尼真的把艾力克斯和他的母親關起來了，我能夠從中發現蛛絲馬跡嗎？

我走進廚房，喝了些氣泡水。不知道是不是因為吃了太多維他命過剩的奶昔，讓我的腦海中不斷浮現一些無聊的想法。

東尼已經改變了。他對於過去的事情充滿悔恨，也努力用一生的時間還債。就算心中還暗藏著那麼一絲絲對於艾力克斯的怨懟，相信也不會想要因此而再回到監獄裡。如果再次殺人，東尼恐怕再也無法踏出大牢。

「……」

看著沾滿番茄醬的盤子，腦袋深處突然又跳出另外一段讓人惱火的回憶。

——我不能再承受更多祕密了。

十六年前，當提到壽司達人火烤事件的真相終於揭曉之後，艾力克斯說出了這番話語。

已經不能再承受更多了，那就表示他自己本身早已懷抱著許多重要的祕密。艾力克斯隱瞞著某件事的真相，而犯人為了不讓事情見光，才會興起襲擊艾力克斯的想法。美食偵探的非凡經歷，說不定藏有許多潮濕灰暗的陰影。

藉著昏暗的螢光燈，我凝視著被染紅的髒盤子。

艾力克斯・華特金斯就是在那天晚上被發現的。

3

倫敦警察局在七月七日所發布的聲明，獨占當天英國市民熱議話題的榜首。

艾力克斯在泰唔士河出海口附近的工業園區被卡車撞上，三十分鐘後即被宣告死亡。

這是我從四月十五日失去他的消息之後的第八十三天所發生的事情。

「那個肥胖的男人忽然衝出馬路。」

司機如此陳述，並否認與事件有任何關係。遺體有十四處骨折、肺部挫傷，直腸甚至還彈飛出來，現場可以說是一片血海。

令搜查員大為震驚的是，遺體實在大得不像話。根據聖巴塞洛穆醫院的紀錄，艾力克斯失蹤時的體重是兩百四十磅（一百零九公斤）。然而，在三個月的時間裡，他的體重卻膨脹到了大約四百磅（一百八十一公斤）的程度。

隔一天七月八日，更讓市民們興致盎然地事實被報導出來，與艾力克斯一起失蹤的母親奧莉芙・華特金斯，已經被找到並受到保護。她的健康狀況良好，目前正在倫敦大學附設醫院住院接受檢查。

根據後來的報導，據說奧莉芙失蹤的經過如下：

四月十五日晚上，奧莉芙在位於馬里波恩的自宅中烤著派時，一名陌生女性前來拜訪。這位女性自稱是英國情報局祕密情報部（ＭＩ６）的莉蒂・懷茲，她表示艾力克斯捲入了一個重大事件，就連家人都有可能捲入危險之中，因此要求奧莉芙立刻離開。

奧莉芙急忙整理行李，並搭上莉蒂的車前往安全屋，在車子行進的過程中，她被蒙住了眼睛。不過其實那就是個距離馬里波恩只有大約兩小時車程的地方。

結果，奧莉芙被帶到了一間像是會出現在商務旅館裡的小房間，整體來說還算乾淨，家具也都是高級品，只不過窗戶被嚴密地封住，天花板上則安裝著球形防盜攝影機。

第三天早上，艾力克斯的信寄到了。除了重複莉蒂說過的話之外，艾力克斯也請奧莉芙在事件平息之前好好待在安全屋。就字跡而言的確是艾力克斯所寫的。

從那之後的三個月，奧莉芙就一直待在安全屋。這裡除了早午晚都會有豐盛的餐點之外，還可以隨時享用下午茶。她可以看電影、讀書，不過看電視節目以及寫信則是不被允許的。

七月七日，莉蒂捎來艾力克斯不幸去世的消息，並說明只要處理完相關手續，就會把遺體送到馬里波恩的家。七月八日，奧莉芙再次被蒙住眼睛、搭車返家。在離大約半英哩的巷子裡，奧莉芙與莉蒂道別，並由巡邏的員警接手保護。

我已經完全無法專注於工作。假設真的是豪爾赫抓了艾力克斯，那麼下一個被目標對象就會是我們。

二十七年前，黑幫闖進供應所的記憶一再浮現，那些直挺挺對準我們的槍口、宛如漩渦般揮之不去的慘叫聲，以及豪爾赫持續不斷地吼些什麼的聲音。明明就連刺在他臉上的刺青圖樣都清楚記得，但怎麼就是想不起來他到底在吼什麼呢，真叫人沮喪啊。

七月八日下午，我在上完課之後打了個電話給賽夫。

「居然有學生說自己是為了健康才喝蔬果奶昔，真是教人傻眼。當然是因為蔬果奶昔好喝才會喝啊，難道不是嗎？」

賽夫的聲音聽起來非常疲憊，跟他所說的內容完全相反。

「這次的事件好像讓你很困擾啊。」

「我覺得豪爾赫跟這個事件無關。」

「為什麼這麼說？」

「我真的無法想像ＭＩ６會出手對付一個尚比亞的鄉下小混混。」

「你相信保護奧莉芙的人是ＭＩ６嗎？」

跟大多數的英國市民一樣，我對此抱持懷疑態度。ＭＩ６進入家中，並把人帶到祕密設施保護起來，一切根本就像是幼稚愚蠢的幻想。如果這件事真的有間諜參與其中，那麼就資訊洩漏的情況來看，做法實在太粗糙了。

「到底是不是MI6並不重要，無論是哪個組織，艾力克斯應該都與對方有所合作。明明只是小小的邪惡組織，居然為此去跟某些單位合作，真是難以想像。」

賽夫說的話也有一定道理。況且，奧莉芙還在安全屋躲了整整三個月。

「那麼，到底是誰抓走了艾力克斯呢？KGB嗎？」

「或許並不是那麼一回事。」

「那豪爾赫來到倫敦又是為了什麼？」

「不過有件事，」賽夫低聲說道。「我從倫敦藝術大學的教授那裡聽到了一個讓我感興趣的消息，也許能藉此得知他來英國的目的。一旦得到更詳細的資訊，我會再跟你聯繫的。」

含混不清的言辭讓人不由得感到在意。

發現遺體過了七天之後，在梅菲爾的聖豪爾赫教堂舉行了艾力克斯的葬禮。賽夫說有事情要處理，所以我決定一個人去參加。

抵達教堂後，我看到電視臺的工作人員在教堂外面架起攝影機。聚集在教堂中的出席者大概四十人左右，有不少是聖約翰學院的舊友，過往被認為是競爭對手的埃德嘉警探也身在其中，不過絕大多數還是陌生的臉孔。棺材是特製的寬版款式，看得出來男性家屬們在搬動時非常吃力。

火葬結束後，我們轉移到梅菲爾的「蜂之家」酒吧。真不愧是美食偵探的葬禮場所，桌上擺滿了豐盛的餐點，牆上則貼著「More eat, More smart.」的海報。

正當我喝著堅果奶昔打發時間時，看到奧莉芙・華特金斯有個交際的空檔，於是便上前跟她聊聊。

「我是小說家提姆・費恩斯，艾力克斯開事務所的八年時間裡，我一直擔任他的助手。」

坐在輪椅上的奧立芙握著我的手。聽說雖然為了療養身體正在住院，但預定下週就會出院了。跟失蹤前的照片比起來，她的蒼蒼白髮變得更加稀薄了，不過氣色倒是不錯。

「給你帶來很大的麻煩呢。」

「沒事的，我的生活並沒有受到太大影響。」

奧莉芙尷尬地笑了笑。對於這一連串的事件，她似乎比任何人都要來得困惑不解。

「我有看到新聞，說是在安全屋中可以訂購自己喜歡的書來看。」

「是啊，我買了很多古董雜誌，《名偵探白羅》的整套DVD也蒐集完成了。」

奧莉芙露出了白皙的牙齒，看來似乎對於把她藏起來的這個自稱是MI6的組織頗有好感。就在這時候，她的目光落在我的杯子上，並且突然皺了皺眉頭，輪椅的輪胎發出刺耳的聲響。

「怎麼了嗎？」

「我突然想起了一件奇怪的事情。我很喜歡堅果奶昔，但從未對莉蒂提起過這件事。然而，從五月中旬開始，早餐就開始附上堅果奶昔，到了六月初份量甚至還增加了一些。」

原來只是一件毫無意義的小事。

組織事先知道奧莉芙的口味偏好，並且將之加入菜單，藉以讓她感到開心，這樣的可能性是存在的。不過，事實應該是他們準備的東西剛好符合奧莉芙的喜好而已。

「這件事也請跟刑警說一下吧，雖然不曉得會不會有什麼幫助。」

對於我隨口一提的建議，奧莉芙笑著回應道「好呀」。

葬禮隔天，賽夫叫我過去找他，並且宣稱自己「解開謎團了」，於是我動身前往聖約翰學院。

「去年的十二月，有位年輕女性在南伊靈站附近跳軌自殺了。」

賽夫喝了一口芒果加百香果的奶昔之後，從皮革包中拿出四張紙。

第一張是新聞剪報，上頭載明事故發生在十二月七日晚上九點過後，從橋上一躍而下的女性被火車車輪輾碎，肉末黏附在軌道及車廂底部。由於找不到身分線索，也沒有失蹤者的相關資訊，倫敦員警廳的發言人呼籲，若有任何可疑線索請主動聯繫。

「事故發生後，現場貼滿了這樣的東西。」

第二張是縮小印刷的海報，上頭以插畫的方式重現出死者的衣著，包含一件優雅的毛衣，搭配牛仔褲及一件長版風衣；腳上則穿著短靴，脖子上圍著圍巾，頭戴針織帽。

「整體看來就是沒什麼個性的流行穿搭，若再加上個廉價的手套，就會變得跟二十歲時的我很像呢。」

「你想要聯絡倫敦警局嗎？其實並不需要這麼做。事件發生四天後，在死者的外套口袋找到了一張學生證，藉以確認了身分。外套口袋因布料燒焦而被封住了，調查人員就在被封住的口袋中找到了學生證。死者是倫敦藝術大學的學生，名為阿米娜・K・穆塔里卡，這是她的個人資料。」

第三張是大學的入學資料，個人大頭照下方列出了相關資訊，可能是跟倫敦藝術大學的職員借的。」

「阿米娜是來自南非的留學生，就讀於中央聖馬丁藝術與設計學院，學一些基礎課程。她的監護人是拉斯提・基巴基，而這正是豪爾赫待在南非時所使用的名字。」

我不禁激動地湊上前去。

「她和豪爾赫互相認識？」

「好好看看這張照片，阿米娜是豪爾赫的女兒！」

順著話仔細一看，她那微腫的單眼皮及厚厚的嘴脣，的確跟豪爾赫很像。

「阿米娜在宿舍留下了一封手寫的遺書。十月底，她在伯明翰旅行時，在夜店誤食迷姦藥物，結果遭到惡棍們強姦。他們拍下了案發經過，並揚言要將影片傳到網路上，藉以勒索金錢。據說，她的銀行帳戶因此所剩無幾，到了連晚餐前都付不出來的地步。」

賽夫翻開最後一張紙，上面是米洛的維納斯像素描圖。

「這是你畫的嗎？」

「這是阿美娜在自殺那一天畫的，聽說當天上午有素描考試。她的畫雖然構圖還不夠成熟，但質感的表現力很強，應該可以輕鬆通過基礎課程。」

豪爾赫來到倫敦的目的，是為了找出害死女兒的犯人，並為她報仇雪恨。在尚比亞的幫派之中，仍舊存有報復主義的想法，以眼還眼，所以強姦就要用強姦來還。豪爾赫應該是打算雞姦那些惡棍，然後把他們全都推到火車底下去。雖然對他們有點不好意思，但這件事本來就跟我們沒有什麼關係。」

真的是這樣嗎？

我腦海中浮現的推理，與賽夫所想的可說是大不相同。

艾力克斯的體重為何會增加一百六十磅呢？如果按照我的推理，就能夠解釋所有問題，也就是阿米娜的自殺，以及艾力克斯被綁架。這兩件事看來息息相關。

「我們能做的事情，頂多就是為阿美娜的死哀悼而已。」

賽夫將資料收回皮革包中，視線則盯著一張照片，照片中有一位年輕女性，背景則是白金漢宮。

我不能再讓他涉入更深了。

「冰箱裡有酪梨，要來一點嗎？」

我點頭同意。

「給我一杯吧。」

深夜一時，我搭著計程車回到家。

東尼縮著腿坐在沙發上，正在看《美食偵探　尼洛・伍爾夫》。

「提姆，你瞞著我去哪裡了？」

他頭也不回地說，我感受到自己的心臟劇烈跳動。

「我們去採訪了。」

「我在今早的新聞中，看到你去參加艾力克斯的葬禮。」

東尼關掉了電視。黯淡的電視螢幕上，映照出一張哭腫的臉龐。

「你在調查艾力克斯死亡的案件嗎？我已經不是以前的那個我了。對於殺害店長一事，我已經打從心底反省過了，為什麼你還要刻意隱瞞呢？」

東尼的聲音顫抖著。雖然只有一點點，但讓他起疑心對我來說還是讓人感到挺羞恥的。

「我很害怕，因為除了你以外，我一無所有，如果連你也失去了的話……」

「對不起。」

我緊擁著東尼的肩膀。

4

倫敦從傍晚開始下起了雨。

當我正在柯芬園的酒吧「牆洞」吃著果乾、配著威士忌的時候，那三個目標人物出現了，並且在靠內側的桌子坐下。我立刻喝完杯裡的酒，並朝著它們走去。

「是拉斯提・基巴基先生吧」。

老人不發一語，只是默默地將切碎的菸草填入菸斗之中。

「還是應該稱呼你為噁心的豪爾赫？」

棒球帽一揚，濃褐色的瞳孔盯著我看。

「你是誰？」

「我是小說家提姆・費恩斯。」

口袋裡的手機傳來震動，應該是編輯打來催稿了吧。我把右手伸了進去，隨之關掉電源。

「也就是二十七年前，在你的地盤上派發MP，結果被你搶奪一空的那個外國人。」

老人的眉眼上揚，額頭上的刺青都被擠到變形了。一旁的手下們想要站起身，但他用食指加以制止。

「我從未搶過你的東西，不過我對你的臉有些印象，找我有什麼事嗎？」

我擦掉手掌上的汗水，並坐在老人斜對角的位置上。仔細一看，他的臉上有不少肉芽及縫合的傷痕，只是被刺青蓋住了。

「是你把艾力克斯・華特金斯逼入絕境，請你承認並向警方自首。」

老人與手下交換了一個眼神，然後詭異地笑了起來。

「真是一個滿嘴胡言亂語的男人啊。你的意思是我害死了那個胖偵探？那理由呢？」

「為了找到強姦你女兒的犯人。」

這就是我的推理。

「我有認識一個非常優秀的刑警，如果你願意自首，他們那邊答應會重新調查你女兒的案件。」

老人打算用打火機點燃切碎的菸草，但此時卻將手停了下來。

對艾力克斯懷有恨意的犯罪份子相當多，然而，讓他的體重在三個月內

犯人卻將他關起來，並用強迫的方式讓他變胖，然而他的體重在三個月內增加了一六〇磅，犯人將他囚禁起來，用強迫的方式讓他變胖。如果犯人的目的是讓他受苦，那應該有很多更省錢或更省力的方法。

為什麼犯人要讓艾力克斯吃大量的食物呢？

當然是因為，他是美食偵探。

眾所皆知，當他想要發揮推理實力時，往往都會吃很多食物。每個人都有為了激發自身潛能而培養的習慣，對艾力克斯來說，那個習慣就是吃東西。

對於在飢荒地區長大的人們來說，這樣的習慣恐怕是很難理解吧。

他們視糧食為維持生命的物資，孩子的發育就非常需要補充營養，倘若營養不足，體

重就無法增加，成長速度也會變慢。最糟糕的情況就是因此而喪命。

這不僅僅是肉體的問題，大腦的發展也需要充足的營養。有食物，就能長智慧；沒有食物，就沒有智慧，對他們來說，現實就是如此。即使不知道「知識障礙」或「學習障礙」這類詞語，相信還是能透過肌肉的感覺學習到這一點。

在這樣的環境下長大的男子，為了尋找女兒死亡的真相，風塵僕僕來到了倫敦。在此他得知過往曾在他們地盤為非作歹的人，現在以美食偵探的頭銜到處走跳。而且據說，這個男子是藉由攝取大量食物來激發能力的。

也有可能單純是街上的那些「More eat, More smart.」海報誤導了他的想法。他認為，**只要吃越多東西，艾力克斯的智慧就會提升得越高**。

為了找出強姦女兒的犯人，他綁架了美食偵探，並持續提供大量食物。當然，艾力克斯肯定會說那是毫無意義的事情，可惜他並沒有聽進去。

「假設你的想像是正確的……」

豪爾赫用油性打火機擦桌子。

「為什麼祕密情報部門要跑出來多管閒事呢?我可不記得自己有做過什麼會讓這個國家視我為敵的壞事啊。」

「可能吧。不過，將艾力克斯的母親奧莉芙・華特金斯保護起來的人，並非ＭＩ６。」

他們知道奧莉芙喜歡吃核果奶昔，就算蒐集情報能力再優秀的組織，也不可能得知一般民眾的飲食喜好。

「我認為將奧莉芙藏起來的人，可能是艾力克斯的朋友，或是他雇來的幫手。」

——如果我失去消息的話，請把媽媽帶到安全屋。過往艾力克斯曾經像這樣請求朋友的幫助。預先提供「喜歡的食物」這一點，也很有艾力克斯的風格，不愧是熱愛美食的人。

奧莉芙在艾力克斯遭綁的第三天時所收到的親筆信，也是他是先寫好的。請朋友謊稱自己是MI6，想必也是為了不讓媽媽太過焦慮。就是因為她相信了MI6的身分，並照本宣科告訴了警方，所以才會有「艾力克斯捲入了跨國事件」的錯誤認知。

「這個城市裡有好多偵探啊。」

豪爾赫驚訝地點燃了切碎的菸葉。

「我看過你女兒的素描作品，雖然我對藝術沒有什麼造詣，但我的朋友認為她相當有天賦。所以我也認為剝奪她美好未來的犯人應該要受到法律的懲處，這部分就交給優秀的倫敦警察吧。」

「這個想法真棒……」

老人朝著手下動了動食指。

「全都錯得離譜。」

兩個手下站起來，從左右兩邊架住我。那個被踩住膝蓋、拉扯腳踝的男人所發出的尖銳呻吟聲，再次迴盪在我的耳邊。接著，我的後頸被揍了一下，當下就把我的全身力氣全都抽走。當我回過神來的時候，已經呈現膝蓋彎曲、雙臂往後擰的姿勢。

「一開始我就說了，我從未在你那裡拿走過任何東西。」

況且……老人吐出白煙。

「我來倫敦是為了觀光旅遊的。」

老人將手指收攏。兩個手下就這樣一路拖著我，直到把我扔出店外。

路人困惑地望著我。我的錢包及手機散落在人行道上。我面帶微笑，慢慢將它們一一撿回來。

突然之間，一陣不安的感覺襲來，我趕緊打開了手機。

東尼的未接來電刷了一整排。

同時間還有一封電子郵件。

help

回到家後，有一個陌生女子按了門鈴。

「你好，我住在這裡，請問有什麼事嗎？」

女人聽到我的話之後，從雨衣裡掏出了員警證件。

「五分鐘前，我們收到一通報，說是有可疑人士企圖闖入。但正如您所看到的，房子裡面沒有任何聲響，請問您是不是知道些什麼？」

我打開門鎖、衝進門內，一路喊著東尼的名字，但沒有任何回應。空氣中瀰漫著麵包烤焦的味道。

通過走廊之後來到餐廳，吃了一半的花生醬吐司映入眼簾，一旁的杯子則冒著白色的熱氣。

中島的後面傳來呼吸的聲音，我衝進中島後方的料理區一看，只見東尼縮緊身子不停顫抖著。

「已經沒事了。」

東尼的表情緩和下來，用手掌擦拭著臉頰。

「發生了什麼事？」

朝著我用力緊抱的東尼，發出了巨大的哀號聲。

回頭一看，女子舉起警棍猛然揮動，世界頓時變得一片漆黑。

5

阿米娜・K・穆塔里卡正在看書，那是一本封面畫有烤火雞圖案的平裝書。這正是我的出道作品《七面鳥殺人事件》。

「推理小說就是讀完之後會立刻忘記的類型。」

我也這麼覺得，想要表示同意，但喉嚨卻發不出聲音。

肚子不太對勁，就像吃完自助吃到飽之後，在返家路上會感覺到的那種呼吸困難的飽脹感。

「雖然內容很有趣，但對於我的人生並沒有什麼幫助，所以才會說忘就忘吧。如果是重要的事情，自然會一直記得。」

「那個……」終於發出聲音了。「這裡是哪裡？」

這是一間沒有窗戶的房間，我正坐在冰冷的鐵椅上，手腳被用鐵絲綁住，鼻孔則插著粗大的管子。

「你認識我嗎？」

阿米娜闔上書本，抬起頭來。要說跟豪爾赫相似的地方，大概就只有那張臉吧，身高才僅大約四點五呎（約一百三十七公分）而已。

「妳是倫敦藝術大學的阿米娜小姐吧？我在照片上見過妳，聽說妳被火車撞死了，看來並沒有大礙呢。」

「艾力克斯早就發現我詐死的事了。」

阿米娜平靜地說道。她似乎並不打算隱瞞綁架艾力克斯的事情。

「如果你也有像他一樣的才能，就不會在我爸爸的面前抬不起頭了吧。」

看來她似乎也聽說了我向豪爾赫說明推理細節的事情了。如果事前就知道阿米娜還活著，那我的推理應該就不會是「綁架美食偵探來協尋害死女兒的犯人」。

「聽說艾力克斯只看了新聞及那張插畫海報，就馬上察覺到我還活著的可能性。」

「連事發現場都沒去看看嗎？就算是名偵探也不可能做到這種程度吧。」

「他注意到了死者的衣物，現場有找到風衣、毛衣、牛仔褲、圍巾、毛帽等等，只有一樣東西不見了，那就是手套。」

我的腦海中浮現出那張海報，上頭正是描繪死者衣物的插畫。

「死者阿米娜・K・穆塔里卡的身分，是靠衣服口袋裡找到的學生證來加以推測的，然而自殺當天，死者有先去倫敦藝術大學上課，要是手指被凍僵了，根本就沒辦法拿筆寫字，所以在寒冷的冬天一定少不了手套，更何況當天還有設計考試。如果不是倫敦警方的調查員遺漏了手套，那麼死者就很有可能是另有其人。這就是艾力克斯的想法。」

「為什麼光靠現場沒有手套這件事，就能判定有可能是別人呢？」

「因為犯人企圖想要損毀指紋。只要握有阿米娜所留下的遺書，或是在她住過的房間稍微調查一下，很快就會發現她的指紋，拿來與死者的指紋一比對，立刻就能得知是否相符。手指要是能被火車碾碎，那就太好了，可惜光是把屍體丟進鐵軌之中，並不能保證一定可以消除手指頭上的指紋。自殺時沒有留下遺書，或是日常居住的房間裡沒有留下指紋，那更是不可能的事情。由於犯人無法事先將死者的指紋去除，只好安排能讓手指遭到碾碎的橋段。」

阿米娜輕輕敲了一下自己的食指。

「犯人用鐵鎚將死者的手指敲碎，確定再也看不到指紋為止，然後才把手套戴上去，可惜手指的骨頭變形了，沒辦法戴手套。在無可奈何的情況下，犯人只能選擇丟掉手套，並將露出手掌的死者丟進鐵軌，這就是艾力克斯的推理。」

我感到頭暈目眩。能從沒有戴手套這件事衍伸到這麼多推理的人，真的只有艾力克斯了。

「我早就知道自己遠不如艾力克斯了。說說妳的目的吧。」

「讓自己自由，並且在你的腦海裡創造一些難以抹滅的記憶。你記得嗎？你以前也曾和我見過面呢。」

我皺起了眉頭。我記得賽夫給我看過她的照片，但至於面對面，這應該是第一次。

「在簽名會上見過嗎？還是東尼的朋友？或者是賽夫的學生？」

「看來我們之間的事情一點都不重要，就像無聊的推理小說一樣，看完就忘了。」

阿米娜把《七面鳥殺人事件》收進包包，接著打開冰箱門，拿出一個容量差不多有十公升左右的塑膠容器。

「你似乎相信了二十七年前我爸爸從你們手中搶走MP的事情。」

又是這種詭異的發言。我記得豪爾赫已經否認了這件事。

「我並不是相信，而是確實知道。雖然我失去了部分記憶，但仍清楚記得妳父親把全副武裝的我們帶走的真實情況。當時現場尖叫聲連連，宛如地獄一般。」

「如果你能記得那麼清楚，或許可以察覺到真相呢。」

阿米娜在我面前放了個塑膠桶。

「你不覺得有點奇怪嗎？假設是我爸爸闖入供應所，那麼為什麼那些人會放聲尖叫呢？」

當我理解這句話的瞬間，腦海變得一片空白。

那時候我人正在供應所裡面，如果當時的尖叫聲大到可以將豪爾赫的聲音蓋掉，就表示聲音的來源應該是建築物內部。也就是說，發出尖叫聲的不是那些在外頭等著領取ＭＰ的人，而是在裡頭使用點滴注射ＭＰ的人。由於ＭＰ的效果來得很快，所以那些注射中的人應該正在享受著生平第一次的飽足感。在這樣的情況下，不太可能因為黑幫的出現就驚慌尖叫。

那麼，那個聲音的源頭到底是什麼？難道是除了豪爾赫闖入之外，還發生了另外一起讓人忍不住放聲大哭的事件嗎？

「我來告訴你真相吧。」阿米娜坐在塑膠桶上，從口袋拿出手機。「你們為了拿到ＭＰ而去接洽的那家位於印度清奈的化學公司，其實是一家連工廠都沒有的空殼公司。所以就算是到了預定的交貨日期，ＭＰ也不可能會送達。」

不對，怎麼可能呢。

「供應所開幕當天，有許多媽媽帶著孩子一起前往，這時如果你們能坦率地道歉就好了，可是你們卻因為膽小怕事，再加上還有類似像『如果這一切都是騙人的，我絕對不會放過你們』之類的威脅，所以才會覺得事實曝光就有可能被殺掉吧。正因為如此，你們才會堅稱已經收到了ＭＰ。」

「少在那邊胡言亂語了！」

「你們相信再等一下就會收到ＭＰ了，所以把孩子們關進供應所，並照著原定計畫開始施打，然而，那個情景是沒辦法公開的。你們用謊言欺騙媽媽們，就這樣度過了危機。」

「別再說了。」

阿米娜將手機對著我。

畫面中出現一張發黃的照片。在一間水泥砌成的小屋裡，擠滿了瘦弱的孩子。地板上的抓痕喚醒了我的記憶。

「這就是對你深信不疑的孩子們。相信會把我們從飢餓中解救出來的供應所總算成立了，然而裡頭卻沒有任何食物，而且還讓我們跟家人分開，讓我們在陰暗的房子裡一個接著一個死去。第三天死了五個人、第四天七個人、第五天八個人。整起事件總共有超過二十人死亡。」

嘔吐感從喉嚨深處湧上來，我緊咬著嘴唇忍住。

「那些媽媽們對於孩子沒有回來這件事感到懷疑，所以紛紛找我爸爸討論。雖然我爸爸是個黑幫人物，但大家卻都很尊敬他，因為在他蠻橫無理的一陣操作之下，調動了不少糧食過來，好多孩子也因此才能繼續活下去。聽了媽媽們說的話之後，我爸爸帶著幾個同伴闖入了供應所，沒想到眼前只剩層層疊疊的孩子屍體。」

二十七年前的尖叫，確確實實震動著耳膜。失去孩子的悲痛、對無情的神明所累積的憤恨，以及對我們的怒氣。那是尖叫聲，就來自於闖入供應所的媽媽們。

「即使是在那個當下，你們仍宣稱自己是詐騙的受害者，我爸爸為了問清楚事實真相，把你們三人帶到了藏身處，沒想到你們竟逃了出來，還一路逃回了自己的國家。」

然後，艾力克斯及賽夫卻對患有記憶障礙的我，提供了一個與事實全然不同的故事。

——我再也無法承受更多祕密了。

揭發壽司達人的謀殺案之後，艾力克斯這樣說了這樣一句話。他一直辛苦地隱瞞著二十個孩子遭到餓死的事實，並一直承受著那份重擔。

賽夫也是如此，當我試著要聊二十七年前的事件時，他總是故意轉移話題，想來是怕我會想起事情的真相。

「能給我一個彌補的機會嗎？」

「忘了說，我們抓來的不光只是你一個人而已。」

阿美娜拿出手機操作一番後，再次對著我。那是高掛在飯店房間一角的監視螢幕所拍到的畫面，一對男女正坐在低矮的茶几前聊天。

「東尼？」手腕上的鐵線刺入肉中。「這是在幹什麼？那個女人是誰？」

「這次要使用的名字是亞莉亞，頭銜是特殊偵察聯隊的偵查官。由於你曾遭到國際恐怖組織綁架，為了防止情報洩露，所以暫時將你拘留起來。幾天之後會要你親筆寫一封信，上頭會有詳細的人設。」

「不要牽連到東尼，他跟這件事無關吧。」

「我們不會傷害夥伴的。」

阿米娜將手機收進口袋裡。

「接下來說明這個房間的規則。雖然你是第二個進來的人，但規則對三個人來說是一致的。」

第一，你每天早晚都會被注射三百毫克的ＭＰ。

第二，你每天都會拿到相當於體重百分之六的堅果奶昔，每一克的奶昔之中含有二十微克的鉈。」

「鉈？」

我打斷了她的說明。鉈是一種劇毒物質，雖然不知道具體的致死量是多少，但如果每天不斷攝取，後果不堪設想。

不，問題不在這裡。ＭＰ本來就是鉈的解毒劑，如果同時攝入，應該能夠將鉈排出體外，藉以防止中毒，但是……

「第三，關於堅果奶昔，你喝剩的部分將會在隔天變成另外一位的早餐。」

全身的力氣瞬間消失。我知道阿米娜的用意了。

如果想要保護東尼，就必須每天喝掉與體重百分之六相等的奶昔。如果體重是一百五十磅（六十八公斤），那麼奶昔就是九磅（四公斤）。由於MP的作用，我會在吃飽的時候感到飢餓，如果持續大量飲用奶昔，想必就會陷入幾乎快要餓死的飢餓感。

「以眼還眼，以飢還飢。」

阿米娜開心地笑了笑。

想要讓作惡多端的惡棍親自嘗嘗所有受害者的痛苦，基本上是不可能的事情，即使執行了死刑，那麼惡棍頂多也就感受到那麼一次死亡的滋味罷了。借用那個裝義肢的男人所說的話：人只能被殺死一次。

然而**透過阿米娜的方法，卻可以讓一個人確切感受到所有受害者的痛苦**。

「從監禁的當天開始算起，第三天死五個人、第四天死七個人、第五天死八個人，所有人到死之前所累積的痛苦時間，總共總共是$3\times5+4\times7+5\times8=83$。」

從艾力克斯失蹤的那天算起，到他被卡車撞死的日子，正好就是這個數字。

「**從現在開始的八十三天，我會讓你持續挨餓**。」

阿米娜站起身，並打開塑膠桶的蓋子，插進我鼻子裡的管子，另一端就垂落在桶子之中，而裡頭裝滿大量的堅果奶昔，像泥濘一般正冒著泡泡。

「對不起，要我做什麼都可以，快停下來吧。」

「只要拉下手邊的操縱桿，就能讓果昔直接流進食道。」

阿米娜拉下懸掛在椅子扶手的操縱桿，啵啵啵的聲音從塑膠桶傳來，管子從右到左慢慢變成茶褐色。鼻子感到劇痛的同時，胃底立刻傳來一股沉重感。

「艾力克斯成功守下了他的母親，奧莉芙只有小小地掉了一些頭髮，就連醫生都沒有察覺到鉈中毒的問題，所以真的很輕微。你也得好好保護你的愛人喔。」

阿米娜將操縱桿拉回去，然後用手帕擦拭手指。

「喂，臭巫婆！別得意忘形了，我要把妳的腸子全都拖出來！」

阿米娜瞪大了眼睛。

「我有認識一個優秀的警探，這個地方被發現只是時間的問題。」

「連人在哪裡都不知道，還想著要去幫忙，這個世界上才不會有那麼閒的人。」

阿米娜露出充滿憐憫的笑容，伴隨著乾乾的腳步聲離開了房間。

我大聲辱罵阿米娜，並用力搖晃遭到綑綁的手腳，像個孩子一樣大哭大叫。即使是喉嚨被嗆到，我還是無法停止吼叫，直到連氣都喘不過來為止。然後，我像老人一般咳嗽著，拚命深呼吸。

突然我發現，原本滿滿的飽脹感，就這麼消失了。

嘔吐等於排泄、排泄等於嘔吐

1

人生中最令人感到難過的事情之一，就是看到曾經相愛過的女性在成人影片中出現。如果還是紅不起來的企劃女演員，那就更是悲痛欲絕、坐立難安了，簡直到了會像小狗一樣，邊哀號邊狂奔的程度。

十一月一日上午十一點，在代代木公園西出口的路口處。有輛一如既往的小貨車，後面拉著拖曳式車廂，就停在便利商店前面。

「今天就麻煩您了。」

女演員低下頭打招呼，當她將受損的瀏海撥到耳後時，我突然察覺到自己曾經見過她。及肩的淺褐色髮型、丹鳳眼、尖挺的鼻子、厚厚的嘴唇，還有像昨天晚上才剛拔掉智齒一般微微鼓起的腮幫子，雖然有點親和力，但卻缺乏性感魅力。不算醜，當然也算不是美，這樣的女人，我到底是在哪兒見過呢？

「按照計畫，十一點半開拍，詳細情形去問那傢伙。」

導演渡鹿野正指著我說道，然後便將女演員帶進控制室，並與錄音師鶴本杏子一起走出車廂。接下來他要去挑選男演員。

我打開筆記型電腦，瀏覽了預先從事務所那邊發來的演員資料。樞木核桃，二十八歲，隸屬於 Magoto 傳媒的女演員，身高一百五十五公分，三圍是八十四、五十八、八十五，D罩杯。她每年大約會產出三十部作品，就渡鹿野導演的作品來講，則是曾於兩年前演出過《醜女遭生姦：為了妹妹的治療費而決定參演AV》，以及《肛門大相撲二〇一七 五月賽事》兩部。不能接受演出的類型是肛交及排洩。明明兩年前還可以拍肛交，現在卻列為禁止項目，想到背後的理由就讓人有種說不出的彆扭。

我切換了心情，敲敲門進入了控制室。

「我是廣田助導。」

控制室聽起來很高級，但實際上只是在車廂前方用板子隔起來的小房間，裡面擺了化妝臺及置物櫃，如此而已。核桃把腳放在化妝臺上，用遮瑕膏遮住膝蓋上的瘀傷。她那髒兮兮的化妝包裡，裝著一瓶利樂包紅茶，以及魚肉香腸。這樣的食物能撐過整個拍攝嗎？

「妳已經看過企劃書了對嗎？接下來只要把劇本讀熟，基本上就沒什麼問題了。因為這場沒有化妝師，所以請在開演前的十分鐘把自己準備好。廁所就在外面的便利商店裡。」

「我了解了。」

「另外，保險起見請讓我確認一下妳的年齡，妳有帶身分證或保險證嗎？真的只是為了確認一下而已。」

「好的。」

在等待回應的小小片刻，有那麼一瞬間，也不是說緊張，總之就是感覺到了些什麼……我猶豫著要不要開口說說，但最後還是選擇把它嚥下肚……就是這樣的一瞬間。我在想，她該不會也認識我吧？

我是在一年前加入渡鹿野導演的拍攝團隊的。也就是說，兩年前的工作我當然沒有參與。會不會是在便宜的泡泡浴店或是按摩店上過的女人？

「……廣舔？」

核桃眯起眼睛打量著我。她所說的廣舔，正是我小學時期的綽號。

「我是荻島春香啦。」

從包包裡拿出的駕照副本上，也有相同的名字。那四個字成了引子，記憶如走馬燈一般湧現。

荻島春香，小時候我們住在同一個社區，她和我同年齡，由於雙方的父母都很少回家，所以我們兩個，以及春香的妹妹夏希，常常在一起玩。當時我們曾偷偷在夜裡闖進影片出租店，或是到廢棄的工廠探險，甚至還曾捉了兩隻流浪狗，讓它們打架；我還記得用街上撿到的零錢去便利商店買的關東煮，真的非常好吃。

相較於調皮且勇敢的春香，她的妹妹夏希則完全相反，是個經常生病且話不多的女孩。春香非常關心她的妹妹，自己即使骨折或發高燒，也都能處之泰然，但只要夏希摔倒或者嘔吐，她就立刻臉色大變地飛奔到我家來。

進入國中後不久，我跟春香的往來就變少了。這是一個再普通不過的故事，而且，自從我在一年級的秋天開始不去上學之後，就更少見到她了。

然而，隨著彼此的心越拉越遠，我卻反而喜歡上了春香。想要多聞聞她的味道，也想要像小學時一樣玩在一起。雖然三不五時還是會在附近的便利商店或路上碰見，但我卻不好意思上前搭話。

國中三年級的春天，分離突然降臨了，春香一家決定搬到大宮去，原因是她的媽媽加入了「新世界信仰會」，為了修行而住進了該會的宿舍。

搬家前一天，春香和夏希來跟我道別。我像個小孩子鬧著脾氣，明明內心有很多想講的話，卻只是像普通的鄰居一般跟她們寒暄。

這次與春香相遇，已經闊別整整十三年了。

這麼長的時間裡，春香都做了些什麼？夏希還好嗎？新世界信仰會呢？為什麼會成為AV女優？跟十三年前一樣，許多話語浮上腦海，但說出口的還是只有那麼短短幾句。

「好久不見啊。」

春香嘴角上揚，露出卑微且帶有諂媚意味的笑容。真希望她是另一個人。可惜那一口亂糟糟的門牙，跟當年的女孩是一模一樣。

「加油，好好拍片！」

不知怎麼搞的，我心中揚起了一股罪惡感，於是便逃離了控制室。

大約一年前左右，我開始在這家小型影像製作公司上班，這是由AV導演渡鹿野正創立的獨立品牌，正式名稱為「黑猩猩萊卡」。

渡鹿野正是AV界的鬼才，遠近馳名。跟他有關的逸事真的非常多，像是從小學時代起就拿著家用攝影機開始拍攝A片；把AV女優帶到妹妹的葬禮去，還在現場拍了部片；為了拍攝首部在太空中演出的A片，特地到美國跟民間的宇航企業簽約合作等等，或真或假一大堆。

在外人眼中，他似乎是一個相當古怪的人，但實際上卻再正常不過，完全顛覆刻板印象。做為一位AV導演，能夠特別拿出來說嘴的，也就只有特別講究拍攝細節這一點。無論企劃有多荒唐，從演員選角、拍攝地點、攝影技巧、演技指導，甚至是後續的剪輯，他都不會有任何妥協。

跟女優簽訂獎勵合約，就是渡鹿野對品質的追求所產生的創新發明。一般而言，A片的品質有很大程度是取決於女演員的投入。所以，渡鹿野與製作公司及事務所簽訂契約，在支付給女優的固定演出費上，多加一筆作品銷售收入的3～5％。由於必須得要銷售出去才能拿到獎勵報酬，所以女演員也會懷著積極的態度進行拍攝。

「黑猩猩萊卡」的團隊成員包括導演兼攝影師渡鹿野正、錄音師鶴本杏子，以及助理導演廣田宏，總而言之就是我們三個人。雖然有時候現場會有打工的工讀生，或是事務所的經紀人來協助，但絕大部分的拍攝工作還是由我們三個人來完成。

這次作品的名稱是《不要輸給貧富差距社會！夢幻美女用性愛點數回饋，為苦於增稅的中年上班族減輕壓力特輯2》。企劃內容就是在小貨車「潘班尼莎號」的拖曳車廂內，搭建簡易的場景，然後在街頭募集因增稅所苦的上班族，進到車廂跟女優翻雲覆雨。首部作品於十月一日與消費稅增加的消息同步公開，因此一時之間蔚為話題，甚至很快就在通路網站的月排行榜上拿到了前十名的佳績，所以才會決定繼續製作第二部。

「我找到了一個超棒的素人。廣田，幫忙說明一下吧。」

車廂後方的門打開了，渡鹿野、鶴本，以及一位面容憔悴的大叔走了進來。晒黑的禿頭延伸至沉重的眼瞼、坑坑巴巴的皮膚伴隨著沒刮的鬍子，還有皺巴巴的衣服下方藏著股澎澎的大肚腩。比起上班族，他更像是過一天是一天的那種中年打工仔。不過這也情有可原，畢竟正常的上班族應該沒辦法在平日的正午時分來拍攝A片吧。

渡鹿野雖然常玩這種無厘頭的企劃，卻堅持用真正的素人，而非職業演員。他不是那種會因為合約糾紛或傳染性疾病而退縮的男人。

「你的名字是？」

「山根力。」

我請中年男子坐在工作室的角落，並讓他簽了演出同意書。渡鹿野和鶴本則趁這個空檔開始進行拍攝的相關測試。

就這樣，時間來到十一點三十五分。

「三、二、一，action！」

在渡鹿野的倒數聲中，拍攝工作開始了。

首先，渡鹿野拎著鏡頭，對著坐在沙發上的山根進行採訪。「對於消費稅增加有什麼感想？」「省錢也是挺辛苦的事對吧？」「如此一來就沒辦法去風俗店了吧？」「A片也不便宜啊！」「你該不會累積很多了吧？」大致就是諸如此類的話題。山根的臉上顯示出九成的不安和一成的期待，雙手則不停搓揉下腹部及大腿內側。

話題結束後，渡鹿野用手指示意，我向控制室的春香招招手。

「你好，我是核桃。」

春香穿著不合時節的白色比基尼，揮手著登場，並在山根旁邊坐下。山根並沒有流汗，卻拿起手帕擦了擦額頭，然後說道：

「對不起，請問……」

不知為何他是看著我說的，於是渡鹿野皺著眉中止拍攝。

「我不是告訴過你不要看助導嗎？」

「不好意思，那個……我的肚子突然有點疼。」

聽起來就像孩子在大哭大鬧之前的聲音。

「正在工作中呢，你是成年人，就忍耐一下吧。」

「好的，不好意思。」

渡鹿野很快就重新開始拍攝。春香一邊說著「累積很多了吧」，一邊掏出她的胸部，並在山根的兩腿之間摩擦。要是過去的我看到這個畫面，應該會邊哭邊打手槍吧。

就在春香要脫下山根的內褲，準備含住勃起到一半的陽具時……

「對不起！」

山根彷彿被彈起一般站了起來，伸出手去拿放在工作室角落的面紙盒。是大便，他大出來了。

我立刻把地毯拉起來。對於自己親手打造的「潘班尼莎號」，渡鹿野有著非比尋常的深厚情感，即使是工作人員，也只有在拍攝時才能進入車廂內部。一般來說，器材車會由助導來開，但我從未碰過「潘班尼莎號」的方向盤。這樣的愛車要是沾上了大便，山根肯定會被斬首示眾。

「啊啊啊！」

正如我所預料的，山根的屁眼滑溜溜地冒出一坨大便，四周瀰漫著令人懷念的臭味。

「幹幹幹幹！」

渡鹿野氣得把機器放下，朝著山根的側臉揮出一拳。

山根像球一樣滾動撞向牆壁，肛門持續滾出一些小小的大便。雖然因為職業關係，我並不缺乏看到大便的機會，但這樣的突然襲擊還是頭一回。平時冷靜的鶴本也咬著嘴唇努力忍住笑意。

「你這傢伙，到底在搞什麼啊！」

渡鹿野憤恨地跺著腳，看起來似乎很想一腳把山根踢飛，但礙於中間有大大小小的大便隔著，所以難以靠上前去。這時的山根好像終於大完了，一邊忙著護住私密處前後，一邊尷尬地跪了下來。

「只能好好打掃一遍，然後重新開拍了吧。」

鶴本拿著廁紙和濕紙巾走進控制室。幸運的是，大便沒有碰到地毯，而是穩穩地留在木地板上。

渡鹿野望向牆上的時鐘，指針指向十一點五十分。

「你必須要在一點之前讓一切恢復原狀，你大出來的你要自己解決，女優會在控制室等候。廣田，給我盯住這傢伙。」

「那我呢？」

鶴本聳了聳肩。

「一起走吧，去餐廳買點東西吃。」

渡鹿野似乎感到很熱，只見他一邊脫下外套，一邊帶著鶴本走出「潘班尼莎號」。

十二點的鐘聲從附近的小學傳來，我感覺到飢餓感，同時對此深感欣慰。即使面前有一坨大便，終究還是會餓的。

山根把濕紙巾捲起來，搓成長長的紙捲，並用來清理地板縫隙中的大便。完全無法想像這位大叔會有逃跑的勇氣。
「我去買飯，你就好好待在這裡吧。」
我從車廂後方的門走出「潘班尼莎號」，接著順手將門關上，門鎖清脆的喀嚓聲傳來。這道門採用自動鎖定的設計，主要是為了確保外人絕對無法進入。
越過斑馬線，我來到對面的「溫暖生活」便利商店，看到「秋季關東煮及鯛魚燒特價中！」的宣傳標語，每個字都獨立印在一張紙上。門一打開，香氣立刻撲鼻而來。話說回來，春香應該也餓了吧，光是魚肉香腸恐怕不夠吃。
我猶豫了一下，最後決定買兩份關東煮帶回「潘班尼莎號」。俯躺在地上的山根用膽怯的眼神看著我，但我完全忽略他，直接敲了敲控制室的門。
「午餐，給妳。」
春香坐在籐椅上，穿著白色比基尼，外面套著一件大衣。
「真不好意思。」
感覺有點太拘謹、太疏遠了。我把關東煮遞過去，當她看到內容物時，驚訝地屏住了呼吸。
「是蒟蒻，妳喜歡對吧？」
「對啊，謝謝你。」
她客氣地笑了笑。

現場瞬間安靜下來，我又再次為之語塞。

「夏希得了重症肌無力症，需要治療費。」

彷彿讀懂了我的思緒，春香開口說道。

在感到驚訝的同時，我也放下了心頭大石。春香果然還是一如往常，只要是為了妹妹，就算是要她過得再辛苦，她也都在所不辭。

「我總算能夠放心了。小時候妳不是說想要當偶像的嗎？我還想說原來妳指的是AV女優呢。」

「什麼？我哪時候說過？」

春香苦笑了起來。

「新世界信仰會呢？」

「算了吧，他們只會胡說八道，說我們對新世界的祈禱不夠認真什麼的。」

「媽媽也是這樣想的？」

「她還依舊深信不疑呢，真是傻瓜。」

春香拉高了外套的衣領，似乎是為了抵禦寒冷……

「那個，我想拜託你一件事。」

「什麼？」

「下午的拍攝，請廣舔不要來。」

他直直地盯著我看，那雙眼睛，就像當時一樣，能夠洞悉人心。

「不可能啦。」

我也得過生活，不能丟下工作不管。

「說得也是，對不起啦。」

春香再度低下了頭。

我感到窒息，匆匆離開了控制室。山根正襟危坐，聞著手指頭的異味。一旁有六袋垃圾袋，都已經被塞得鼓鼓的，每一袋裡面都是滿滿的衛生紙和濕紙巾。

「那個，我打掃好了。」

山根遮住手指、擠出假笑。我仔細盯著地板縫隙看，的確看不到大便的蹤跡了。

「偷偷拿去『溫暖生活』裡面的垃圾桶丟吧，別被發現啊。」

我將車廂門的感應卡交給了山根。這麼多的垃圾恐怕沒辦法一次丟完，每次往返都得幫他開門也是很麻煩。山根點了五次頭，然後便抱著垃圾袋走出「潘班尼莎號」。

我調整了地毯的位置，並噴了清新劑十次左右。本來打算吃個關東煮，但要在剛被大便襲擊的地方用餐，感覺有點倒胃口。稍早大便還沒清乾淨時，反而沒有這種感覺，真是不可思議。

我走出車廂，在人行道的長椅上坐了下來。天空中漂浮著奇形怪狀的雲朵，看起來就像人類的腸子一樣。

雖然春香被我冷言冷語地對待，但我也壓根就不想看到初戀對象和噁心大叔發生性關係。有沒有辦法取消下午的拍攝呢？希望山根能再來一次，可惜他的肚子應該已經拉空了。

手握著串上刺著牛筋的鍋巴，我陷入深思之中，此時……

「不好意思。」

有一個陌生的阿姨來找我搭訕。她的眼睛又黑又大，小小的嘴則像河豚一樣。

「我的手錶壞了，你能告訴我現在幾點嗎？」

阿姨的年齡應該是四十幾歲吧，當今社會沒有隨身攜帶手機的人真是罕見。

我把手機鎖屏畫面秀給阿姨看。十二點十分。阿姨低頭說了聲「謝謝你」，接著便繼續順著人行道走去。

突然之間心血來潮，我用手機搜尋了「樞木核桃」。除了亞馬遜和成人影片的資訊匯集網站之外，還出現了推特帳號，大約有兩百位關注者。一分鐘前，也就是十二點零九分，她發了一條貼文寫道：「工作人員買了關東煮給我！好好吃！」搭配的是她將蒟蒻送進嘴巴的照片。

在春香心中，我只是個工作人員嗎？就算不用好友來稱呼，起碼也該說是從小一起長大的朋友吧。

趕走無謂的情緒，將手機收進口袋，繼續啃著牛筋。

這時，刺耳的汽車喇叭聲伴隨著金屬摩擦的聲音一起傳了過來。

抬起頭，我看到剛才那位阿姨在十字路口中央駐足，並凝望著像腸子一樣的雲。灰色的休旅車在數十公尺外逐漸逼近，而那位阿姨，看來真的是腦袋的螺絲沒有鎖緊。

「喂，快跑！」

不管我怎麼喊，阿姨都無動於衷。就在距離僅剩幾公尺的時候，司機轉動了方向盤，休旅車就這麼翻越路口，往人行道的方向，也就是往我這邊衝過來。

我從長椅上站起來的時候已經來不及了，伴隨著沉悶的撞擊聲，我的身體彈飛出去，畫出了一道拋物線，最後摔落在柏油路上。

死定了。一秒前完全沒有想到的事情，轉瞬之間卻已經太遲，就連回顧人生的餘裕都沒有。

如果助導死了，拍攝就會暫停了吧。喔不，渡鹿野很有可能會因為「有話題了」而感到開心，然後若無其事地繼續拍攝。唔，反正我死定了，也沒什麼好在乎的了。

我閉上眼睛，任由衝擊襲來。

然而當時的我並不曉得，我會就此迷失在令人討厭的異世界。

2

「小兄弟，你沒事吧？」

一陣低沉的聲音傳入耳中。

睜開眼睛，看見阿姨正瞪大眼睛凝視著我。都是因為妳，我才會被休旅車撞到，居然還這麼悠哉。撞我的那輛休旅車倒是不見蹤影了。

「我沒事。」我撐著手起身，轉頭檢視全身狀況。可能是沒有撞到要害吧，看來除了右手有些擦傷之外，並沒有什麼大問題。其他停下腳步的行人，看到我沒事之後也就紛紛離去了。

拿起手機看了一眼，時間顯示為十二點二十八分。看來失去意識的時間大約有十五分鐘左右。

右手手背突然熱辣辣地刺痛起來，我想到控制室裡應該有些藥膏。拍拍羽絨外套上的灰塵，我站起來朝著「潘班尼莎號」走去。

伸手插入口袋，摸不到感應卡，一瞬間我感到氣血翻騰，但隨即想起剛借給山根了。

敲敲門，等了幾秒鐘，門打開了。

「把卡還給我。」

山根抓住門，默默地遞出感應卡，臉色看來極為蒼白。

我都昏過去那麼久了，這個男人居然毫無察覺嗎？不，比起幫助我，他大概是選擇優先執行「去倒垃圾」的指示了。雖然感到忿忿不平，但現在不是質問大叔的時候。我穿過攝影棚，打開控制室的門。

「……」

我想我到死都忘不了那一刻的衝擊吧。

春香雙腳打開呈M字型，就像正在被舔陰部，或是準備背面騎乘位的姿勢，比基尼則下拉到了膝蓋，渾圓的胸部完全暴露出來。

春香左手拿著塑膠容器，右手拿著木筷，並且正將蒟蒻往肛門塞。

在反射動作的驅使下我立刻關上了門，這就好像看到媽媽跟她的另一半正在上床時的反應一樣，都是出於動物的本能。

看來春香似乎擁有不正常的性癖，感覺應該也是挺變態的吧。AV女優也是人，不管養成了什麼癖好都無所謂，但把那麼美味的關東煮放進屁眼真的太匪夷所思了，難道將食物沾上病菌之後再享用是樂趣所在嗎？

天花板搖搖晃晃，但並不是由於地震，而是我頭暈目眩。身體如同火燒一般，反胃的感覺從下腹部油然升起。該不會是被撞到不太妙的地方了吧？

走出「潘班尼莎號」，我立刻將身體彎向人行道旁的樹叢裡，並開始大吐特吐。腸胃整個扭成一團，胃酸則是頑強地不停往喉嚨衝。

「對、對不起！」

門猛然打開，山根從車廂中跳了出來，額頭湧出油膩膩的汗水。

看來，他出狀況了。

山根拚了命地把我推開，然後低下了頭，一邊吼叫著一邊吐出黑色的物體。

我不由自主地往樹叢一看。

從山根的嘴巴裡噴出的東西並不是嘔吐物，而是大便。

大家都知道，大便是從屁股出來的，為什麼這位大叔居然會從嘴巴裡吐出屎來了？不對，春香剛剛也把蒟蒻塞進肛門裡，難道說……

我衝進了「溫暖生活」，拍了拍正在咖啡機前排隊的阿姨肩膀。

「妳是從哪裡吃飯的呢？」

阿姨轉過頭來，正是看起來像河豚的那位。

「是嘴巴嗎？還是屁股呢？」

「你問這什麼問題。」

「先別管那麼多，快告訴我！」

阿姨眨了眨眼睛，露出回答孩子問題的表情。

「那個，我是從屁股那邊吃啦。」

果然如此。

我現在所處的地方，並不是我原本的世界。

我想起一本小說的內容，那是我為了激發創意而去翻閱的書，故事是關於一個高學歷的處男因交通事故不幸去世，結果不知為何卻在劍與魔法的世界轉生了。主角運用自身的物理及化學知識，慢慢增加夥伴，最終與魔王對決。

看來我似乎也轉生到異世界了，嘴巴與肛門逆轉，非常瘋狂且詭異的異世界。在這裡，用屁眼吃東西、從嘴巴拉屎，被視為理所當然的法則。

全身的血液彷彿都被抽走一般，感覺非常不舒服。

我慌忙衝進廁所，還不小心在一個高低不平的地方絆倒，一個踩空讓我的身體向前傾，頭部直接撞上洗手臺。

我當場失去了意識。

醒來時，我發現自己正躺在醫院的病床上。

窗外是熟悉的景色，看來我正在池尻大橋站北出口的大學附屬醫院，就在事務所附近。

看著床邊的數字時鐘，十一月二號，下午四點。我睡了整整一天。

想要上廁所小便。我下了床推著點滴架離開了病房。照著指示牌在走廊上走著，然後進入了男廁。

眼前的小便器已經變成是半球形的陶瓷器，高度就在胸部上下，我就算伸長身子，也無法尿到裡面。

當我正站著一籌莫展的時候，一個臉部狹長得像翻車魚一般的男人走進廁所。看他穿著白袍，應該是位醫生。

我假裝洗手，並不經意地看著那個男人。那個男人低頭彎腰，從緊縮的嘴脣間噴出尿液。

帶著浮燥焦慮的情緒，我從廁所走出來。這是給住院患者用的休息室，有些人在打電話，有些人在看書，但大部分患者只是靜靜地晒著陽光。

一位坐著輪椅的少年撞到了我的點滴架。這個少年的臉看起來很像櫻花鉤吻鮭的小魚，我友善地露出笑容，沒想到少年卻像是看到了怪物一樣瞪大了眼睛。

「那是，牙齒嗎？」

少年伸出手比著我的臉，嘴巴則因嚇傻了而張得開開的，嘴裡沒有任何牙齒。

原來如此。這個世界的人們就是靠著屁眼吃飯，所以嘴巴就不需要牙齒了。每個人的嘴巴都很小，長得像魚一樣，想必也是因為如此。

我猛然環顧休息室，發現所有住院的患者都在看著我，甚至是搭乘吊車正在清潔窗戶的工人大哥，也同樣注視著我。我覺得自己就像是變成了動物園的猴子。閉上嘴巴，我匆匆離開了大廳。

回到病房後，有一位醫生、一位護士，以及兩個穿著西裝的男人正在等我。

「唉呀，太好了，廣田先生，你真是讓人困擾呢。請不要隨便亂走動啊。」

長得像泥鰍的醫生嘮叨了幾句。

「我已經沒事了，讓我出院吧。」

「在那之前，先跟我們說說你發生了什麼事吧。」

穿著西裝的白帶魚從胸前拿出員警證件，另一位叉牙魚員警則繞到了我的身後。

「我被一輛灰色的休旅車撞了，之後我就什麼都不記得了。」

「不，我們並不是來調查肇事逃逸事件的。」

叉牙魚員警用寒冷的聲音說道。不然這是怎麼一回事？

「請冷靜地聽我說。」白帶魚刑警清了清嗓子說道：「荻島春香小姐，也就是藝人樞木核桃，遭人殺害了。」

根據白帶魚員警的說法……

春香在「潘班尼莎號」的控制室裡遭絞殺身亡，凶器是SM用的皮帶，那是原本就放在控制室儲物櫃裡的東西，當屍體被發現時，皮帶仍纏繞在屍體的頸部上。

發現屍體的是渡鹿野和鶴本。十三點十分，從家庭餐廳「達瑪斯廚房」回到「潘班尼莎號」後，就發現春香已經死在控制室了。兩人報警後，開始在四周展開搜索，這才找到在「溫暖生活」站著看雜誌的山根，以及昏倒在廁所的我。

死亡時間估計是十二點到十三點之間的一小時。藉由司法解剖進一步檢查消化道內容物，結果在胃裡發現了消化中的蒟蒻，判定她在進食後大約過了十五到二十分鐘。我被休旅車撞飛之後的醒來時間是十二點二十八分；看到春香塞蒟蒻進屁股的時間是在此之後，所以大約是十二點三十分左右，因此可以推斷她是在十二點四十五分到五十分之間死亡的。在我在便利店廁所跌倒且陷入昏迷的期間，春香被某個人殺害了。

做為凶器的皮帶上，檢測出春香、渡鹿野、鶴本以及我的指紋。春香的指紋應該是在脖子被緊緊勒住的時候，用手抓喉嚨時留下的。身為「黑猩猩萊卡」的工作人員，我們三人在過去的拍攝中多少也都碰過那條皮帶，所以當然會有指紋。在所有關係人之中，只有山根的指紋沒有被檢測出來，但由於昨天的拍攝並沒有使用皮帶，所以驗不到也是理所當然的事情。「潘班尼莎號」的車廂門採用的是自動鎖，沒有感應卡就無法打開。在與拍攝相關的人之中，只有渡鹿野和我兩個人持有感應卡。我曾把卡借給山根，但在春香還活著的時候他就歸還了。也因此，我與渡鹿野就成為嫌疑最大的人。

渡鹿野在十一點五十分遭山根激怒，憤而離開「潘班尼莎號」，從中午十二點到一點，整整一個小時他都與鶴本在「達瑪斯廚房」共進午餐。「達瑪斯廚房」位於住宅區的盡頭，距離「潘班尼莎號」約有八百公尺，成年人步行約需十分鐘左右，渡鹿野只有一次為了抽菸而走出店外，其他時間都沒有離開座位。入口處的監視器拍到了兩人出入的畫面，時間符合他們所說的證詞。

另一方面，我從十二點半失去意識，一直到十三點十五分被發現，這段時間我並沒有不在場證明。倒楣的是，「溫暖人生」的監視器在一週前故障了，所以就沒有拍到我的影像。員警向店員及常客詢問過，但沒有人看到我昏倒在廁所。

順帶一提，失禁的山根大叔在審問過程中太過恐慌，導致換氣過度被送到了醫院，至今還無法好好接受問話。在十二點半左右，山根因為想要上廁所而走了出去，但回來卻發現門已經上鎖，無法進到車廂裡，因此只能無奈地在「溫暖生活」看雜誌消磨時間，這就是目前的推測。

「春香遭到殺害的時間，小貨車附近持有感應卡的人只有你，所以你還想否認犯案？」

白帶魚員警責問我。一醒來就捲入麻煩，這是異世界轉生的經典戲碼，但以殺人嫌犯做為開場，還真是難以接受的衝擊，要是我跟春香是青梅竹馬這層關係被發現，情況想必會變得更加糟糕。

「頭痛得要裂開了！下次再問吧，否則要是我在訊問中死了，你可就得扛起責任了。」

我的臉歪斜扭曲，一股腦躺回病床上。原本以為他們會踢我屁股，但兩名刑警只留下一句「我們會再來拜訪」，接著便離開了病房。

我知道自己一定會被緊緊盯著，要是不能證明自己的清白，遲早會被員警抓起來。

正當我躺在病床上心煩不已的時候，突然傳來敲窗的聲音。我抬起頭一看，差點沒從床上摔下來。在吊車上清潔窗戶的大哥，透過窗簾的縫隙向我招手。

「你在看什麼啊！我要報警了喔。」

大哥緊閉著嘴脣，用食指比了比上方。是叫我上去的意思嗎？

我走出病房，推著點滴架進入電梯。果不其然，在休息室裡看報紙的男人立刻緊跟在後的，是叉牙魚員警。

這棟住院病房記得好像有七層樓高。我在六樓出了電梯後，拔掉針筒，把點滴架擋在電梯門上，然後走樓梯去頂樓。

打開安全門，清潔窗戶的大哥就站在吊車欄杆後方。

「我是來幫你的，請上來吧。」

大哥拍了拍吊車的欄杆。

「你是誰？」

「等一下再解釋，趕快！」

雖然我完全處於狀況外，但是不能錯過這個機會。我越過欄杆，在吊車上躺下。

大哥操作著升降機，吊車開始緩緩下降。就在那瞬間，叉牙魚員警奔上屋頂的腳步聲傳了過來。

「你認識我嗎？」

「不認識。」

大哥低下頭看著我，嘴巴張得開開的。

「我叫春日部，十年前，我也被送到了這個世界來。」

他唯一的一顆發黃的牙齒，就在嘴巴右側。

＊

夏蟬喧鬧地鳴叫著。

暑假已經過了一半了。聽說蟬只能活一個星期，但牠們還是不停地鳴叫。

汗水、油脂和杯麵的氣味，滲入住宅區的一間房間。我正躺在地板上看漫畫，聽到蟬鳴聲中夾雜著女人哭喊。伴隨著奇特的電子音，一連串幼兒牙牙學語的瘋狂聲音反覆傳來。光是蟬叫聲就已經夠讓人心情複雜了，再加上如此前衛的音樂，更是讓人有爆血管的感受。

出房間，往走廊的左手邊走去，不出所料，聲音正是從三〇一號房間傳出來的。

「喂，你在搞什麼啊！」

我用力敲門，卻並沒有得到任何回應。轉動門把，門打開了，只見春香正在轉動身體，雙手跟著隨意亂動。我看她的腦子是燒過頭，澈底壞掉了。

「吵死了啦！」

大喊之後，春香終於注意到我，並將電視的音量調低。

房間裡只有春香一個人。夏希應該是在外面玩吧，她們的媽媽則是因為最近迷上了一個奇怪的宗教，所以很少回家。

「妳在做什麼啊？」

「練習跳舞。」春香以戲劇化的姿態回頭。「我決定加入MiniMoni了，想要我的簽名要趁現在喔。」

「我看妳連無花果女孩都擠不進去吧。」

我使盡全力諷刺她。無花果女孩其實是埼玉地區的一支在地三流偶像團體，偶爾會在廣告上看到她們。感覺這個團體的成員就像是募集減肥前對照組。她們的製作人是一位名為無花果的地方藝人，他老是把臉塗得很白，據說是一旦碰到就會帶來不幸的怪人，這樣的名聲在孩子們之間流傳廣泛。

「反正我只要能像MiniMoni一樣受歡迎就夠了。」

「妳跟夏希之間發生了什麼事了嗎？」

「什麼？才不是因為那樣呢。」

她的聲音變得強硬，真是個很容易被看穿的傢伙。

春香過去一直都在為了妹妹的請求，不顧一切地挑戰難以實現的事情。為了成為發明家，她收集了很多垃圾；為了成為名偵探，她尾隨可疑的大叔；為了成為美國人，她努力閱讀英文書籍。所有特立獨行的舉止，都跟夏希有關。春香雖然很聰明，且經常被選為班上的幹部，但只要是為了妹妹，她就會瞬間失去分寸。

四年前，我和春香五歲，夏希還在包尿布的時候，有一天突然發生了一件事，當時夏希失去了意識，被救護車直接送往醫院。起因是春香在瞇眼打瞌睡的時候，夏希把橡皮擦塞進了喉嚨。
急救人員很快就將橡皮擦取出來，救了夏希一命。然而，從這天開始，春香就變成了另一個人。
生命是很脆弱的，人很容易就會死去。「唯有我能守護我的妹妹。」想必春香內心是有了這樣的覺悟吧。從那之後，無論多麼荒謬的事情，她都願意接受；無論多麼辛苦，她也不會推辭喊累。
「反正一定又是大家要一起去看 MiniMoni 的演唱會，但卻沒有約夏希之類的事情吧。」
當我說完開玩笑的話語時，春香正好擺出跟電視裡的加護亞依一樣的姿勢。
「我是認真的喔。我想要變得跟 MiniMoni 一樣受歡迎，讓夏希也看到。」
「夏希喜歡的是 Mini Moni，就算你成為偶像，她也不會因此而感到開心吧。」
「夠了廣舔，你別再插手別人家的事情了。」
她那認真的表情讓我感到自己變得像個無良的人，心情瞬間盪到谷底。

3

十一月二日、晚上八點。我在吊車大哥春日部的帶領之下，前往北千住的定食餐廳「鮪魚食堂」。
「兩份炸雞便當。」

原本我以為會在店裡吃，沒想到春日部卻點了便當。

「在哪裡吃呢？」

「去我家吃啊，還是說廣田先生，你要自己在這裡吃？」

春日部臉上掛著戲謔的笑容，並將目光掃向店內。跟著他的視線，我看到座位區的大叔們全都張開雙腿，把豬排及薑汁燒肉塞進屁眼。他們的褲子底部有拉鍊，可以將生殖器藏起來，僅露出臀部的屁眼。

假如這裡突然出現一個用嘴巴吃飯的人，整間店恐怕會立刻變成展示館。

「算了吧。」

那一瞬間，我感覺自己好像看了一部重口味的凌辱系影片，胸口鬱悶難耐，於是迫不及待地推開門，呼吸外面的新鮮空氣。

十五分鐘後，我們來到春日部居住的公寓六坪房，我也開始享受美味的炸雞便當。

「用平行世界來理解應該比異世界要來得容易吧。總之就是大部分現象都與原本的世界一模一樣，只有一小部分明顯不同。在這個世界裡，不同的地方就在於嘴巴和肛門的功能顛倒了。」

春日部宛如回到水裡的魚一般，不停念念有詞。他的年齡應該在二十多歲，粗眉毛、紅腫的皮膚、臉上長滿痘痘，瘦弱的身材像是演出處男角色的演員。

嘴裡只剩一顆咬合用的牙齒，其他都拔掉了，主要就是為了在這個世界不要被懷疑。在過去的十年之間，他一直在等待夥伴的出現。

「從外觀上來看並沒有顯著差異，只是對這邊的人類來說，肛門是攝取食物的器官。牙齒和舌頭也在肛門裡，但因為沒有呼吸功能，所以無法發出聲音。」

春日部從書架上拿出了「大家的身體百科全書」，翻開了第一頁，隨著可愛的指引圖示，看到一個右半身赤裸、左半身充滿內臟的少年人體圖。春日部指著少年的下體說道：

「這裡攝取的食物會被腸道蠕動推到頭部。」指尖從腹部移到胸口，然後再到臉上。「嘴巴是他們的排泄器官，食道、尿道、氣道都與嘴巴相連。喉嚨處有一個瓣膜，食道及尿道之間平時都是封起來的，除了要大便及尿尿的時候之外。」

「他們沒有舌頭，該怎麼說話呢？」

「有很大的皺褶和瓣膜，用以取代舌頭及牙齒，然後透過肺部的空氣產生振動而發聲。」

春日部翻到整本書的中間部分，一張側臉橫切面的插圖映入眼簾，一個息肉般膨脹起來的物體代替了舌頭。

「換句話說，這就是嘔吐等於排泄的世界。」

「真的耶！嘔吐等於排泄、排泄等於嘔吐。我們之間的差異只有這樣而已，鼻子或生殖器之類的位置並沒有改變。」

「真希望能轉生成更好的世界啊，為什麼偏偏轉生到這個會吐出大便的世界呢？」

「總是比用肚臍眼把茶燒開的世界要好多了吧。」

春日部總是哈哈大笑著。看來經過了十年的歲月，他已經想開了。

「平行世界的意思是，在這個世界上還有另一個我和你嗎？」

「沒有。當我來到這個世界時，這裡到處都留有我過往的生活痕跡，但卻怎麼也找不到我自己。也就是說，當那邊的A先生來到這裡，這邊的A先生好像就會被送到那邊去，兩者互換。」

去到那個世界的我，會因為看到人們嘴裡都長著牙齒而嚇得癱軟在地吧。

「那個世界跟這個世界，有多大的差異呢？除了腸胃之外，大家都是一樣的嗎？」

「不是的。仔細觀察的話，就會發現一些微妙的差異。朋友說話的聲音、鄰居的髮型、超市招牌的顏色、定食餐點的小菜調味，差異點可說是琳瑯滿目。身體機制的不同似乎也有帶來一些影響，不過並不明顯。」

就跟蝴蝶效應一樣，腸胃翻轉的影響會顯現在哪裡還未可知。

「那麼，在這邊死亡的女人，在那邊還繼續活著的機率應該也是零囉？」

我稍微前傾身子，春日部有些支支吾吾地說道：

「我調查了家人、親戚、朋友、藝人、政治人物、運動員等各種人士，沒有發現死去的人還活著的情況，相反的情況也沒有。」

「世界很大。只是你還沒發現而已吧。」

「小學時，我有一個同學叫做米田，他最擅長的事情就是吃東西很快，可惜在他十歲的時候，因為麵包卡住氣管而死亡。然而，我來到這裡後發現，這個世界的人去吃飯和呼吸的時候，使用的是不同的器官，所以應該不會發生食物跑進氣管的意外。」

「還活著嗎？」

我不禁大聲喊出來，但春日部卻搖了搖頭。

「我調查了一下，結果發現這邊的米田也是在同一天喪命的。據說他是因為吃了太多冰淇淋，半夜一時肚子痛，結果拉肚子時噎到喉嚨裡……」

「這還更慘耶。」

「不過你仔細想一想，假設在那邊的世界已經死去的人，在這邊還活著，那麼，隨著這種小小的差異不斷累積，世界一定會有所改變，過了十年就會完全變成另一個世界了吧。所以我認為在兩個世界之間，一定有一股力量在調整差異之處。」

所以不會有「這邊的春香已經死了，但那邊的春香還活著」之類的事情發生。我嘆了一口氣，呼出了大蒜的味道。

春日部猛然抬起頭，電視上正播放著ＮＨＫ新聞。

「影像製作公司職員廣田宏因涉嫌謀殺藝人樞木核桃，遭到警方通緝。」

螢幕上出現一張特寫的大頭照，照片上的男子看來一臉疲倦。跟其他人的狀況一樣，在這裡的我下巴也是小小的。

「我發誓我並沒有殺害樞木核桃，當我在這個世界醒來時，核桃已經死了，然後我就成了嫌犯。」

「我相信你。**畢竟身陷這種困境之中，並不是什麼殺人的好時機**。」

春日部表情認真地擠破了臉頰上的青春痘。

「不過，聽了員警的敘述，感覺上他們會對我產生懷疑也是情有可原。想要洗刷冤屈，只能把真正的犯人挖出來交給員警了。」

「讓我來幫你吧。好不容易交到朋友了，如果你被抓去關我一定會感到很遺憾，況且，我也不能原諒殺害樞木核桃的人。你覺得有嫌疑的是渡鹿野導演嗎？」

春日部輕描淡寫地說道。

「別在那邊裝腔作勢了。像樞木核桃這種默默無名的女優，你怎麼可能會知道。」

「知道啊。說實在的，只要是男人都會認識她。」

春日部像個正值青春期的中學生一樣，臉頰一陣泛紅。他用手機搜尋「樞木核桃」，並轉過螢幕讓我看結果。

我簡直不敢相信自己的眼睛，「超人氣性感女優」、「非常活躍的偶像」、「在國際上也有許多死忠粉絲」、「名人們全都悲慟落淚」，這些與樞木核桃格格不入的標題文字充斥在網路上，她本人的社群媒體更是充滿了大量的弔唁留言。

看到演出作品的樣版圖示後，我立刻明白她的人氣如此之高的理由。在原本的世界裡，核桃長得就像剛拔完智齒一樣，沒有任何魅力可言，腮幫子還鼓鼓的。然而，這個世界的核桃則因為沒有牙齒，下顎完全消失了，感覺臉小了兩倍。光是這樣的差異，再加上丹鳳眼及高聳鼻，綜合起來就成了超脫俗塵的美女。

「好像有一些熱心的粉絲還計畫了一場追悼活動，不過大部分的網民都是激動地呼籲盡快對凶手判處死刑。」

我好像成為全日本男人的公敵了。

「所以，你為什麼覺得渡鹿野有可疑之處呢？」

「這是因為導演有殺人動機。」

春日部喝光杯子裡的水，一臉了然於胸的表情。

「動機？」

「你不知道嗎？渡鹿野導演和一家經紀公司勾結，準備讓樞木核桃的妹妹出道成為ＡＶ女優呢。」

4

西川口車站東出口附近，距離約兩百公尺的繁榮市區中，有一棟住宅大樓，鶴本杏子常去的投注站就在裡頭。

「有個女人走過來了。」

春日部聲音高了八度。十一月三日晚上十一點，我和春日部在建築物對面的咖啡店裡，等待鶴本杏子大駕光臨。

鶴本已經四十多歲了，是技術人員中的老手，專長是錄音和音訊編輯。渡鹿野非常信任她，不過並沒有夥伴間的那種親密感，難以捉摸的性格也讓我跟其他兼職的工作人員，都保持著一定的距離。

春香被殺的時候，渡鹿野跟鶴本正在「達瑪斯廚房」。如果渡鹿野是殺害春香的真凶，那麼要不就是鶴本在撒謊，要不就是渡鹿野以某種方式騙過了鶴本。無論哪種情況，我都需要聽她的供詞才能揭露真相。

「出現了！我過去囉。」

我把帽子壓低，戴上黑色邊框的眼鏡，並走出咖啡店。幸運的是，我的長相從鼻子以下都不一樣了，所以只要遮住眼睛應該就不會被通報。我穿過人群，從後面叫住了鶴本。

「我是廣田，請不要回頭，一邊走一邊聽我說話。」

鶴本毫無猶豫地轉過頭來。

「你不是被通緝了嗎？」

我慌忙快步走到鶴本的身後，結果她也跟著回頭，而且陣陣酒味從她的下半身襲來。

「我不是犯人，可以讓我問一下嗎？」

「唔，你說的話真有意思。好吧，我知道了。你想問什麼？」

鶴本邊說邊用手指比了比小了一圈的下顎，接著便開始往前走去。

放在顎下並說道，開心地走在路上。

「聽說渡鹿野導演想讓樞木核桃的妹妹出道，這是真的嗎？」

「咦？你是失憶了嗎？類似像重症患者的性解放等等的狗屁創意，你應該也聽過吧。」

「我不過是想確認一下罷了。十一月一日，山根在拍攝中意外大便失禁後，鶴本跟導演是在中午十二點到一點之間去『達瑪斯廚房』用餐對吧……」

「我們不是吃飯，而是吃義大利麵。」

「渡鹿野導演離席去抽菸的時間大約是幾點？」

「十二點二十分，五分鐘之後才回來。由於肉醬義大利麵還沒送過來，所以我一直盯著手錶看，才會記得這麼清楚。」

「導演真的在店外抽菸嗎？有沒有可能去了其他地方呢？」

「不可能是渡鹿野啦。我沒有全程盯著看，所以無法斷定，但是從『達瑪斯廚房』走到拍攝現場的路口，來回得要二十分鐘，就算是用跑的也要十分鐘左右。所以我覺得殺了核桃再跑回來只花五分鐘是不可能的事情。」

這一點我並沒有異議。因為我自己是在十二點三十分看著春香吃蒟蒻，所以，如果渡鹿野在十二點二十五分回到座位，就不可能殺害春香。

「回來之後，導演還有再離開座位嗎？」

「沒有。一直到一點走出店門外為止，我們都在聊天。」

「不好意思，這一個小時的時間裡，你們聊了些什麼？」

「我們為了核桃的妹妹首次亮相的企劃在做腦力激盪，是要以紀錄片風格專注於罕見疾病患者的AV出演，還是要打出姊妹丼噱頭，拍些浮誇的橋段呢？」

鶴本的聲音變大了。姊妹丼計畫永遠不可能實現了。問題是，渡鹿野是否知情。

「導演看起來有沒有什麼不正常的地方嗎？」

「沒有。」鶴本說話時聲音有些哽咽。「我想是沒有啦。」

「看來是發生了些什麼吧？」

「沒有什麼大不了的事情。從『達瑪斯廚房』返回『潘班尼莎號』的途中，他說他把手機忘在桌子上了，所以再次回到『達瑪斯廚房』。但是，那傢伙幾乎都是用手機支付應用程式付款的，所以如果忘記帶手機，在結帳時不可能沒注意到，我是這麼想的。」

「為了返回店裡，所以假裝忘記帶手機對吧？鶴本也有一起走回去嗎？」

「沒有，畢竟已經超過約好的時間，況且他也叫我先走，所以我一個人走回到那個路口。不過，當時我再怎麼敲車廂的門，也沒有人來開，而且我手邊沒有感應卡，最後只好自己一個人獨自等待渡鹿野過來。」

結果後來就在那邊發現了一具屍體，導致一切都亂了套。

「為什麼導演要回去『達瑪斯廚房』呢？」

「不知道呀，店員長得也不可愛，總不可能是回去說服她吧。」
在我不禁苦笑的瞬間，鶴本轉頭望向我，眼睛瞪得圓圓的。
「那顆牙齒，是怎麼一回事？看起來就像噴射河馬珠美一樣。」
「我急忙閉上了嘴，但為時已晚。鶴本將手指塞進了我的嘴巴，並往內窺探我的口腔。
「快停下來，而且噴射河馬……是什麼啊？」
「噴射河馬珠美是個AV女優，嘴裡長了牙齒感覺很噁心。這應該要去哪一科就診呢？」
我嗆咳了一下，趕緊吞下了一口口水。看來在這個業界還有一個，跟我一樣從原本那個世界過來的不幸的人。
「她是哪一間公司的？」
「早就死了啦。大概十年前吃了大量安眠藥導致身亡，其實她拍的企劃都不錯，或許是因為作品都沒有紅起來吧。」
「妳還知道些什麼？」
「我知道的可精彩囉。當時在越谷有家叫『HIPPOPOTAMUS』的應召站，那裡雇了很多嘴巴長滿牙齒的女人，說有多奇怪就有多奇怪，但卻像邪教一般人氣很旺，珠美就是裡頭的紅牌。」
這樣的事我還是頭一次聽說。難道越谷是個容易發生轉生的地方嗎？還是說那家店會到處去蒐羅異世界轉生的女人?若是能解開那家店的謎團，或許我就能找到重回原來世界的方法。

「對了對了，那家應召站的經營者也是個奇怪的傢伙。」

鶴本像狗一樣嘿嘿嘿地呼吸著。

「奇怪的傢伙？」

「是埼玉在地的街頭藝人，名為無花果。」

5

「顛顛莊」座落於越谷市的北邊，就在古利根川岸邊，四周人煙稀少。

鐵皮屋頂傾斜、牆壁變得漆黑、階梯遭鏽垢覆蓋。在網路的討論區上，有多篇留言提到無花果在這棟公寓現身的證詞。

按下眼前的二〇一號房門鈴，沒有任何回應。我嘗試轉動門把，但門上鎖了。磨砂玻璃後方一片漆黑，無法得知裡面是否有人居住。

「嘖，大老遠來這一趟，竟然不在家。」

春日部不禁咋舌。突然其來的新發展，讓他心浮氣躁起來。

「你們是哪裡人啊？」

階下傳來怒吼聲。望向欄杆下方，一個活像膨脹河豚的男人正瞪著我們。他頂著尖尖的頭、戴著大面鏡片的太陽眼鏡，一看就知道不是普通人。

「你是無花果先生嗎？」

春日部開口詢問。

「我不知道你們是哪家業者，但今天是我們的還款日，所以你們這些外人最好滾遠一點。」

看來無花果是在違法的地方借了錢，連討債的人都找上了門，想必無花果肯定是住在這裡沒錯。

「了解了，我們之後再過來。」

春日部慎重地回應，並從錢包中取出收據，用筆匆匆寫下一些字，然後塞進郵筒裡。

〈想要跟您買些情報，請務必來電聯繫，080-××××-××××〉

隔天中午過後，我們在春日部的房間吃著「鮪魚食堂」的天婦羅便當。就在這時候，春日部的手機傳來震動。

「你是誰啊？」

我把耳朵貼在手機上，結果聽到了不自然的低沉威脅聲，就好像小時候在電視廣告中出現的那個無花果先生所發出的聲音。

「我是春日部，正在調查你店裡的一個女人。」

「是警察嗎？」
「不是，也不是黑道。」
數秒的寂靜。
「情報費一百萬，先預付三十萬，如何？」
「知道了，我會準備好的。」
春日部立刻回答，將事先決定好的集合地點和時間告訴無花果之後便掛掉了電話。
「你可真行啊，居然付得起一百萬。」
「我會想辦法的。反正不管在這個世界花了多少錢，只要回到原來的世界就跟我沒關係了。」
春日部咬了一口炸蝦的尾巴，似乎是想要藉此掩蓋笑意。

十一月四日，晚上十點。我和春日部一起前往西多摩的廢棄倉庫探查。「黑猩猩萊卡」要拍監禁的場景時，經常會採用這個地方。
「這有點超出想像了吧？」
看著揮舞金屬球棒的春日部，我也開始感到驚慌。本該是為了洗清冤屈才來進行調查，沒想到卻演變成需要用球棒來攻擊他人。
「你在說什麼呢！這麼難得的機會，難道你會希望讓它溜走？」

春日部放下球棒，以輕蔑的眼神看著我。

作戰策略如下。

我在倉庫正面迎接無花果，接著打開鐵捲門進到裡頭，帶著無花果進到倉庫後，春日部再從角落衝出來，用金屬球棒朝著無花果的頭上重重一擊。然後下一步就是將昏迷的無花果綁在柱子上，逼問他把那些有牙齒的女人聚集起來的方法。之所以會有這麼粗暴的作戰計畫，就是因為我們兩人的存款全部加起來別說是一百萬了，就連預付款三十萬都沒有。

「被球棒打到是有可能會死掉的喔。」

「到時候再想其他方法來蒐集情報就好了。」

「殺人可會被員警追捕的喔。」

「就算在這個世界上被通緝，只要能回到原本的世界就沒事了。」

「要是另一個世界的你也在想同樣的事情呢？」

「那就會被關進監獄了吧。」

「哈囉，你是春日部嗎？」

回頭一看，有個大叔正看著我們，他將薄薄的髮絲全都向後梳理，身穿皮夾克、眼戴墨鏡，十足美國風格的一位大叔。雖然乍看之下他不像以前一樣，是個外貌醜陋的怪人，不過，要是在他嘴裡塞點東西，然後再畫一點妝，應該就能想像得出來他過往的狀態。

「呀！」
春日部揮舞著金屬球棒，然而無花果早一步衝過去抱住，並往前倒去，最後像騎馬一樣壓住他。金屬球棒掉到地板上，發出咚咚聲響。
「你這傢伙，快住手！」
春日部試圖擠開無花果，但是當無花果往他的鼻頭猛打了一拳之後，他便翻起白眼一動也不動了。
看來，無花果對於打人這件事是習以為常了，而春日部只會說空話。
「你不是殺了ＡＶ女優的凶手嗎？」
看到我之後，無花果眨了眨眼睛。事情都走到這個地步了，只能繼續幹下去。我伸手想撿金屬球棒，同一時間無花果也站了起來，從背後勒住我的脖子。
「你們的目的是什麼？」
無花果的手臂緊扣住我的喉嚨，大腦立刻陷入缺氧狀態，視線也越來越模糊，就在這種恍惚狀態下，我張開口咬了無花果的手臂。
「哇！」
大概是沒料到我的嘴巴裡會有牙齒吧，無花果頓時驚慌失措，我趕快趁此機會撿起地板上的金屬球棒。
「遇見你真的會帶來不幸，那個傳聞果然是真的。」

我生平第一次朝著一個人的頭部全力揮出重擊。

過了三十分鐘，我和鼻子仍在流血的春日部一起對無花果展開訊問。

「你們做了這些事，以為荊木會的人會漠視不管嗎？」

被綁在柱子上無法動彈的無花果放聲嘶吼。

前所未聞的黑道組織名稱，讓我有些不知所措。春日部朝我眨了眨眼，接著便用金屬球棒狠狠給了無花果的肚子一擊。他的嘴巴裡噴出黏糊的液體，不是嘔吐物，而是排泄物。

「放輕鬆、放輕鬆。我說我說，只要說出來就沒事了吧？」

虐待長者讓我感到有些不舒服，幸好無花果的回應讓我鬆了一口氣。

「你們有聽過新世界信仰會這個邪教嗎？」

我懷疑自己是不是聽錯了。

「這個世界上存在著光明與黑暗、正面與反面兩個世界，就像兩顆軌道不同的行星一樣，這兩個世界彼此不斷交錯，這就是他們的世界觀。」

「在這種地方宣傳宗教嗎？」

「唔，我不是信徒，也不認為他們能夠拯救人。但是他們對於世界的觀察方式，確實觸及了核心。

你們也應該知道，世界存在著兩種形態，一個是人類用屁股吃飯的世界，另一個是用嘴巴吃飯的世界。這兩種世界就像波浪一樣，不斷地擺動，時而靠近，時而遠離，彷彿是完全不同的世界，卻彼此影響著。

打從我有記憶以來，就能感受到兩個世界的距離。每隔數日到數週，兩個世界會完美地重疊在一起。當我還是個孩子時，偶然發現了進入另一個世界的方法。當兩個世界重疊的瞬間，我也同時腦震盪的話，就可以跟那個世界的我互換身分。我會抓準時機從二樓跳下去，就這樣去了那邊的世界好幾次。」

我聽到春日部吞下一口口水的聲音。看來轉生並非單行道。

「當時的我還只是個孩子，並沒有想要利用這個能力來賺錢，更沒有開創宗教的念頭，單純只是對自己的世界感到厭倦了而已。

三十年後，我在一本週刊雜誌上看到新世界信仰會的文章，猛然想起自己的能力。當時的我受雇於一家便宜的泡泡浴，在那邊當店長。由於先前參加偶像培訓，最終以失敗收場，導致我背負了巨大的債務。不管我多努力工作，債務始終無法減少，於是我就思考著到底有什麼方法能讓店裡的生意興盛起來，結果就讓我想出了怪物情色店的主意。那個世界的人們用嘴巴吃飯，所以屁股上沒有牙齒。等於陰道跟肛門都可以進入，穴有兩倍、興奮度也增加兩倍，當然也就帶來兩倍的客人。

說實在的，『HIPPOPOTAMUS』在第一年做得非常成功，但由於沒有太多願意回頭再光顧的老客人，導致營業額在第二年就開始下降。更棘手的是，我雇用未成年少女的事被揭發，被警方抓了起來，使得現在只剩下一堆債務。」

哈哈哈哈哈哈……自嘲的笑聲傳來。我跟春日部交換了一個眼神，然後一起轉向無花果。

「你的事情一點都不重要，我們只想回到原本的世界。下一次世界重疊是什麼時候？」

無花果臉上的笑容消失了，閉上眼睛，深深地吸了一口氣。

「十一月七號淩晨三點……十四分。」

今天是十一月五號，後天就是七號。

「太好了！終於可以回家了！」

春日部緊握雙手，長滿青春痘的鼻子變得更加通紅。

6

隔天十一月六日，清晨五點，在北千住臭氣熏天的破爛公寓裡。

春日部從棉被中跳了起來，發出了如同掉進池塘的狗一樣的慘叫聲。

「我做了個不愉快的夢，有個走美國風的大叔在夢裡被我拷問。」

春日部的額頭冒出大滴汗珠，從昨晚開始他就完全high了。

「那並不是夢。」

「啊啊，沒錯。我終於可以回到原來的世界了。」

春日部搔著臉頰及手腕，興奮地喃喃自語。他的話語給了我一種奇怪的感覺，但想了再想也不知道原因是什麼。

兩個世界交錯的時間只剩一天。在回到原本的世界之前，我想找出殺害了春香的凶手，因此決定再次回到代代木公園站附近的犯罪現場瞧瞧。

我借了春日部的小麵包車，沿著國道四號線南下前行。每當看見警車或員警時，腸胃就會感到一陣疼痛。

我試著重新審視整起案件，首先，我並沒有殺害春香，所以嫌犯剩下渡鹿野、鶴本，以及山根等三人。

就動機而言，最可疑的就是渡鹿野，他曾試圖讓罹患重病的夏希參演成人影片。春香若是得知此事，肯定會盡全力阻止。由於春香使出極端的手段，導致渡鹿野忿忿不平，繼而殺害了春香，這是非常有可能的發展。

問題在於不在場證明。死亡時間有可能是十二點到十三點之間。然而，根據死者胃中所發現的蒟蒻消化狀態，推估春香是在十二點四十五分到五十分之間被殺害的。渡鹿野和鶴本兩人在十二點到十三點期間，待在距離現場八百公尺的家庭餐廳。除了渡鹿野在十二點二十分去抽菸之外，兩人都未曾再離席。設置在入口的防盜攝影機影像也支持證詞，兩人的不在場證明堅不可摧。

這麼一來就只是山根了，他是在十二點三十分時跟我在後面離開了「潘班尼莎號」的車廂，但由於沒辦法再回到車廂內，所以他走到「溫暖生活」附近殺時間。雖然他沒有感應卡，但只要從我的口袋偷取，或是由春香幫他開門，都可以解決這個問題。然而，凶器皮帶上並沒有找到他的指紋。直到拍攝工作開始前的三十分鐘為止，他恐怕從沒想到想過自己會被招募來當男演員，實在很難想像這樣的男人會殺了初次見面的女優。

果然最可疑的還是渡鹿野。難道不是他偽造了不在場證明，試圖讓我背負罪名嗎？

想著想著，位在路口旁的拍攝現場映入眼簾，黃色警戒線把路邊的角落圍了起來，五天前，「潘班尼莎號」就停在同一個位置。現場沒有看到任何員警，我把小麵包車停在五十公尺外的地方。

震耳欲聾的刺耳聲響彷彿還在耳邊，如果阿姨沒有站在馬路中間、休旅車也沒有為了閃避阿姨而朝我撞過來，我也就不會被送來異世界了。能不能保護春香我不知道，但至少不會陷入這麼麻煩的事態之中。

等等，嫌犯還有一個。

我並沒有殺春香。但是，如果另一個我殺了春香呢？

兩個世界雖然大部分狀況是一致的，但偶爾還是會出現細微的差異，就像另一邊的樞木核桃是個默默無名的企劃女演員，而這邊的樞木核桃卻大受歡迎。這個世界裡的我，對春香懷有殺意，在殺了春香後立刻發生事故，導致兩個世界交換，有可能是發生這樣的事情嗎？

「……」

我關上引擎，靠在座椅上深吸了一口氣。

這個假設有點奇怪。被休旅車撞到之後，也就是十二點三十分，我在控制室看到春香正在吃關東煮。當我來到這個世界的時候，春香還是活著的。如果之後還有另外一個我殺了春香的話，那表示這個世界同時有兩個我存在。

發生在我和春日部身上的事情，是所屬世界的對調，不能單獨將其中一邊的肉體搬移到另一邊。這跟無花果的說法一致。當我來到這個世界，另一個我就被送往另一個世界。我本身的存在，就變成了另一個我的不在場證明。

我皺著眉頭嘆了口氣。明明已經接近真相，但就是差那麼一點點。

猛然望向後視鏡，我發現「潘班尼莎號」前方停了一輛警車，我急忙重新戴好帽子。

巡邏車的車門打開了，叉牙魚員警和渡鹿野走了出來。叉牙魚員警扯掉警戒線，渡鹿野則坐上「潘班尼莎號」的駕駛座。應該是完成了鑑識調查，所以才來把車子開走吧。渡鹿野調整了座椅高度後，啟動了引擎，往澀谷車站的方向駛去。

叉牙魚員警打算返回警車，但突然停下了腳步。在柏油路面上，差不多就在剛剛「潘班尼莎號」前輪所停的位置，有根類似小棍子的東西掉在那裡。那是我在被撞前所吃的牛筋串，它應該是跟著我一起被撞飛，滾進了輪胎凹槽及柏油路面之間了吧。

叉牙魚員警拿起竹串仔細端詳，然後丟進了灌木叢裡，接著坐上警車，來了個U型迴轉，開著車飛速離去。

就跟今天早上聽到春日部的話語時，內心感到一陣詭異的感覺一樣，此時此刻我也覺得事情有些怪怪的，但具體是什麼事情我還說不上來。

靠在方向盤上，我凝視著「潘班尼莎號」已經不在的交叉路口。

7

十一月七日，凌晨三點，距離兩個世界重疊僅剩十四分鐘。

我在公寓的走廊等待那個瞬間的到來。雖然考慮了撞牆、衝到車子前方等各式各樣的方法，但最終得出的結論還是無花果所說的從二樓跳下來，這是最安全且最確實的做法。

春日部為了尿尿往後面的空地走去；我則是感到有些心神不寧，因此打開網路翻找樞木核桃的相關新聞。

明日晚上，在惠比壽的一間 Live House 將舉辦追悼活動，屆時將展示花架照片，以及播放各界名人的悼詞，核桃所屬的偶像團體也會在現場表演，整體來看真的是頂尖的ＡＶ女優才會有的豪華陣仗。

「好期待可以再次坐上溫暖的馬桶上廁所。」

春日部一邊拉上拉鍊一邊走上樓梯。由於這個世界的小便斗位置在胸前的高度，所以只能站著小便。

拿起手機看了一下，時間已經來到三點十三分，只剩下一分鐘。

「我還是想留在這個世界。」

我假裝漫不經心地說出心底話，但卻沒有任何作用，春日部聽了之後還是目瞪口呆，大腦看來是當機了，眼睛一眨一眨的。

「為什麼？難不成是因為在這個世界裡，樞木核桃過得更加幸福？」

「我只是想把真正的凶手找出來而已，等找到了再回原本的世界也還不遲。」

說真的，其實最大的原因是我對另一個自己還抱有懷疑，如果我的猜測是正確的話，那麼另一個自己可能也在那個世界中殺了人。如果轉生後反而陷入更大的困境，那可就雪上加霜了。

「原來如此。隨你便吧，我先告辭了。」

春日部看著時鐘，然後身體從走廊的欄杆上躍出，轉了一圈後頭朝摔到馬路上。砰地一聲，沉悶的聲音傳來。

這可不是腦震盪而已，感覺這一摔是連頭骨都裂開了，沒問題吧？我走下了樓梯，俯瞰倒在地上的春日部。十秒、二十秒、三十秒……春日部一動也不動。

我戰戰競競地想要摸摸他的脈搏時，突然之間血液與腦漿噴湧而出，他的身體從頭到腳都沾滿了體液。頭蓋骨爆開了。

春日部已經死了，轉生宣告失敗。明明是照著無花果所說的去做，為什麼會這樣呢？

我不禁腰一軟，一屁股跌坐在地上。

還留著微溫的腦部碎末噴到我嘴裡，感覺非常不舒服。

下午兩點半，我來到了古利根川邊的破舊公寓。

「顛顛莊」二樓，二〇一號房，按了門鈴但沒有任何回應，是假裝不在嗎？還是連夜逃走了呢？我用手機打了電話，微微的震動聲隔著薄薄的門板傳了過來。

「明明就在家，出來吧！」

幾秒後，門鎖啪嗟一聲打開了。

「嘿，冷靜。今天不是還款日吧。」

開門的瞬間，我用日本刀劃過無花果的臉，從右眼穿過鼻子，直到左邊臉頰。肌膚炸裂開來。

無花果迅速轉身，伸手去拿流理臺上的刀。我彎下腰，往他的右腳踝橫劃一刀，沙啞的悲鳴聲傳來。無花果像是受傷的鴨子一般，在地上痛苦打滾。

一進入二〇一號房間，我立刻隨手關上了門。

「你……欺騙了我們對吧！」

春日部的死沒有其他的解釋。當春日部往下跳的時候，雖然兩個世界確實正在接近，但並未重疊在一起。然而，由於春日部仍舊想要強行去到另一個世界，導致他的意識已經不再存在於任何地方。腦袋已經爆炸了。無花果可能是因為受到拷問，所以隨口編了一個時間點。

「是我的錯嗎？破壞約定的不是你們嗎？」

無花果一邊用雙手按住臉部所滲出的血，一邊大聲怒吼。我強忍戳穿頭顱的衝動，一腳踩在他流滿血的腳踝上。大叔挺直背脊，發出一聲哀號。

「快住手，我也沒想到會變成這樣子。」

「變成這樣子？」

在過來越谷的路上，我打開小麵包車的收音機，一路聽下來發現春日部的事件似乎還沒有被報導出來。

「從今天早上開始，世界的運轉好像變得不太一樣了。」無花果撫摸著滿是雞皮疙瘩的手臂。「兩個世界像波浪一樣，時而接近時而分離，但波浪的運轉突然變得很奇怪。因為你們強行跨越世界的關係，波浪的形狀改變了。」

「所以會怎麼樣呢？」

「再過幾個小時，這兩個世界就會開始朝相反的方向前進。下一次的交錯，可能要等上數百年，甚至是數千年。」

我嚇得臉色發白。這意味著如果錯過今天，就再也回不去原本的世界了嗎？

「你該不會又再說謊吧！」

「真的，相信我！」蒼白的雙唇顫抖著。都到了這時候，他應該也沒有理由繼續編造故事了。

「最後一次的世界重疊是什麼時候？」無花果閉上眼睛，輕輕張開嘴脣，輕吐了一口，但不知道是屁還是嘆息。

「下午六點五十四分，那就是最後的機會了。」

回到小麵包車時，我無力癱倒在座位上。疲勞、不安、恐懼、期待，各種情緒交織在一起，然後全部壓在肩膀上。

假如無花果把警察叫來，那一切可就不酷了。我坐直身體，正準備轉動鑰匙發動引擎時，腦海中突然浮現出代代木公園站的十字路口。

昨天下午，員警將「潘班尼莎號」交還給渡鹿野，而他坐上駕駛座時，先是調整了座椅的高度，然後才發動引擎。仔細一想，這件事情真的有點奇怪。

渡鹿野對於「潘班尼莎號」有著非比尋常的情感，員工只有在拍攝時才能進入其中，開車的事也絕對不會假他人之手。拍攝當天的早晨，從辦公室把「潘班尼莎號」開到代代木公園的人，當然也是渡鹿野！

在那之後，春香被殺害、員警到現場調查採證，這一路的發展，「潘班尼莎號」都放置在原地。倘若輪胎有些微移動，那麼牛筋串應該早就被鑑識官採集了，或者是被風吹走。事實上，從昨天開始拍攝時，「潘班尼莎號」就一直停在同一個位置。既然如此，座椅應該也沒有任何改變，那麼，為什麼渡鹿野要調整高度呢？

「……」

我的喉嚨發出了一聲嗚咽。

山根的大便、春香的關東煮、渡鹿野的謊言、春日部的惡夢，以及「潘班尼莎號」的座椅。所有的線索全都指向同一個結論，就是那傢伙殺了春香。

時間已經過了下午三點，時間不多了，但我有一件非做不可的事情。

我緊咬牙關、猛踩油門。

8

千代田區永田町二丁目。「潘班尼莎號」就停在貼滿玻璃帷幕的大樓前面。

按照既定計畫，今天是「震撼永田町！與在野黨美女支持者的夢幻大連動！用3P解散國會特輯三」的拍攝日。即使是在妹妹的葬禮上，渡鹿野還是堅持要拍A片，所以我認為他不太可能因為工作人員被通緝就取消拍攝。我胸有成竹地往預定地點查看，果然正如我所料。

我將小麵包車停在大樓的停車場，並將包著手帕的日本刀藏好，接著走向「潘班尼莎號」。靠近車廂仔細一聽，隱約可以聽到女人的呻吟聲。

我敲了敲車廂的門，過了幾秒鐘，門鎖發出喀嚓聲打開了。

「你是哪位……」

從兼職員工的腋下衝進去，我徑直來到拍攝場地，錄影中的一對男女一起望向我。現場有導演渡鹿野正、錄音師鶴本杏子，還有兼職大學生，以及一位熟悉的資深男演員、兩位沒見過面的中年女演員。

「哇，又是你啊！」

鶴本拿下耳機，表情冷峻地說道。我猛然拔出沾滿血的日本刀，往試圖用手機撥打電話的渡鹿野刺去。一個額頭上綁著「在野黨」頭帶的女優失聲驚呼。

「只要你們不報警，我就不會傷害任何人。我只是有想問的問題而已。」我把刀對準了大家，然後再重新轉向渡鹿野。「是你殺了樞木核桃對吧？」

「你沒有問過員警嗎？我有不在場證明。」

「不對，那只是偶然的巧合所造成的結果，讓人乍看之下好像有不在場證明罷了。」

我繼續逼問渡鹿野。

「昨天下午，你去了代代木公園的路口把『潘班尼莎號』開回來對吧。我在附近看到了那一幕。你在發動引擎之前，調整了座椅的高度，但拍攝當天的早上，從辦公室到代代木公園的那段路，是你開『潘班尼莎號』的。所以說，座椅的高度有所變動，表示從開拍之後，一直到昨天為止，中間有人曾開過『潘班尼莎號』。

這時我突然想通了，當核桃被殺害的時候，你確實是在距離路口八百公尺遠的「達瑪斯廚房」。而且過程中只有為了抽菸離開座位五分鐘而已，這麼短的時間要往返兩地是不可能的。但是，如果『潘班尼莎號』停在達瑪斯廚房的停車場，那麼你就有可能犯案了。」

鶴本「唔」地低聲嘀咕，咧著嘴笑看渡鹿野。

「駕駛『潘班尼莎號』的是核桃，她懷疑你想要找她的妹妹來拍A片。倘若你是認真的，那麼她也只能挺身保護妹妹了。正因為如此，她才會想要去偷聽你們的談話。

我和山根走出車廂後，核桃從你放在車上的夾克中拿出了感應卡，接著坐上「潘班尼莎號」的駕駛座。為了避免發生意外，她動手調整了座椅的高度，然後用手機查找了最近的一家餐廳，並前往達瑪斯廚房。」

「那個女孩，會開車嗎？」鶴本問道。

「在確認年齡的時候，就有看到她的汽車駕照副本了。導演在達瑪斯廚房裡看到『潘班尼莎號』，立刻站起身往停車場走去。愛車的外觀和一般的廂型車並沒什麼不同，他假裝去抽菸，就是因為無法確認那是不是『潘班尼莎號』。

兩人在停車場相遇，結果發生了爭吵。核桃為了保護妹妹別無他法，而你也不是那種聽了別人的意見就輕易扼殺計畫的男人。結果，怒氣勃發的你，把核桃帶進車廂，用皮帶勒住她的脖子直到死亡，然後才神色自若地回到店裡。

跟鶴本一起吃完飯後，你們走出店外。然而才剛稍微走了一段路，你就謊稱忘記拿手機，獨自一人回到停車場，接著匆忙坐上『潘班尼莎號』，趕在鶴本的前面把『潘班尼莎號』開回路口，並停在原本的位置。最後，你躲在住宅區的角落，等著鶴本走到路口時，假裝從後面追過去。

若是不能趕在鶴本之前回到路口，那麼『潘班尼莎號』曾經移動過的事實就會被發現，不在場證明也就化為泡影了。你沒有調整座椅高度的餘裕，所以座椅高度才會從昨天開始都沒有改變。這就是這個事件在這個世界的真相。」

鶴本瞬間皺起眉頭，似乎感到有些疑惑。

「這不太對吧？渡鹿野是在十二點二十分的時候出去抽菸的，但根據警方的說法，廣田在十二點三十分看到核桃在吃關東煮，那就表示當時核桃還是活著的，而且『潘班尼莎號』也應該停在路口吧。」

「不僅如此，法醫在解剖過後發現胃袋中的蒟蒻已經消化了十五到二十分鐘。如果核桃是在十二點半吃下蒟蒻的，那麼被殺害的時間應該在十二點四十五分到五十分之間，這跟我離開座位的時間已經差了有三十分鐘左右了。」

渡鹿野趁勝追擊，兩人的說法的確都戳中了痛點。

「我說我在十二點半見到核桃是記錯了，我應該是在夢中看到的吧。事實上核桃在十二點零九分時發了一則推特，同時吃下一塊蒟蒻，然後在十二點二十五分遭到殺害。」

渡鹿野哼了一聲，鶴本也用無奈的表情聳了聳肩。

「真是胡說八道，哪有這麼剛好的事情。」

「我剛剛已經聯絡員警，請他們再次調查『達瑪斯廚房』的監視器。如果有拍到『潘班尼莎號』在十二點二十分前後進入停車場，並在十三點左右離開的畫面，那麼嫌犯就會是你們兩個其中之一。因為鶴本從頭到尾都沒有出去過，所以犯人肯定就是你。」

我爽快地對渡鹿野喊完話之後，用手機確認了時間，並伸手抓住了門把。

「等等，你想逃跑嗎？」

渡鹿野向我逼近，嘴角僵硬到不自然的程度。

「不好意思，我沒有時間陪你玩。」

我打開門，跳下車廂。

下午五時五十八分，秩父市相生町，一個建於四十年前且早已沒落的公寓一角。

從郵箱裡拿出一張明信片，藉以確認地址，接著便按下門鈴。電子音響起，雖然不帶任何情感，但卻讓人感到親切。

心跳的聲音清晰可聞。距離兩個世界重疊的最後機會，已經剩下不到一個小時。

喀嚓一聲，門鎖解除的聲音響起，但門卻沒有打開。

我拉開門把，立刻發現門鏈還掛著。門縫下方有個長髮女子盯著我看，她的皮膚浮腫，左眼眼瞼下垂得很嚴重。

「……廣舔？」

跟十三年前一模一樣，聲音還是像小鳥吟唱一樣。是夏希。

春香提供的駕照副本，上面的地址欄所寫的地方，就是這裡。

「我有一件事要拜託妳，能不能跟我一起去？」

不對稱的眼睛注視著我。我因為疑似殺害春香而遭到通緝的事情，想必她是知道的，所以要是被拒絕也是理所當然的事情，即使是胸口被刺一刀也不奇怪。

「為什麼？」

乾燥的嘴脣摩擦著。

「有個東西想讓妳看看。」

數秒的沉默。

「我知道了。」

門關上了，鏈子解開的聲音傳來。

再次打開門時，穿著羽絨外套的夏希從椅子上站了起來。

抵達目的地「惠比壽的 Live House」時，已經過了六點五十分。距離兩個世界交錯的最後機會只剩下四分鐘。

大廳牆上貼著「樞木核桃追悼演唱會」的海報，上頭的春香穿著可愛的衣服秀出美好姿態。粉絲們排隊的隊伍一路延伸至人行道，從西裝男到女高中生都有，客群可說是非常廣。

「想給我看的就是這個嗎？」

夏希靠在窗戶上說道。我無法回答。

在停車場把小麵包車停好，我走下駕駛座。在我出手幫忙之前，夏希早一步從副駕駛座下來，然後以老人般的步伐慢慢前進。

「我忘了拿東西了，等我一下。」

我返回停車場，進入小麵包車的駕駛座。夏希坐在距離 Live House 大約二十公尺的長椅上，百無聊賴地看著排隊的人龍。天空中漂浮著宛如人類腸子的雲朵，就像六天前一樣。

我沒有打算向夏希說出真相，無論是春香遭到殺害的原因，還是我即將要做的事情。

事件發生在十一月一日。我說我是在夢中看到的，那當然是謊言。十二時三十分，我確實在「潘班尼莎號」的控制室看見春香把蒟蒻塞進屁股裡。原本應該在十二時二十分被殺的她，為什麼還會出現在那裡？

原因就是，**我所見到的春香，並不是這個世界的春香**。

那一天，我針對當時所發生的事情做了總整理。十二點十分，我坐在長椅上吃著牛筋，突然被休旅車撞飛並暈了過去；十二點二十八分，我清醒了過來，並到「潘班尼莎號」去拿ＯＫ繃，就在這時候見到了春香。我感到不舒服，吐在了樹叢裡，緊接著山根登場，吐了大便；然後我衝進「溫暖生活」，結果不慎在進入洗手間時摔倒，於是在十二點半左右，我再一次失去了意識；下一次醒來已經是第二天的下午了。

我看到往屁股塞蒟蒻的春香，以及從嘴巴裡吐出大便的山根，直覺認為自己來到了另一個世界。但當時，我還沒有轉生。

我真正轉生到異世界的時間點，並不是被休旅車撞到的十二點十分，而是頭撞到廁所洗手臺的十二點三十分。

那麼，為什麼身在原本世界的春香，會往屁股塞蒟蒻呢？既然這邊的春香已經死了六天，那麼另一個世界的春香也早該去世了。可惜無法從她口中聽到真相。

不過，還是可以根據她生前的行為來推測真相。我被休旅車撞到的前一刻，春香在推特上發了一篇「工作人員買了關東煮給我！好好吃！」的評論，並且還搭配了將蒟蒻送進嘴巴的照片。然而，十幾分鐘後，春香卻把蒟蒻塞進屁股裡，那就表示春香當時根本沒有吃蒟蒻，照片也是假的。她在推特上發了假貼文，試圖假造自己吃蒟蒻的時間。

——下午的拍攝，請廣舔不要來。

她之所以會這麼跟我說，並不是因為被我看到拍攝現場會害羞，而是不想讓我捲入事件之中。春香透過假造吃關東煮的時間，讓死亡時間往後推遲，變成是她在拍攝時死亡。

整體設計就是如此，她藉著休息時間把吃進蒟蒻的照片發到推特上，但事實上並沒有真的吃，而是塞進屁眼裡。後續只要在屁眼塞著蒟蒻的情況下配合拍攝，並且趁工作人員確認畫面的空檔，把蒟蒻拿出來吃下去，這些動作只需要短短幾秒鐘。完成拍攝後，再用從控制室偷來的皮帶勒緊脖子自殺。

假設她在下午三點吃了蒟蒻，並在下午六點自殺，那麼法醫解剖後就會在胃裡發現三小時前進食的蒟蒻。春香遭到殺害的時間是推特貼文發布之後的三個小時，也就是下午三點左右。如此一來，整起事件就會變成是女優在午後的拍攝過程中發生事故因而窒息身亡，沒有任何轉圜的餘地。畢竟全裸拍攝的女優，在工作空檔趁機吃蒟蒻的事情，應該沒有任何人能想得到。

春香這次不允許走後門，就是因為她需要將蒟蒻藏起來，屁眼當然得保留空間。如果我沒有買關東煮回來，她應該是打算用魚肉香腸來做到同樣的效果吧。

無論是這個世界，還是那個世界，春香已經死亡的事實是不會改變的，但事件的結構卻完全不同。這個世界的春香被渡鹿野殺害了，但由於我的錯誤證詞，偶然地讓犯案時間往後延；另一方面，那個世界的春香想要將自殺偽裝成他殺，刻意誤導吃下蒟蒻的時間點，將死亡時間提前。就像腸道的方向一樣，兩個事件的結構也被逆轉了。

那個世界的春香，為何會想要用如此精心策畫的方式自殺呢？跟那個世界的核桃完全不同，她不僅不是知名的AV女優，渡鹿野也從未考慮要讓她的妹妹進入AV界。對春香而言，渡鹿野只是他曾參演作品的一位導演。很難想像她會為了要陷害這樣的男人，就做出這麼一連串的計畫。可能她是希望自己在渡鹿野的拍攝過程中死亡，那麼就能留下大筆遺產給夏希。

可以拿到錢的方式有兩個，一是自己的保險金，另外就是作品的銷售報酬。根據製作公司與經紀公司所簽訂的獎勵契約，A片的銷售金額會有幾%將直接支付給女演員，如果作品大獲成功，那麼獎金也會像滾雪球一樣不斷增加。

渡鹿野這個人，絕不會因為演員死了這種小事，就把作品封藏起來。女優死亡、導演遭到逮捕，用這樣的方式來進行宣傳，想必會讓作品獲得廣大迴響。如此一來，做為財產的繼承人，夏希也就能拿到巨額的獎金。

為了妹妹，春香甘願忍受任何苦難，而她的妹妹正在跟一種罕見疾病搏鬥，無論她多努力工作，治療費依舊遠遠不夠。於是，春香策劃這個世界所發生的事件。

雖然只是些枝微末節的小事，但我必須說，讓我誤以為這個世界是異世界的原因不只一個。

山根為什麼會從嘴裡吐出大便呢？原因很簡單。當他把所有的垃圾全都丟掉，再次回到「潘班尼莎號」時，不舒服的感覺又再次浮現。好不容易打掃乾淨了，若是再次把拍攝場地弄髒，肯定會被渡鹿野殺掉。慌張的山根立即從肛門接住大便。

要是能夠直接把大便丟到外面去就好了，但不幸的是我在此時回到了「潘班尼莎號」，山根當下立刻把大便塞進嘴裡，然後穿上褲子假裝什麼事都沒發生。

當時我偷偷往控制室窺探，然後臉色大變立刻衝出車廂，而山根雖然強忍了一下子，但終究還是沒忍住，跟在我身後跳了出來，並在人行道的樹叢中吐了一堆大便。

還有一件事，當我的腦袋混亂不堪地衝去「溫暖生活」時，問了一個長得像河豚的阿姨說：「妳是從哪裡吃飯的呢？」然後出乎意料的是，阿姨回答「我是從屁股那邊吃啦」。

這位阿姨是來自原本的世界，所以絕不會用屁股吃飯。然而，為什麼她卻回答「我是從屁股那邊吃」呢？

在我被休旅車撞到之前的一瞬間，這位阿姨就站在十字路口中央，注視著一朵奇怪形狀的雲。即使休旅車司機狂按喇叭，我也大喊著「快跑！」但阿姨卻完全沒有察覺。不管她有多麼受到雲朵的吸引，但對於這麼大的聲響完全沒有反應，實在很奇怪。可見阿姨的聽力是有問題的，她沒有隨身攜帶手機應該也是基於同樣的理由。

那麼，在「溫暖生活」的對話內容也變得完全不同了。我拍拍阿姨的肩膀問道：「妳是從哪裡吃飯的呢？」然後對著回過頭來的阿姨繼續追問：「是嘴巴嗎？還是屁股呢？」如果阿姨是透過脣語來理解我所說的話，那麼「妳是從哪裡吃飯的」這句話，肯定沒有完整地傳達出去。

……從哪裡吃？從嘴巴還是屁股？

阿姨實際上應該是這麼解讀的。就常識而言，會被問到這種問題的東西，大概也就只有鯛魚燒了吧。剛好那時候，在「溫暖生活」有秋天的關東煮和鯛魚燒的優惠活動，阿姨只是回答了她吃鯛魚燒的方式而已。

春香、山根，以及像河豚的阿姨。三個人因為各自的心思及盤算所做出的行為，交織在一起之後就讓我相信自己已經不在原本的世界，而是轉生到異世界了。就像春日部把超現實的事件誤認為做夢一樣，我也把兩個世界的界線搞混了。

我望向車裡的數位時鐘，六點五十三分。距離世界重疊只剩一分鐘。我扣緊安全帶、發動引擎，並把腳放在油門踏板上。坐在長椅上的夏希，疑惑地往我這邊看。對於我還沒有回去，她應該感到很困惑吧。

時鐘動了，六點五十四分。我猛踩油門。

夏希睜大眼睛，從長椅子上一躍而起。我一路完全沒有踩煞車，就這樣把夏希撞飛。她纖細的身體在空中翻飛，頭部先撞向柏油地面。小麵包車則撞上長椅，以左半邊翻起的狀態停了下來。

「喂，你還好嗎？」

兩位Live House的保安臉色大變地往夏希跑去，但她依舊趴在地上一動也不動。

我解開安全帶，打開車門摔倒在人行道上。警衛的腳步聲、看熱鬧的群眾叫喊聲、手機相機的快門聲。我的肩膀和腰部都非常疼痛，但意識似乎還是正常的。

我就這麼白白浪費了重返原本世界的最後機會，相信到死為止我都會對今天的事情感到後悔吧。

警車以驚人的速度趕到了，穿著制服的員警押住了我，將我的雙手扭到背後，並為我戴上手銬。

就在那個時候，群眾的聲音開始鼓譟。夏希猛然坐了起來，輕輕咳了一聲，然後四處張望。最後，她的目光停留在大廳牆上的海報。

「這是什麼？」

她的聲音顫抖著。望向 Live House 的排隊人龍，然後再一次看著海報。

——我是認真的喔。

春香說過的話在耳邊迴盪。

——我想要變得跟 MiniMoni 一樣受歡迎，讓夏希也看到。

員警抓著我的肩膀，把我推進了警車的後座。

隔壁的女人

0

肝臟刺身、八丁味噌燉煮內臟、辣炒碎肉及長蔥。再來一杯冰涼的啤酒。

看著排列在暖桌上的餐盤，我不禁讚嘆。昨晚的牛排已經相當美味，然而今晚的菜單更是與酒相得益彰，可惜沒有辦法拍照跟同事們炫耀。

將鍋子及平底鍋放進洗碗槽泡著之後，我在座墊上坐下。

首先，將肝臟刺身沾上胡麻油送入口中。跟在居酒屋吃的牛肝刺身比起來，今天的更加軟嫩、味道更加濃郁。雖然有一點鐵鏽的腥味，但考慮到它已經在冷凍庫放了兩天，已經算是很不錯的表現了。

接下來，我伸長筷子夾起一口辣炒碎肉，一咬下去，口中立刻充滿了鮮美的味道，長蔥的爽脆口感與碎肉的柔軟口感完美搭配，醬油調味若是再濃郁一些，應該會更棒。

先用水漱口，然後將燉煮內臟送入口中。今天的煮內臟比燉牛雜要來得有嚼勁，美味的味噌則是完全滲到進去。此外，雖然只是加入生薑燉煮，卻幾乎沒有腥味，這真的是絕品啊。

能夠讓我吃到這麼好吃的食物，她應該也會感到滿足吧。

我喝了一口啤酒，再次把手伸往餐盤。

1

在等待看診的時候，雨開始下了起來，結果到了晚上雨勢變得更加猛烈。

那天是搬到園畑之後的第二次定期健檢。已經進入孕期第五個月，但孕吐卻絲毫沒有減輕，食欲也不見蹤影，難免讓人感到有些擔心，但醫生卻只是一味重複著「這是常有的事情」，根本沒有要好好討論的意思。

梨沙子走出園畑綜合醫院後，在車站前的百貨公司買了些家常菜充當晚餐，並在圓環處排隊等待計程車。由於屋頂寬度不夠，導致風雨一直襲擊而來。當她聽到天空發出聲響時，就知道雨雲已經漸漸從西方靠過來。

排了三十分鐘之後，她搭上了計程車，穿過交通量較少的住宅區，五分鐘內就抵達了公寓。這裡跟車站前的熙熙攘攘比起來，完全像是處於不同的世界，四周非常安靜。她用信用卡支付了車資，接著就匆忙地衝進了公寓，連折疊傘都沒有打開。

自動門打開，走進玄關大廳，正當她準備打開感應門時，雨聲突然變得輕柔。

雞皮疙瘩瞬間冒出來。

咳咳、咳咳。

女性劇烈的咳嗽聲音從某個地方傳來。

她立刻轉過身查看。這裡沒有街燈，只有公寓的燈光微弱地照著馬路。沒有看見任何人。

大廳裡會不會有人呢？在自動門前右轉，也就是梨沙子所在的門口前方，有一個死角，那是一條排滿信箱的通道。

小心翼翼地穿過大廳，偷偷望向那條通道。

「……」

共用的傘架上坐著一隻貓。那是經常能在附近看到的三色貓，正用一副乖巧的表情盯著梨沙子所在的方向。她想起娘家所養的白貓在雨天也常常會咳嗽。由於她是搭乘計程車回來的，所以儘管貓在傘架下躲雨，她也不是很在意。

「別嚇到我。」

小聲抱怨幾句後，她走出了通道。

自動門外面突然亮光大閃，幾秒後隨即雷鳴轟響。

就在她打算堵住耳朵的時候……

咳咳、咳咳。

再次聽到更加激烈的咳嗽聲，接著是拖著沉重物體的聲音。

她立刻轉身望向傘架，但貓咪的表情沒有任何變化。

顯然是一個女人咳嗽的聲音，聽起來感覺非常痛苦，好像在向人求救一般。

心頭一陣不安，她推門走出了大廳。確認口袋裡的口紅型電擊棒還在之後，她打開了摺疊傘。

馬路上杳無人煙，左右兩排公寓也沒看到任何人的身影。

梨沙子繞到公寓後面，往河岸方向窺探。在民宅的水泥牆及高所的圍欄包夾下，黑夜變得更加深沉，淙淙水聲迫近耳邊。

突然，四周變亮，接著震耳欲聾的雷鳴聲響起。

那一瞬間，她看到了對岸有兩個人的身影。

一個是嬌小的女人，穿著卡其色的洋裝，前傾姿態靠在另一個人的背上。另一人則穿著肩上帶有條紋的白色襯衫，不過臉被那個女人擋住了，所以看不到。兩人過了橋之後就往右邊的小巷前進，身體微微傾斜。

梨沙子記得那個女人的臉，是綠色陽臺園畑七〇一號的住戶東条桃香。她認為是有人用揹的方式要把她帶走。

梨沙子知道自己不應該多管閒事，什麼都做不了的，畢竟她原本身體就比較虛弱，更何況現在還懷有五個月大的胎兒。

即使如此，她也沒辦法就這樣轉身離去。如果假裝視而不見，不單只是背棄了東条，也讓她感覺自己沒辦法保護即將出生的孩子。

壓低腳步聲，她慢慢過橋，呼吸變得困難，握傘的手滲出油膩的汗水。

橋長不到十公尺，所以梨沙子很快就來到了兩人所在的地方。在樹叢間探出頭，窺探右手邊的小巷。

正前方有一棟歷史悠久的公寓，幾扇小窗透出了亮光，淡淡地照耀著斑駁的柏油路面。

兩人的身影已經看不見了。

2

梨沙子和秀樹在八月十三日搬進綠色陽臺園畑七○二號室，也就是鄰居神祕消失的一個月前。

兩人在輕井澤的飯店舉行結婚禮到現在已經快三年了，當年透過聯誼認識時，秀樹只是個開口閉口熱情與夢想的系統工程師，但在跟朋友一起成立創投公司之後，業績快速成長，他也一舉在遊戲應用界成為有些知名度的人物。如今他已將公司售出，並在大型系統開發公司擔任首席技術長（ＣＴＯ）。以秀樹的經歷而言，對於在網頁製作承包公司打工的梨沙子來說，是想都沒想過的對象，所以她的父母知道兩人要結婚，簡直是開心到了喜極而泣的地步。

「三個人一起住在園畑如何？」

得知梨沙子懷孕的隔天，秀樹一邊狼吞虎嚥吃著早餐，一邊開口問道。

當時兩人所住的東京市區公寓，距離梨沙子工作的地方很近，然而秀樹卻得要花一個小時以上才能到位在園畑車站前的辦公室。梨沙子已經決定在生孩子之後就辭掉工作，所以沒有任何反對的理由。

對於園畑，梨沙子並不熟悉，她來自東北地區，趁著讀大學的機會搬到東京，所以對首都圈沒什麼概念。一直到跟秀樹交往之前，園畑這個地名她也只有在綜藝節目Wide Show（雜聞秀）上聽過而已。

結婚前，梨沙子唯一一次去園畑，就是秀樹邀請她過去玩。當時，在車站前已經有很多辦公大樓和高樓大廈，還有一座大型購物中心正在興建中。梨沙子感受到自己的生活圈所沒有的活力。

「搬家的事情完全沒問題，梨沙子只需要顧好寶寶就好了。」

就是因為秀樹這番話，所以公寓的購入及搬家的手續，梨沙子全部都交給他處理。

綠色陽臺園畑是一棟分開出售的公寓大樓，有五年的歷史，高十二層樓，距離園畑車站步行約十五分鐘。雖然離車站稍遠，但相較於公寓大樓高聳林立的區域，或許這裡更適合居住——梨沙子呆呆地想著。

搬家當天，梨沙子在公共區域盯著搬家公司的工作人員，同時一邊遠眺手扶梯另一側的開闊景色。由於四周的高樓密集並排的關係，即使身在七樓，感覺仍像是在一樓似的。覆蓋大樓一整面的玻璃帷幕，映照出天空中的捲雲，猶如電影中未來城市的景象。一想到自己也是這個區域的一分子，自豪感不禁油然而生。

「別站在外面太久，會中暑的。」

聽到秀樹的話，梨沙子回到了屋內。地板明亮得像新成屋一樣，讓人心情愉悅。

向搬運仙人掌盆栽的年輕員工點頭致意後，梨沙子從客廳的窗戶眺望海景。

「……」

梨子嚇得倒吸一口氣。

距離海岸線不到十公里的地方，一片工廠拔地而起。粗獷的金屬和混凝土凝聚在一起，衝突感壓迫得讓人喘不過氣，而且煙囪還不停冒煙。梨沙子感覺到一股難以言喻的不安，彷彿被陌生人猛然盯著看一般。

為了強壓下焦慮的心情，梨沙子移開了視線。公寓後方有一條河緊鄰，河岸邊有個牌子上寫著「漆川」。河水相當混濁，呈現泥土色。

河的那一邊排列著低矮的房屋，鐵皮屋頂上的鏽斑格外顯眼，甚至還有用藍色塑膠布覆蓋的營房。這一切都跟車站前景象比起來，完全是不同的世界。

為什麼看房那一天沒有發現呢？梨沙子記得當時窗戶上貼著半透明的膜……

「梨沙子，讓一下。」

視線轉回屋內，工作人員正在搬一個高大的書櫃。他們按照秀樹的指示，將書櫃擺放在擋住窗戶的位置。

「要封住這個窗戶嗎？」

「對啊，看製油廠又沒什麼意思。」

秀樹說著，臉上的表情感覺就像是正在責備孩子一般。

在公所辦好入籍之後，回到公寓已經過了六點。

放下行李後，兩人打算在天黑之前去隔壁房打個招呼。梨沙子將百貨公司買的蜂蜜蛋糕放進手提袋，並重新塗了口紅之後，兩人就一起走出了房門。

右邊的七〇三號住戶是一對三十多歲的夫妻，他們在同一家廣告公司工作，先生在業務部門，妻子則是設計師。他們的打扮和言談舉止都非常得體，是在一般廉價公寓中很少見到的類型。從出生到現在，梨沙子首次與鄰居太太約好要一起出去喝茶。

左邊是七〇一號房，按了門鈴之後等了三十秒，沒有任何回應。

「不在家嗎？」

正當秀樹打算再次按下門鈴時，聽到門鎖打開的聲音。桃花心木製成的門輕輕打開一小縫，門鏈還扣著，從門縫中可以看到一個年輕的女孩，差不多二十幾歲吧。

「晚上好，我是搬到七〇二號房的田代秀樹，這位是我的太太梨沙子，請多關照。」

女人臉上的緊張感消失了。她關上了門，把門鏈拿掉，然後再次打開。

「……我是東条桃香。」

呼吸中帶有酒精的氣味，明明在家但卻塗上厚重的粉底和腮紅，而且穿著露出胸口的連身洋裝。五官清秀立體，是男人會喜歡的長相。粉白色頭髮往內捲，耳朵上戴著看起來相當高級的珍珠耳環。

「我們預計在二月份迎接孩子的到來，屆時可能會帶來些許困擾，還請多多包涵。」

「啊啊，好的。我知道了。」

東条低頭行禮。仔細一看，她的側面頭髮不自然地禿了一塊，可能是被人強行拔掉了吧。

梨沙子交出蜂蜜蛋糕，接著便離開七〇一號房。

「那是個酒家女，想必是跟某個有錢人大搞不倫，把家人氣瘋了吧。」

回到屋內關上門，秀樹戲謔地說道。

3

中元節隔天，也就是八月十六日，梨沙子前往園畑綜合醫院。

梨沙子的父母原本希望她回娘家生孩子，然而秀樹希望能就近照顧，所以最終決定在園畑綜合醫院婦產科生產。

下午一點，梨沙子帶著介紹信去到櫃檯，但直到四點多才被叫到名字。看了尿液檢查和血壓測定的結果，醫生只說了句「沒問題」，就要梨沙子付八千元，讓她感到像是被詐騙了一樣。

太陽西斜、涼風吹拂，梨沙子決定用步行的方式回到公寓。經過一棟擁有瞭望臺的辦公大樓，秀樹的公司就在裡頭，接著繼續沿著休憩步道前進。

人工草皮廣場上，幾個年紀大約五歲的孩子們玩著互相踩踏影子的遊戲，一旁的媽媽們正熱烈地聊著天，看來她們是剛從幼兒園把小孩接回來。

梨沙子想像著五年後的自己。由於就業失敗、一直以來都在打零工維生，所以她非常清楚普通的幸福有多麼特別。現在能過這樣的日子，全都要歸功於秀樹。雖然對於育兒還有些不安，但更多的是期待。

在休憩步道走了大約十分鐘，梨沙子轉進一條窄巷。剛轉過便利店的街角，整個街區的氛圍立刻變了。這是個保存著開發前商店街的地方，一排排老舊的居酒屋和小酒館齊聚一堂。

穿過商店街、經過人煙稀少的住宅區，還要再往前走大約兩百公尺，才會到綠色陽臺園畑所在的位置。這棟公寓大樓的外牆鋪滿花崗岩，看起來與街景格格不入，但是跟高樓大廈放在一起的話，差異感就會變得小很多。「雖然沒有住在站前繁華區域的財力，但還是很想要住在園畑的公寓」……這些建案應該就是戳中了人們的虛榮心理吧。

穿過商店街，匆匆走過住宅區，梨沙子身後傳來腳步聲。在街邊的磚牆上，有一隻骯髒的貓蜷縮著身子。

「啊！」

柏油路的裂縫害梨沙子絆了一下，身體失去平衡。兩手想要撐住身體，但已經來不及了。洋裝往上捲，腹部直接摩擦地面，脊椎深處傳來劇痛，嘔吐感則從腹部深處湧出。

深深地吸了一口氣，站了起來，拍了拍單肩包上的塵土。

突然感到有些異樣。

剛才從背後傳來的腳步聲消失了。看到梨沙子摔倒，後面的人也停下了腳步。感覺就像是一直跟著她一樣。

洋裝被汗水浸溼，有點微微頭暈，腳似乎長出根似的讓人動彈不得。

戰戰競競地回頭一看，發現電線桿的陰影處有個男人。膚色偏深，紅色的帽子下散落著凌亂的頭髮。男子保持沉默，假裝不知情，但在跟梨沙子四目相交的時候，臉上隨即露出開心的笑容。

「妳做了嗎？」

聲音有些奇怪，是喝醉了嗎？

「妳做了嗎？」

男人指著梨沙子的單肩包，綁著孕婦標章的帶子搖晃著。她想放聲尖叫，但喉嚨卻乾得無法發出聲音。

「也跟我一起做嘛。」

男人步履蹣跚地走近。

梨沙子開始奔跑。

揮舞雙手、屏住呼吸，即使跌跌撞撞也不顧一切地向前狂奔。

自動門開啟，梨沙子衝進綠色陽臺園畑的玄關大廳，打開感應門，跌進了一樓的廊道，用手扶著牆壁不停咳嗽。

聽到門關上的聲音，梨沙子才終於轉身望向馬路。

已經看不到男人的身影了。

回到七〇二房後，仍然咳個不停。眼淚讓臉頰變得濕漉漉的，喉嚨深處感受到一種從未體驗過的劇烈疼痛。

咳嗽止住後，梨沙子用手機撥打一一〇報警。一說自己遇到了可疑人士，電話那頭的員警便接連問道：「穿什麼衣服？」「髮型呢？」「體型呢？」每當梨沙子吞吞吐吐，年輕員警的聲音裡就會透露出一絲不悅。

「住在再開發地區的人老是喜歡報警。希望妳能稍微體諒一下，畢竟妳是自己決定要搬過來的，又不是強制搬遷。」

梨沙子啞口無語，結果員警接著說：

「我們會加強巡邏的，不用擔心。謝謝妳提供資訊。」

用冷淡的語氣說完之後，電話就掛斷了。

梨沙子茫然地倒在床上，擦了擦臉上的淚水，發現手指沾染了黃色的汙漬。

深夜十一點，秀樹紅著臉回到了家，聽到可疑人士所引發的一連串事件，他高聲咆哮罵了員警一頓。

「靠著納稅人的錢吃好料的，卻放任可疑人士不管！人民公僕要知道羞恥啊！」

說完後，秀樹關上冰箱門，然後癱倒在沙發上，打開啤酒罐的拉環。

「可疑人士已經知道我們家在哪裡了，說不定會埋伏偷襲。」

「說得也是。下次記得馬上聯繫我。我會立刻從辦公室衝到現場去把他打個半死不活。」

秀樹得意洋洋地說著，把啤酒灌進喉嚨。

4

三個星期後，不安變成了現實。

那天，梨沙子和研究所時期的學妹約好一起吃午餐。從高中時代開始，學妹就是個名符其實的大美女，經常會擔任素人模特兒。在學期間，梨沙子會特別觀察學妹的穿著打扮，藉以代替時尚雜誌。現在的一頭海軍灰短髮，也是模仿學妹而來。畢業後，學妹進了旅行社工作，半年前才生下了女兒。

上午十點，搭電梯下到一樓，走出玄關大廳。時序進入九月，但酷暑似乎並沒有減緩的跡象，騰騰的熱氣包覆全身，就在這時候……

「好久不見。」

植栽的陰暗處閃出一張戴著紅色帽的男子臉龐。雖然他想要表現出像是偶然相遇，但很明顯就是預先埋伏在這裡的。

梨沙子立刻轉身返回大廳，感應門就在眼前關上了，她伸手進單肩包搜找鑰匙，沉重的呼吸聲從背後漸漸接近。

「那天晚上也做了嗎？」

從包包裡拿出鑰匙的時候，男人伸出手摸了梨沙子的肚子，一陣噁心的感覺貫穿胸膛。當她試圖扭身逃離時，男人按住了她的肩膀。

「嘿，也跟我做吧。」

背後傳來感應門打開的聲音，有人從公寓裡走了出來。

「救、救命啊……」

嘰嘰嘰……感覺就像蟬飛進了耳朵一樣的巨大聲響。

男人跌坐在地，抱著大腿像孩子一樣哭了起來。

「好痛啊！幹什麼！我要報警了！」

「去報啊！」

一個濃妝豔抹的女人，將口紅壓在男人的喉嚨上。粉白色的頭髮，還戴著珍珠耳環，是七〇一號房的東条桃香。

「別再靠近，不然我下次會殺了你。」

「吵死了，臭老太婆，吵死了。」

男人一陣胡言亂語之後，踉蹌地拖著右腳離開了大廳。

「不好意思，謝謝妳。」

等到男人離開之後，梨沙子鞠躬致謝。

「如果我因為對方懷恨而被殺，妳可要負起責任。」東条一臉厭煩地說。「不過像這樣給他吃了苦頭，之後應該就沒問題了。」

「妳對那個人做了什麼？」

「我電了他，這是電擊棒，可以在網路上買到。」

東条輕輕拿下口紅蓋子，按下附在手把上的小按鈕。前端亮了起來，發出刺耳的嘰嘰聲。

「妳遇到什麼事了嗎？被跟蹤狂盯上了？」

「現在該擔心的不是我吧。」東条大大地聳了聳肩膀。「妳不是懷孕了嗎？自己的安全要靠自己守護，不能依賴家人。」

東条從玄關大廳走出去，隨後像是想起了什麼似的，回頭將電擊棒丟到梨沙子胸口。

「要給我嗎？」

梨沙子看著電擊棒的前端，小心翼翼避免誤觸按鈕。

「嗯，蜂蜜蛋糕的回禮。」

東条揮揮手，離開了大廳。

在那之後過了一個禮拜，雷雨紛飛的晚上。

東条桃香從綠色陽臺園畑消失了。

＊

她似乎是個不見棺材不掉淚的人，事實上我也是差不多，直到在綠色陽臺園畑的屋子裡認識之前，我壓根都沒想過自己會殺了她。

那是發生在我結束物流倉庫的打工，正從最近的園畑車站往公寓走去時的事情。在雨聲中，有一個女人的聲音從路邊的公寓傳來。

「我把鑰匙給弄丟了。所以……可以麻煩一下嗎？」

大樓入口處設立了一塊刻著「綠色陽臺園畑」的花崗岩。我假裝停下來看手機，並往大廳方向看，發現有個粉白色頭髮的女人攔住了穿著工作服的男人。

「用備用鑰匙可以嗎？」

「請直接把鎖換掉，我怕會有竊賊進來。」

身穿工作服的男人應該是管理員吧。兩人站在感應器前方，所以自動門一直開開關關的。

「知道了，我會跟廠商聯繫，但可能需要到明天……」

「沒關係的，我有備用鎖匙。」

女人說著，從口袋裡拿出一串鑰匙，並從傘架上拿走一把傘，接著從大廳往我的方向走來。我匆忙低下頭，快速通過公寓前方。

走了大約十公尺，我回頭一看，發現女人在馬路對面上了一輛轎車。

「太慢了吧。」

男人不耐煩的聲音。

「對不起。」

副駕駛座的車門關上了，引擎聲從身後經過。

她的事我早就知道了。大約在一年半之前，她搬進了這棟公寓，沒多久我就看到一個膚色偏黑的男人怒氣沖沖地對她大喊「狐狸精」、「醜女」、「蠢蛋」、「浪費糧食的廢物」。還有一次，我看到她滿臉瘀傷坐在玄關大廳哭泣，不知道是不是被男人趕出房子了。

今天看來倒是要一起去吃晚餐，真難得。雖然我一點都不想跟那種男人扯上關係，但還是很羨慕他的財力。

我一邊揉著眼皮，一邊轉進小巷，匆匆走向河岸。摩擦右眼皮上的舊傷已經成為我緊張時的習慣。

來到河岸邊，確定四下無人之後，我從口袋拿出一串皮革鑰匙圈，上頭還仔細寫上房間號碼。

這是我今天早上在綠色陽臺園畑前方的樹蔭下撿到的圓孔鑰匙。

在公寓放好東西後，我將帽子拉得低低的，並戴上口罩，這才走出了房間。橫越因雨水而變得混濁的漆川，走過一條小巷子，往綠色陽臺園畑的方向前進。

穿過大廳，假裝若無其事地將鑰匙插入自動門的鑰匙孔。喀嚓一聲，門向左右方開啟。成功了。大廳裡沒有看到管理員的蹤影。

突然之間興味盎然，我偷偷窺探著信箱。在按摩及外送披薩的廣告單之中，有一封來自化妝品公司的信，收件人的姓名是東条桃香。

搭上電梯，一路來到七樓，在桃花心木門前側耳傾聽，不過，沒有聽到任何聲音。深呼吸一口氣，轉動鑰匙把門打開。

「不好意思，打擾了。」

室內井然有序，空氣中混合了百貨公司的食品區及化妝品區的氣味。步上玄關，右手邊是浴室和廁所，左手邊則是臥室，正前方是餐廳和廚房。若有貴重物品的話，應該在臥室或餐廳裡。

打開燈光進入臥室，依次打開櫃子的抽屜，裡面只有廉價的飾品，看起來沒有什麼變現的價值。

打開最下面的抽屜，發現存摺及信用卡。找到了。雖然我沒有打算親自把錢取出來，但如果能轉讓給詐騙集團的話，應該就能賺到錢了。

我邊吹口哨邊走出臥室，突然之間，心臟像是要停止跳動了一般。我聽到走廊盡頭傳來了呼吸聲。

往餐廳一看，結果看到右手邊還有一個房間。在昏暗的房間裡，有一雙紅腫的眼睛正盯著我看。

該不會是因為惹惱那個男人了，所以才沒有被帶去一起吃晚餐吧。只見她臉頰濕潤，全身無力地躺在床上，看來應該不是因為遇到闖空門而哭泣。除了流淚之外，此時此刻她什麼事情都沒辦法做，因為別無他法所以才會流淚，現場情況看起來就是如此。
膚色偏黑的男人大聲咒罵的聲音迴盪著，我看到她的額頭上有一道黑色的瘀青。
憐憫之情湧上心頭。儘管殘忍，但這個世界上就是存在著天生不幸的人。我想在未來的日子裡，她將繼續被無法觸及的幸福所戲弄。
「……」
我用雙手緊緊抓住她的脖子，拇指開始出力。她緊閉嘴唇看著我，我騎到她身上，拇指用力壓住她的喉嚨，她開始咳嗽，噴出了不少口水。她的臉越來越紅了，四肢也痙攣起來。拇指再次施力，沉悶的聲音傳來，頸骨斷了。
我突然回過神，從床上離開。她一動也不動。
膽顫心驚地觸摸她的手腕。
她已經死了。
恐懼感漸漸蔓延。警察倒是不可怕，問題在於我有沒有辦法承受那種罪惡感。畢竟這樣的事情在道德上是不可能被容許的。
我用手遮住雙眼，用力深呼吸。之後再想吧，我趕緊回到臥室，把存摺和信用卡放回櫃子裡，闖空門這件事被發現可不是什麼好的對策。
再次回到裡頭的小房間，用雙手抱起屍體往玄關走去。
時間是晚上七點半。現在正在下雨，所以往來的人潮應該會少很多。

我一邊在心中祈求不要遇到任何人，一邊扭開了門把。

5

橫濺的雨噴進玄關大廳，大理石地板都濕了。

梨沙子將傘摺起來，插進公用傘架。貓搖晃著尾巴，沒有發出任何聲音。

在七樓走出電梯時，看到七〇一號房的電錶箱下方有一把蝙蝠傘（西洋黑色傘面及柔韌金屬傘骨所製成的西式雨傘），把手上綁了一條白色的塑膠帶。應該是東条的傘吧。水滴落在地板上，形成一個水窪。

她在門前站了一下，不過沒有任何人出來，也沒有聽到任何聲音。

回到屋裡，從口袋中拿出手機。她知道應該要報警，但卻連按下撥號鍵的勇氣都沒有。「住在再開發地區的人老是喜歡報警」，那位員警的話讓她感到壓力沉重。

就在梨沙子脫掉濕透的衣服開始洗澡時，秀樹回來了。她馬上走出浴室，講述自己在漆川河岸見到的事情。

「啊啊，那個酒家女。應該是跟出軌對象吵架了吧。」

秀樹冷淡地說著，將襯衫丟進了洗衣籃。一週前，梨沙子在受到可疑人士騷擾的時候，是東条出手相助的，但她並沒有跟秀樹說這件事。

當時她之所以會隨身攜帶電擊棒，是因為她知道危險正在朝自己逼近，所以看來她的男女關係可不一般啊。

「妳啊，別太過介入那種事情啦。」

看到梨子陷入沉思的樣子，秀樹的聲音變得嚴厲起來。

「鄰居終究也不過是陌生人而已，對妳來說最重要的還是肚子裡的寶寶吧。」

秀樹說得對。假如因為捲入是非而導致早產或流產，那麼到死為止她都會感到後悔。

「說得也是。」

梨沙子雙手靠在餐桌上，搖搖頭想把在河岸邊看到的畫面甩掉。

隔天上午十一點過後，向嬰兒用品店訂購的嬰兒床送到了。在門口簽收之後送走宅配人員。

此時，梨沙子朝七〇一號望去，發現放在電表箱下的蝙蝠傘不見了。應該是東条平安回家後，把傘帶進房間了吧。

梨沙子輕撫了一下胸口。

十月一日，娘家父母來到公寓玩。

「真是個好地方，離車站那麼近，還有醫院，而且治安看起來也不錯。」

髮際線變稀疏的媽媽發出興奮的聲音。用書櫃把客廳的窗戶堵住真是個正確的決定。

「這裡的流浪貓比盛岡還多呢。」

肚子比梨沙子還要大的爸爸從窗戶眺望商店街時說道。

「真教人擔心啊，有些小貓看起來病懨懨的。」

「聽說裝滿水的寶特瓶很管用喔，我們家的花圃用了之後都沒有貓大便了。」

梨沙子知道那是不實傳言，但跟爸爸唱反調的話心情會變糟，所以她選擇保持沉默。

傍晚六點過後，在玄關大廳跟兩人道別後回到七樓，剛好此時七〇一號房有個穿西裝的男子走了出來。他是房仲業務，看房時就是他負責介紹。他戴的眼鏡鏡片是有顏色的，長長的頭髮在耳朵高度的地方綁了起來，儘管看外表看似狂野，但其實是個心胸狹窄的人。

「啊，妳好。」

男人慌忙點頭致意，然後關上了七〇一號房的門。走往電梯的腳步快得有點不自然。梨沙子有種不好的預感。

「東条小姐發生了什麼事嗎？」

梨沙子語氣強硬地詢問。從雷雨中看到東条那天起，到現在已經過了兩個禮拜，這段期間兩人都沒有再碰到面。

男人支支吾吾的，綁起來的長髮像馬尾巴一樣搖搖晃晃。可能是按照規定他們不能提及住戶的隱私吧。

「我跟東条小姐關係很好，看來是出狀況了吧？」

「我們也不太清楚。」男人嘆了一口氣。「東条小姐簽了分租的方式租了這間房，但是兩週前卻突然聯絡我們，說是要退租，家具也要全部都處理掉。」

心臟猛然跳動，撞擊胸膛。

在河岸看到的畫面映入眼簾。想必當時東条是被某個人帶走了吧。就是因為知道沒辦法再次回到原本的住處，所以才會聯繫房仲告知退租的事情。

「兩個禮拜前，那就是九月十七日囉？」

「嗯，是的。」

男人低下頭看著手錶。在河岸邊看到了東条的日期是十六日，等於是隔一天她就聯繫房仲了。

「東条小姐的情況如何？」

「我不知道，因為雜音干擾所以聽不太清楚。」

應該是在某個地方的室外空間打的，一想到這裡，梨沙子不禁倒抽了一口氣。

沒有證據可以證明聲音的來源是東条。為了不要讓別人發現她失蹤的事情，很有可能會找人冒充她打電話，所以真正的東条現在可能沒有任何人聯繫得上。

「有通知員警嗎？」

「不，我們不考慮採用那樣的處理方式，畢竟住戶們本來就會有各式各樣的狀況。」

男人苦著臉說道。

重點在於他們不想惹麻煩，要是在公寓大樓裡發生了事故或事件，一定會馬上被發表在評論網站上，尤其是被當成高級公寓住宅售出的物件，肯定不希望住戶下落不明的消息被公布出去。

「對不起，打擾了。」

男人急匆匆走進電梯，一路搭乘到一樓。

梨沙子茫然站在走廊上，已經沒有任何事情是她能做的了吧。

——自己的安全要靠自己守護，不能依賴家人。

東条說過的話語浮現腦海。

即使沒有受惠於家庭，還是可以靠著其他人的幫助繼續活下去。就是因為相信這一點，所以東条才會對完全不認識的鄰居伸出援手。

等到電梯升上七樓之後，梨沙子進入電梯。她走出大堂玄關，繞到公寓後方，來到河岸地帶。

漆川的另一邊，街區的氛圍明顯改變了。建築物、街道、號誌、自動販賣機……所有能看到的一切全都骯髒、生鏽，而且又歪歪斜斜，空氣聞起來有濕抹布的氣味。抬頭望去，能看見高架產業道路。

搬到園畑已有一個半月，梨沙子學會了在這座城市生活的守則。園畑市一半以上的面積都是工業區，從六十年代開始，就以勞動城市之姿繁盛一時。雖然站前的再開發計畫讓整體形象有所提升，然而漆川南邊至今還是治安堪憂，黑幫據點、廉價旅館、居酒屋、酒家、賭場等散落各處。在 Wide Show 節目上看到的凶殺、監禁、強姦、搶劫、縱火等事件，漆川南側應該都發生過，一想到這裡，梨沙子不禁感到膽怯。

在河岸處向右轉，一棟眼熟的公寓映入眼簾，東条就是在這附近失蹤的。

這棟公寓應該有四十年的歷史了吧，外型看來向工寮一樣簡樸，斑駁的牆壁上布滿常春藤。圍欄上掛了一塊金屬板，上頭寫著「斯匹卡園畑」的牌子。

「……」

腳邊傳來摩擦雜草的聲音。

用磚頭砌成的小小花圃裡，有一隻野貓正盯著梨沙子看。有個東西在牠的尾巴附近發著光。

心臟跳得像警報聲一樣。

「喂，借過一下。」

梨沙子用涼鞋的尖端輕輕戳了戳貓的肚子，結果貓不動聲色地站起身，越過磚頭鑽進了樹叢中。

伸出手臂，拿起被埋在土中的東西。

那正是東条所戴的那副珍珠耳環。

*

在公寓的浴室看到躺成大字型的死者，讓我忍不住笑了出來。

屍體可不是什麼看了會讓人感到開心的東西，正常來說應該是看到會想哭才對，但我就是笑了。感覺就像是持續拚命做著最糟糕的事情，導致大腦做出了誤判，因而笑了出來。

該如何處理屍體呢。這根本算不上什麼大問題，人類終究仍是動物，同樣也是肌肉與骨頭組合而成的巨大水球。只要把全身的肉切碎丟進河裡，再把骨頭埋到山裡，這樣就行了。雖然不太想回憶，不過我以前的確有些類似的經驗。

問題是，該如何與罪惡感和平相處、取得平衡，那才真是挑戰。

不可以說謊、不可以偷東西、必須珍惜生命，打從我有記憶以來，道德與倫理這一類讓人搞不太懂的價值觀，一直都讓我感到苦不堪言。

我的家庭環境相當特殊，父親是園畑市議會的議員，母親是專職家庭主婦，而我，活脫脫就是照著ＮＨＫ教育電視臺所灌輸的方式培養出來的好孩子，正因為如此，我度過了非常糟糕的學生生涯。再開發計畫開始執行之前，園畑的流氓、問題少年以及身分不明的外國人等，比現在還要更多，街頭上到處都是。為了保護自己不被那些壞人欺負，只能去找力量更強大的流氓幫忙，而要取悅這些流氓，就需要用到錢。小孩子們賺到大錢的方法，要不就是去脅迫比自己弱的人，要不就是去搶商店的收銀機。

想要活下去的話，該做哪些事情其實顯而易見。然而，我卻無法做到，因為每當我嘗試做壞事的時候，喉嚨就會乾渴難耐，甚至到了無法呼吸的程度。像是那天晚上，我偷了學弟錢包裡的五千元大鈔，結果整夜胸口悶痛、難以入眠。父母的道德教育非常成功，讓我度過了悲慘的青春時光。

話雖如此，但那都已經是過去的事了。國中三年級的夏天，我的父母被闖入家裡的歹徒刺殺身亡。於是長大後，我自己升級了道德觀，並將「可以對壞人做壞事」視為個人的行動準則，從此掙脫父母所帶來的束縛。比方說在從事詐騙的公司打工時，浮報出勤時間、從違法亂停的車上拿走背包、從施暴男子的家中拿走存摺等等。在園畑，有不少公司會藉著受害者的還款壓力進行騷擾或詐欺，由於我花了不少心力去尋找這類公司，所以市內的違法酒家，或是詐騙集團的根據地，我都知之甚詳。

就在那裡，有一具屍體。

雖然我認為她也符合「壞人」的標準，但我終究還是辦不到。昨晚我的胃激烈疼痛，而且喉嚨裡不斷湧出一股溫熱的液體，導致我一夜無眠，這也讓我的眼球深處像是被擰轉了一般疼痛不已。

仔細一想就能了解這也是理所當然的，她是受害者，不是加害者。先不管那個口出惡言的男人，光就殺害女人這件事來說，要歸類在善行真的不太合理。

我後悔了。就連為什麼要殺她我也不知道。只能說，大概是因為她活得有些可憐吧。這樣下去，我將一直活在罪惡感的折磨中，被噩夢糾纏、害怕他人的目光。一想到這裡，我的頭就更加疼痛了。

「真討厭。」

從浴室出來後，用毛巾擦乾腳，然後倒在散發著黴味的床墊上。

汙濁的窗戶外，可以看見一座橋。感覺那些路人都在偷窺我，於是趕緊拉上了窗簾。貓咪天真無邪的叫聲傳來。

園畑市內，尤其是漆川的南側，有很多野貓。從小我就怕貓，對於一直被同學取笑的我來說，這片土地就像是惡夢般的存在。一年半前住的公寓附近貓很少，所以格外舒服；但現在的公寓到處都是貓的蹤影，甚至讓人感覺貓的數量還比居民多。

我與他們水火不容的原因很明確。在我上小二的時候，家裡養的小麻雀吱吱被流浪貓吃掉了。從紗窗縫隙跳進來的流浪貓，以我從未見過的速度咬住了吱吱的脖子，然後消失在窗外。那種恐懼至今仍烙印在我腦海。

那晚，我被爸爸打了。因為在上學途中撿到這隻虛弱的小麻雀時，我就跟爸爸承諾過會負起照顧的責任。

由於被打到了臉，所以我的眼皮被撕裂，血液流入眼睛，爸爸的身體在我眼中都變得歪斜扭曲了。媽媽看著倒在地上的我，卻一句話都沒說。

我心有不甘，一邊用手指壓住眼睛，一邊反駁父親。

——是貓咪殺了吱吱的。我明明是想要幫助牠，為什麼要打我？

做為一個實踐正確育兒觀念的爸爸，給了一個滿分答案。

——貓為了生存而奪走了麻雀的生命。但是你不同，你輕忽了生命。

「——唔？」

我突然頓悟了。

一邊輕撫眼瞼上的舊傷，一邊深深吸了口氣。

我現在的處境跟那時候有些相似。

從被子中爬起來，探頭往浴室看。屍體以混濁的眼球望著半空。

為什麼貓殺了麻雀卻可以不受責難呢？因為牠不是扔掉，而是吃掉了。吃掉搶奪來的生命，對動物來說是極為自然且正確的行為。為什麼連這麼簡單的事情都沒有搞懂呢？

跪在浴室地板上，將鼻子靠近屍體。屍斑開始浮現了，像瘀傷一樣，不過倒是還沒腐爛。

回到屋內，我看著廚房的收納櫃。看來只有一把西餐刀可以用來肢解屍體，這讓我感到非常不安。

我決定去家居百貨買鋸子和刀子。

6

十月三日。送走了要和公司的後輩們，以及要去燒烤的秀樹，梨沙子把電擊棒偷偷藏在口袋裡，離開了綠色陽臺園畑。經過漆川，抬頭望著斯匹卡園畑。

兩週前的晚上，東条在這裡消失了。她被帶到了斯匹卡園畑的某個房間裡。很有可能現在的她仍被囚禁在同一個地方。警方沒有太大用處，但如果能提供證據，他們理應會採取行動的。

當時之所以能看見東条，是因為閃電瞬間照亮河岸。雖然無法看清犯人的臉，但是他穿著一件肩膀上有條紋的白色襯衫。如果有另外一個穿著同樣襯衫的人，那想必就是犯人。

走到橋中間，面向河川看著斯匹卡園畑的外牆，那是一棟三層樓高的建築，每層樓有三個房間。然而，大部分的房間都是空著的，當中只有三間可以看到拉上的窗簾及懸掛著的衣物。

起初，梨沙子試著扭轉幾個空房的門把，但每個房間的門都是鎖著的。看來偶然至此的可疑人士不可能把人帶進空房間。也就是說，犯人應該是三個房間的住戶之一。

在樓梯間確認好電擊棒運作正常之後，梨沙子往第一個房間，也就是一〇二號房走去。門口旁放著一輛老舊的淑女車。按下門鈴後立刻聽到腳步聲，十秒左右門就打開了。

「嗨。」

看來相當開朗的男子露出了臉。年齡應該在二十歲左右吧，臉還像小學生般稚嫩，但身高卻超過一百八十公分，肩膀也很寬。他穿著白色襯衫，不過肩膀上沒有條紋。從左手袖子中露出一個拼圖的紋身，右腳上則裹著香草色的繃帶。

「不好意思突然打擾。有件事想請教一下。」

「怎麼了？」

他用整個公寓都聽得到的聲量說道。

「兩週前，我在前方的街道上被搶了，所以想要找看看有沒有目擊者。」

這是我事先想好的臺詞。

「報警了嗎？」

「他們沒有受理我的案件，但是如果有目擊者的話，我想他們會採取行動的。」

原本以為會被懷疑，不過男子對於梨沙子所說的話照單全收，並且聳聳肩表達同情。

「這裡的員警真的是行動緩慢呢。」

「九月十六日，下著超大雷雨的那天，大約晚上七點半左右，你有看到可疑人士，或是聽到任何聲音嗎？」

梨沙子假裝看著門鈴，不經意地觀察男子的表情。

「雷聲隆隆的那天晚上，我戴著耳機在玩遊戲，由於腳踝受了傷，所以也沒辦法做其他事。至於聲音倒是沒有聽到呢。」

男子的臉色幾乎沒有什麼變化。

「是骨折嗎？」

「嗯，在去學校的路上摔倒了。」

「你是學生？」

「對啊，我在高等專門學校讀專攻科。」

男子有些害羞地摸著繃帶，梨沙子假裝低頭看他的腳，實際上卻將目光投向男子背後。玄關外面是一扇關著的推拉門，看不清楚裡面的情況。

「我叫角本，如果有什麼我能幫得上忙的地方，請告訴我。」

男子說道，臉上的表情看來像是家教很好的小學生。

走上階梯，一隻在樓梯轉角處休息的流浪貓突然站起來，跳過圍籬後落在樹叢間。

二〇一號房的門旁擺了幾盆小型盆栽，紅色的天竺葵花正綻放著。門上的信箱塞著一封厚厚的信件，寄件人是園畑市政府殘障福利科，收件人是佐川茜。

按下門鈴後，幾秒後傳來地板發出的吱吱聲。門沒有打開。我再按一次門鈴，終於門輕輕地打開一小縫。

「妳好。」

女子出聲打招呼，門鏈依舊掛著。年齡應該超過二十五歲，穿著像國中生會穿的那種深藍色T恤。皮膚紅腫、呼吸急促，明顯感覺身體狀況很差……而且不是感冒的程度而已，似乎是更嚴重的疾病。

「那個暴風雨的夜晚，妳有看到可疑人士，或是聽到任何聲音嗎？」

梨子重複解釋後問道，女子低著頭沉默了一會兒，然後說道：

「我什麼也沒聽見。」

「當天七點半左右，妳人去哪裡？」

「我在家裡休息。」

「不好意思，妳的工作是什麼呢？」

「我不想說。」

說話的語氣沒有改變。

口氣不變地說出來。梨沙子有種像在虐待病人的內疚感。由於門鏈還掛著，所以看不到房間內部的情況。腳下倒是可以看到塞滿寶特瓶的垃圾袋。

「不好意思，謝謝妳……」

話還沒說完，門就已經關上了。

深呼吸一口氣，調整一下情緒之後，梨沙子在二樓走廊移動。

二〇三號房的門把上懸掛著一把彎曲的塑膠傘。

按下門鈴，一個男人在牆的另一端「唔」了一聲，接著便傳來打開門鎖的喀嚓聲。

「妳是誰？」

門猛然被打開，梨沙子瞬間腦袋一片空白。

「咦？」

亂髮的蓬髮、偏黑的皮膚，以及壓扁的鼻子。是試圖襲擊梨子的那個紅帽男子。

「妳果然想要跟我做啊。」

男人開心地露出滿臉笑容，衝出走廊並抓住梨沙子的肩膀。他的白色襯衫被汗水染得泛黃。肩上沒有條紋。

梨沙子猛然拿出電擊棍，男子見狀迅速往後退了幾步，用懷疑的眼神看著梨沙子。

「搞什麼鬼啊。」

「你把東条小姐關起來了對吧？」

梨莎子緊緊握住雙手中的電擊槍。

「東条？誰啊？我是岩清水啦。」

男子佯裝不知情。梨沙子將電擊棒對準男子的鼻子，按下按鈕之後嘰嘰聲響起。

「兩週前那場大雨你記得吧，那天晚上你做了什麼？」
「下雨天？因為那天是上白天班，所以晚上就在家裡喝酒。」
「沒有強行把女人帶回家嗎？就像你一直想要對我做的事那樣。」
「我不會做那種事的。」臉上出現驚訝表情。「我只是在搭訕啊。」
梨沙子壓抑恐懼，回瞪男子。這傢伙根本不把女人當人看。而且，看來他堅信只要裝傻，什麼事都能瞞過去。
「我不知道妳在說什麼。妳不是想和我做嗎？如果不是就趕快回去吧。」
男子臉上露出微笑，試圖動手推梨沙子的肩膀，她立刻拿出電擊棒，將其壓在男子腰間。一聲短短的哀號，男人屈膝蹲下身子。
「痛死了，該死的傢伙！」
男子的臉皺在一起，並且放聲大叫，隨之抓住梨沙子的雙腿，導致她失去平衡跌坐在走廊上。洋裝發出撕裂聲，後腦勺撞上圍牆，眼前的一切變得閃閃爍爍。
「妳說的話、做的事，全都沒有道理，是腦子壞掉了嗎？」
男子騎在她身上，並用右手掌摀住她的嘴巴，左手試圖奪走她手上的防身電擊器。她喘不過氣來，死命掙脫男子的手之後，將電擊棒壓到他的臉上。
「啊！」
電流聲音傳來。由於感覺很滑，所以梨沙子知道電擊棒的尖端插到右眼上了。男子按住臉部倒臥在地。梨沙子趕緊重新握緊電擊棒，往男子的胸口襲去。手掌感受到震動，男子全身抽搐痙攣，咬緊唇角似乎正在強忍著不要慘叫出來。

現在是時候了。梨沙子站起身，打開了二〇三號房的門。

「……東条小姐？」

打開玄關前的拉門，一個四坪半大小的房間映入眼簾，中間擺了一張茶几，以及煎餅坐墊，空氣中充滿菸酒及泡麵的味道。捲成一團的工作服和熟悉的紅色帽子就放在冰箱上方。梨沙子查看了廁所及浴室，但沒有看到任何人影。

回到走廊看著躺在地上的男人，臉色看來像是快要嘔吐的樣子，眼睛翻白，似乎是昏厥了。

是已經把東条搬到其他地方去了嗎？，還是說，這個男人並非凶手？越想就越混亂。

梨沙子將男子推回房間，接著匆匆逃離了斯匹卡園畑。

只要走過那座橋，就能感受到可以順利回到家的安心感。

回到綠色陽臺園畑，穿過玄關大廳進入電梯。靠在牆上深呼吸，心情漸漸平復。

一〇二號房的角本、二〇一號房的佐川，以及二〇三號房的岩清水。梨沙子詢問過這三個人，但是沒有找到確鑿的證據。看起來他們並不是會把犯案當天的衣服繼續穿在身上的笨蛋。

來到七樓準備出電梯時，那個房仲公司的男業務站在七〇一號房門前。

「啊，妳好。」

男子尷尬地低頭行禮。他綁的馬尾及肩，鏡片的顏色則讓人無法分辨他臉上的表情。

「東条小姐後來有跟你聯絡嗎？」

「沒有，下一位住戶差不多快確定了。」

男子將資料夾放進包包，搭乘電梯下到一樓。

漫不經心地走過七〇一號房時，梨沙子突然停下腳步，似乎發現自己忘記一件重要的事情。

答案呼之欲出。就是那把傘。十六日晚上，梨沙子像現在這樣搭乘電梯回到七樓的時候，看到七〇一號房的電錶下方放著一把蝙蝠傘。然而，十七日上午十一點多，那把傘就不見了。如果東条在十六日被抓走了，那麼傘是由誰拿走的呢。

「……原來如此。」

有幾個景象在腦海中閃過。

梨沙子終於知道是誰抓走東条了。

＊

下午一點，無線防災警報器發出了光學煙霧警報。

我穿上雨衣，雙手戴上橡膠手套，俯視著屍體。

浴室的地板上擺著兩把西餐刀、一把鋸子、一把水果刀。為了不讓氣味外溢，我將換氣扇及門的通風口都用膠帶封了起來。

並不是只用一、兩天就可以吃完的大小，家裡的冰箱算是滿大的了，但還是沒辦法將屍體整個塞進去。為了好好保存，必須把屍體肢解成小塊。

「不好意思。」

首先要放血。我拉開僵硬的脖子，用刀子從右邊刺入。由於已經死亡超過半天，所以鮮血並沒有噴出來，只有黏稠的血液湧出，血塊在黃色的地板上蔓延開來。一股混合著血和糞便的異味在空氣中擴散。流血的狀況大約持續了五分鐘。

直接將脖子切斷應該會比較快。我先用刀子割開皮膚和肌肉，接著用鋸子切斷頸椎。由於刀具震動的關係，血沫噴到了我的臉上。最後，我把手指伸進嘴巴，抓住頭骨，然後用力拉扯把頭從身體上拔下來。伴隨著肌膚裂開的聲音，頭顱在地板上滾動。

接著以相同的方式依序處理了右臂、右腳、左腳、左臂。雖然死亡讓肌肉變得僵硬，但若是強行彎曲關節，應該可以收進冰箱。

問題出在軀體上。用同樣的方法是沒辦法掰彎軀體的，似乎只能剖開腹部，取出內臟，並切下肉塊。

在心窩處插入刀子，一路直直地切到肚臍下方。戴著橡膠手套的雙手伸入腹腔之中。

明明已經死亡超過半天，但體內還是溫熱的。某些臟器纏繞在手腕上。我照著自己認知的要領拉出臟器，腸子、腎臟和卵巢黏成一團，滑溜地跑了出來，脖子的橫切面還因此發出了咻咻的聲音。再次把手伸進扁掉的腹腔，把剩下的肝臟及胰臟一起拿出來。

我將臟器表面的血水沖洗乾淨，然後用食品級保鮮膜包了起來。只要用火烹煮過，大部分的臟器應該都能吃。由於腸道中會有宿便，所以我粗暴地將蓮蓬頭塞進食道加以清洗。

掏空腹腔後，用西餐刀及水果刀剝下附在骨頭上的肉。腹部和屁股的肉很容易剝下來，但是剝除黏在鎖骨及胸骨上的肉可真是件苦差事。把剝下的肉切成容易入口的大小，最後用保鮮膜包起來。

肢解完屍體，將所有的肉及臟器塞進冰箱，時間已經超過晚上十一點。足足十個小時不吃不喝，一直在處理屍體。

洗去臉上的血，我倒在床上。立即被睡魔襲擊。

是非常深沉、非常舒服的一次睡眠。

隔天清晨，我立刻開始料理。

人體的拆解暫且不提，但料理方面我倒是挺有自信。我的料理技巧是由一位朋友傳授給我的。這位朋友是我在兒童福利機構的同學，每每當她值班的時候，飯菜就會變得跟餐廳煮的一樣美味，所以我們都尊稱她一聲主廚。為了想要每天都能吃到美味的餐點，我也開始模仿主廚，因此廚藝就在這個過程中慢慢開始進步。

主廚有心臟病，大約一年半前就因發作去世了。在這個世界上，繼承她料理口味的人，就只剩下我。她肯定沒想到自己留下的技能會被用來烹飪人類。

打開冰箱，看著大量的肉和內臟。首先決定先煎肚子上的肉來吃吃看。

切下兩公分厚的肉，放到事先倒了麻油的平底鍋中，鍋裡滋滋作響，香氣撲鼻而來。不到一分鐘，肉的表面烤出焦黃色。加入切絲的紫蘇葉，以及柚子醋，並搭配蘿蔔泥一起擺盤。

順便做一道人肝醬，做為晚上喝酒的配菜。把肝臟切半後去筋，跟洋蔥、大蒜一起拌炒。加入足量的白葡萄酒熬煮，完成後倒入碗中，並以搗碎用的木棒將其捶打成醬泥。

連同事先買回來的餐包一起，將所有料理擺放在暖桌上，這麼奢華的餐點已經好久沒有看過了。

咬下肉排，肉汁在嘴裡舞動。口感柔軟得像是要溶化了一般，無與倫比的美味在舌間流轉，真的會讓人上癮啊。

在麵包上抹了人肝醬，大口咬下去，適度的苦味蔓延開來。沒有草腥味，搭配啤酒看來也很適合。

能夠變成如此美味的料理，相信她在天之靈也會感到高興。

看著擠滿冰箱的肉及內臟，我的腦海中不斷冒出對於菜單的想像。

7

「有人被監禁了嗎？就在這座公寓裡？」

角本大叫一聲，激動到後腦勺直接狠狠撞向牆壁。

斯匹卡園畑，一〇二號房。梨沙子在相準放學時間，前往角本的房間。

「是的。但我沒有任何證據。你能告訴我關於那個人的事嗎？」

梨沙子心急如焚，東条迄今已經失蹤十八天了。如果梨沙子什麼都不做，平白度過這一天，那麼很有可能這就會是東条人生的最後一天。

「上次我曾提到過自己被搶了對吧。」

角本皺起眉頭，慌忙撥弄瀏海。

「當時我懷疑的對象就是這邊的住戶們。」

「妳剛提到的住在二樓的女人，就是那個看起來狀況不太好的人嗎？」

「是的，佐川小姐。」

「我有偶然遇到她，但從未與她交談過。」

「這兩週以來，有沒有發現什麼變化？」

「什麼改變？」角本突然停下撥弄頭髮的手。「說起來，幾天前在下樓梯的時候有遇見她。當時她戴著一副深色太陽眼鏡和一個大口罩。被妳這麼一說，感覺她像是刻意擋住自己的臉呢。」

我不禁倒抽一口氣。當梨沙子去探訪二〇一號房時，佐川也沒有解開門鏈，並且避免露出臉，可能是為了應對像梨沙子這樣的目擊者而遮擋臉龐吧。

「但是，躲避黑道或高利貸的人相當多，光是因為擋住臉就一律視為罪犯，感覺有點不太妥當啊。」

「還有注意到其他事情嗎？無論是多小的事情都可以。」

「我想想看……對了，妳所說的那個失蹤的人，長怎麼樣？」

「是二十幾歲的女生，身高跟我差不多，頭髮是粉白色的，是齊肩短髮。」

「咦，女生？」角本拔了一搓瀏海。「因為犯人是女的，所以我以為受害者應該是男的。那麼犯人肯定是佐川沒錯。」

「什麼？為什麼？」

梨沙子不禁大聲叫了出來，角本的話令她感到混亂。

「大概是大約兩週前吧。當我走過那座橋的時候，看到了二〇一號房的窗戶出現了一個陌生女子。是個年輕漂亮的女人，頭髮是淡紅色的。她可能是正在看河水吧，一發現我在看她，就立刻慌張地拉上窗簾。」

我全身雞皮疙瘩都起來了。

不是我看錯，更不是我自以為是！東条的確就在這棟公寓裡。

「為什麼你不早點告訴我呢？」

「我一直以為是她的朋友。不過仔細想想，我從來沒見過她和朋友在一起。」

角本拿起洗手臺的抹布，擦了一擦臉。

梨沙子凝視著天花板斜上方。東条應該還在二〇一號房吧。

「妳打算怎麼做？」

「我們應該報警，如果有目擊者的話，員警應該會採取行動的。」

梨沙子深深地吸了一口氣，從口袋裡拿出手機。

＊

從殺人那天起算，已經過了十九天，冰箱終於被清空了。

肚子和屁股的肉一下子就吃完了，接下來的一週只能持續吃硬邦邦的肢體或是內臟。砸開頭骨挖出腦髓，以及烹煮帶有強烈腥臭味道的直腸與膀胱，真是跟苦行沒什麼兩樣。

週日的晚上，終於結束了吃人肉的旅程，我享用著烤鯖魚和味噌湯。這時，門鈴響了起來。

是ＮＨＫ的收費人員嗎？我掛好門鏈才把打門，看見兩個穿著制服的男人站在外面。
「深夜造訪非常抱歉。我們是警察。」
年輕男子說道。另一位年長的男子默不作聲地窺探屋內。我有種不好的預感。
「不好意思這麼突然，想請問您認識東条桃香嗎？」
「東条……我不認識。」
謊言脫口而出。
「事實上，有附近的住戶向我們報案了，說是東条應該在這個房間裡。」
「我不知道你在說什麼。」
「報案的人說，在這裡發生了監禁事件。」
「監禁？」
出乎意料的話題。
「我們並不是全然相信通報的內容，但為了預防萬一，能麻煩你讓我們看看房間嗎？」
年長的男子開口說道，語氣直接，不拖泥帶水。
想起兩天前突然來訪的那個女人。她也是我闖空門的那棟綠色陽臺園畑的住戶，看來她很明顯是在懷疑我，報案的人十之八九就是她。
「你們想進來屋內對吧，是強制的嗎？」
「我們沒有申請搜索令，所以如果您想拒絕也沒關係。不過要是您願意配合的話，我們會很開心的。」

不經意地回頭看了一眼，視線掃過房間的每個角落。骨頭已經丟到山上去了，浴室裡的血水也沖乾淨了，所以應該看不出來這裡曾經有過屍體。

「……我了解了，請進。」

解除門鏈、把門打開。兩個男人點頭示意後進入了房間，依序查看客廳、廁所及浴室。心跳加速，手掌的汗水也不斷流淌。

「基本上沒有什麼問題。」

不到三十秒，年輕的員警表情就放緩下來了。年長的員警倒是對廚房的刀具有些在意，不過也只是在筆記本上寫了些紀錄，沒有多說什麼。

「謝謝您的協助。」

兩人恭敬地低下頭，離開了二〇一號房。

關上門的瞬間，我癱軟在地上。如果晚一點去丟骨頭的話……想到這一點，一股寒意立刻從肚子底部湧上。

隔天開始，沒有任何改變的平淡日常再次重啟。

員警來訪的事情讓我感到不安，不過說起來也沒有什麼事是我能做的。不要再有盜竊他人物品的想法，並且乖乖地去認真打工，這就是最好的應對方式了。

上班日的午休時間，我正在吃便利商店買來的便當。五十多歲的上司帶著一份報紙朝我走來。

「這不就在妳家附近嗎？」

上司指著地方新聞的一個角落，我順著手指方向看過去，心臟差點停止。

新聞大標寫著「山中發現遺體」。一名帶著狗前往大葉山散步的男子，通報說家裡的狗在挖土的時候發現了疑似人骨的東西。經過鑑定，確認那的確是人類的遺體。骨頭應該是來自於二十多歲的女性，警方正急於確認身分。

「……真的很近呢。」

舌頭無法靈活運轉，光是要發出聲音就用盡力氣了。

骨頭是我丟的，如果死者的身分被查明，那麼警方想必就會懷疑到我頭上。原本以為只要埋在山裡就沒問題了，不免咒罵了一下輕忽大意的自己。

一回家就打開罐裝啤酒來喝，但是還沒喝到一半就吐出來了。

照鏡子一看，右眼瞼居然腫了起來。似乎是在不知不覺中壓到舊傷。一張臉看起來非常狼狽，就像是沒用的喪屍一般。

將吐出的東西沖進廁所，並用毛巾擦擦臉。正想要漱口時，門鈴響了。員警到了。他們來抓我了。

沒有任何喘息的空間，第二聲門鈴緊接著響起。隨便怎樣都好啦。帶著期待與放棄的複雜心情，我把門打開。

「……」

開門的瞬間，看見一個熟悉的女人站在外面。沉重的肚子鼓澎澎的，臉色看起來比三天前更加憔悴。

是住在綠色陽臺園畑的那個女人。

8

「妳好，是田代梨沙子小姐對嗎？」

開門時，外頭有兩位身穿制服的男人並排站著，其中一位應該是四十多歲，另一位可能是二十多歲。他們穿著深藍色的厚背心，帽子上的旭日徽章閃閃發光。

「我們是警察。昨晚六點四十分，是妳打了一一〇通報說在綠色陽臺園畑二〇一號房有一名女性被監禁對吧？」

年輕的那位偷偷地看著梨沙子的肚子說道。

「是的。東条小姐還好嗎？」

緊張的情緒讓聲音都變得僵硬。

「我們在二〇一號房進行了搜查，但房間裡只有女性住戶。」

員警的語氣沒有任何變化。梨沙子內心的失望感逐漸蔓延。

「應該是帶到另外一個地方去了。」

「並沒有發現任何可疑的物證或跡象。」

「難道不是因為察覺到自己被懷疑了，所以把證據都抹去了嗎？」

「妳在兩個月前也有報過案吧。」

年長的員警突然插嘴。

「那又如何？」

「請不要隨意撥打一一〇通報無關緊要的事情。畢竟，報假案可能會涉及妨害業務罪或違反輕犯罪法。」

幾秒之間，梨沙子完全聽不懂眼前的男人在說些什麼。看來這位員警已經認定她是報假案。

「喂，怎麼了？」

電梯門打開，秀樹跑了出來。

「你是她的老公嗎？事實上，夫人她……」

員警鬆了一口氣，露出了解脫的表情。

祈願安產的御守掉到桌子下面了。

淚水弄濕了地板。兩個月前宛如新屋的光亮地板，如今已完全被塵土、食物殘渣及毛髮弄得骯髒不堪。

梨沙子忍住眼淚抬起頭。呼吸困難。每吸一口氣，鼻涕就流入喉嚨。

「妳不覺得寶寶比較重要嗎？」

真是卑鄙的藉口。

梨沙子用手撐著右邊臉頰，狠狠盯著秀樹。

「我不是跟妳說過，不要去管別人家的事嗎？」

不對，梨沙子幫助東条不僅僅是為了她自己。

「我知道妳是第一次生孩子，難免會擔心，但是去做這種事到底有什麼用？」

快停下來吧。別再把自己隨意的想像強加在他人身上了。

「妳能不能發誓再也不會做這種事，如果不能的話……」

秀樹抓住梨沙子的頭，凝視著她的雙眸。秀樹的眼瞼變得腫脹發紅。梨沙子已經無法理解這個男人在想些什麼了。

「我知道了，對不起。」

梨沙子用像老人般沙啞的聲音說道。

十月六日。

不能繼續這樣下去了。梨沙子下定決心，今天是最後一次追查東条的下落。

光是帶著電擊棒還不夠放心，於是梨沙子將尖銳的裁縫剪刀藏在包包中，這才離開了綠色陽臺園畑。

橋上冷到讓人難以相信現在是十月。厚厚的雲層低垂，陣陣冷風從河面上吹來，腳下傳來隆隆作響的流水聲。

一抬頭就看到煉油廠，縱橫交錯的金屬支架守護著粗壯的煙囪。梨沙子突然被強烈的恐懼感襲擊，就像是孩子被抓走了一樣的感覺，於是趕緊收回視線，快步過橋。

踏上斯匹卡園畑的樓梯，走廊上的天竺葵盆栽倒置。越過圍欄往四處探看，沒有任何人的蹤跡。

咳嗽了一聲，按了二〇一號房的門鈴。

就像先前一樣，地板發出吱吱作響的聲音，但是門沒有打開。再次按下門鈴，喀嚓一聲，門輕輕打開了一點。

「……」

在女人拉上門把之前，梨沙子就把運動鞋塞進門縫。門鏈晃動，腳尖傳來劇痛感。

「拜託妳，請讓我把話說完。東条桃香在哪裡？」

「不知道。」

聲音聽來相當堅定。雖然氣色依舊不好，但臉部的腫脹已經稍微減退了些。

「是一位戴著這個的女性，妳真的不認識嗎？」

當梨沙子遞出珍珠耳環時，女子停止眨眼，凝視著耳環。梨沙子趁機一股腦講述了從在雷雨中遇見東条，並且來到斯匹卡園畑的種種歷程。

「為什麼是我？這裡還有其他住戶啊。」
「不，犯人就是妳！」梨沙子低聲說道。「證據就是傘和貓。」
「……傘和貓？」
「東条小姐在九月十六日晚上被抓走的時候，她所住的七〇一號房前放著一把蝙蝠傘，但是到了十七日中午之前，那把傘就不見了。很明顯是有人拿走了。
綠色陽臺園畑的一樓有一扇感應門，沒有鑰匙的陌生人是無法進入的。那麼，會不會是持有鑰匙的人，也就是綠色陽臺園畑的住戶，把東条小姐的傘借走的呢？但是，那把蝙蝠傘的主人，在握把上貼了易於辨識的膠帶，而且在一樓信箱旁也有提供給住戶使用的傘架。如果是住戶要借傘，應該會拿傘架那邊的才對。
所以，到底是誰把傘拿走了呢？那個人並非住戶，但卻可以進入綠色陽臺園畑。為什麼呢？就是因為拿了東条小姐的房間鑰匙。也就是說，那個把傘拿走的人，就是抓走東条小姐的犯人。」
女人不置可否，只是默默地從門縫中看著梨沙子。
「犯人之所以會回去拿傘，是因為那把傘是自己的。在十六日拜訪了七〇一號房之後，犯人把傘忘在那裡。
現在來整理一下事件的脈絡。在一個偶然的機會裡拿到房間鑰匙的犯人，十六日晚上闖入了七〇一號房偷東西，沒料到卻在房間裡碰到東条小姐，而且還把她打成重傷。於是，慌亂的犯人揹著東条小姐離開了公寓，淋著雨把她帶回自己的家中。

但是，揹著一個人是無法同時撐傘的，所以犯人先將東条小姐帶走後，才又回頭取傘。」

女人低頭舔了舔嘴脣，應該是為了掩飾焦慮。

「最奇怪的是，犯人把蝙蝠傘放在七〇一號房前面這件事，如果放在一樓的傘架上，應該不會有人注意到，為什麼要把傘帶到七樓去呢？傘架就位在玄關大廳的顯眼位置，犯人應該不至於沒看見。」

梨沙子停了下來，看著女人腳邊的垃圾袋，裡頭裝了滿滿的塑膠瓶。

「答案很簡單。十六日的晚上，傘架上被一隻流浪貓霸占著。因為犯人怕貓，所以沒辦法把傘放在傘架。

據說擺放裝滿水的寶特瓶，對驅除貓咪很有用，但這只是不實的謠言。真正會有實際效果的是食用醋、洗米水、柑橘類的皮、小蘇打、香草或菊花之類的草本植物，以及天竺葵。看來你為了不讓貓咪靠近，做了不少失敗的實驗呢。」

梨沙子拔出卡在門縫的腳，俯瞰著倒在通道上的盆栽。那是一盆開著紅色花朵的天竺葵。女人沒有關上門，目光落在梨沙子的腳邊。

「我再問一次，東条桃香在哪裡？」

梨沙子咬牙切齒地問道。

屋內突然傳來喀鏘的聲音，好像是什麼東西掉落了，女人轉頭回身，一把用膠帶包著握把的蝙蝠傘倒在地上。

一陣沉默，時間彷彿靜止了。

「等一下。」

女人關上門後，解開門鏈後再次打開門。她將梨沙子帶進玄關，並迅速關上門。梨沙子把手伸進包包，緊握著裁縫剪刀，背脊上滲出了絲絲汗水。

「哈哈，不用擔心，我不會吃掉妳的。東条就在這裡。」

女人像孩子一樣笑了起來。

四坪半的房間裡，只有一個暖桌和座墊，沒有任何其他人的氣息。

「什麼意思……」

「聽不懂嗎？東条桃香就是我啦。」

9

「要從哪裡開始說起呢？」

東条桃香讓梨沙子坐在座墊上，喝完一罐啤酒後，將空罐子扔進垃圾桶。

短色黑髮、看起來睡意惺忪的眼睛、壓扁的鼻子。盤腿坐在座墊上的女人，跟梨沙子所認識的東条完全不同。

「傘與貓的推理真的很有趣，但結論有些奇怪呢。妳說那個抓走我的可疑人士有我家的鑰匙對吧，那為什麼會把綁上印記的蝙蝠傘放在很容易被鄰居看到的地方呢？既然有鑰匙，直接進進屋內不就好了？」

東条露出驚訝的笑容。

「我想是因為太亢奮了，所以頭中一片空白。」

「妳還說有看到我被一個可疑人士揹著走對吧，但那個可疑人士穿著肩膀上有條紋的白色襯衫不是嗎？如果那個人揹著我，那我的雙手會捶放在對方肩上，這麼一來不就看不見條紋了嗎？」

她說得沒錯。回想過無數次的畫面，突然之間變得模糊不清，無法再形成具體的影像。

「那麼，我看到的是……」

「我把手放在佐川小姐腋下，從後面抱起她，所以肩膀才會清晰可見呀。」

「為什麼妳要做這種事？」

「說來話長。我在國中三年級時失去雙親，並隨之進入兒童福利機構。那個機構裡，有個非常擅長烹飪的女孩子，她似乎有心臟病，話也不多，但只要她當班，飯菜就特別好吃。畢業後我們兩人都住在園畑，偶爾在街頭相遇，就會一起閒談些無關緊要的回憶。我好像只有被她帶到她住的地方一次吧。總之，她沒有工作，出門也只是為了去醫院看病。她就是這間房子真正的主人。」

「也就是佐川茜小姐。」

「是的。至於我的情況，我拿了父母的遺產在綠色陽臺園畑分租公寓住了下來。當時的男朋友找我當保證人，向地下錢莊借了錢，沒想到他卻在某一天喝了個酩酊大醉，跌落軌道身亡了。為了還債，我開始從事賣身工作，但無論工作多努力，債務都無法減少。種種情況讓我變得像神經病一樣，每個街頭的小混混都看起來都像是來討債的人。」

梨沙子在口袋裡翻動著東条送的口紅型電擊器。

「某天，我一邊喝酒一邊望著窗外，結果看到河岸邊有一個人俯臥在地上。急忙跑過去一看，才發現是佐川。因為下著雨所以我不太確定，但當時她的心跳應該已經停止了。」

東条看著自己的雙手，似乎是當時的感受再次重現了。

「當我想要打電話叫救護車時，突然心中浮現出一個邪念。我想說，如果把這具屍體藏起來，然後自己假裝成佐川，那麼或許就可以從生不如死的地獄中逃脫出來。佐川沒有家人也沒有朋友，跟鄰居也幾乎不來往，所以即使我和她身分互換，也不會有人發現。雖然對她感到很抱歉，但是一想到自己被那些討債人怒罵的日子，就無法抵抗邪念的誘惑。

首先，我將屍體帶到佐川的公寓。我把手插進佐川腋下，藉以抱起身體，然後讓她斜靠在橋上的欄杆，翻到正面之後再把她背起來。妳看到的是我抱起佐川的畫面吧。

東条像惡作劇得逞一般露出笑容。當時閃電發亮的瞬間，梨沙子以為自己看到東条被人揹著，所以才會誤認為東条是被抓走的那個人。

「我用佐川身上的鑰匙打開了門，將屍體搬進屋內，等到夜深人靜的時候，回到綠色陽臺園畑，從自己的房間帶走一些值錢的東西。我就是在這時候把蝙蝠傘帶走的。去的時候我用了佐川的傘，但因為太破爛了，所以回來的時候用的是我自己的傘。

隔日，我打電話給房仲，告知家俱全都要處理掉。佐川的屍體則是花了一個禮拜的時間分散丟棄，肉扔進了河裡，骨頭則丟在山上。

「……那這張臉？」

「為了不被討債的人發現，所以我去醫院做了些手腳。不過只是把墊在鼻子裡的人造軟骨，以及雙眼皮的縫線拿掉了而已。」

東条輕輕撫摸著腫脹的眼瞼。一〇二號房的角本，就是因為在橋上看到東条，才會以為佐川房間裡有其他朋友吧。外出時戴上太陽眼鏡和口罩，則是為了遮掩手術後的腫脹。

「對不起，我帶來不少困擾吧。」

梨沙子低頭道歉。東条嘶起凹陷的鼻子。

「當然啦。三天前妳過來這裡的時候，我本來還想殺了妳的呢。」

「不好意思。」

「不過，有人這麼擔心我，倒也不是什麼壞事。」

東条伸出手臂，在座墊在躺下。

四坪半的房間雖然布滿黴菌和灰塵，但飛揚的塵埃卻閃爍著耀眼光芒。

「把我忘了吧。好好照顧妳的孩子。」

東条看著天花板說道。

＊

推開門，溫熱的風迎面撲來。

女人看起來活像個怪物，眼窩凹陷、兩頰消瘦到不健康的程度，然而乳房及腹部卻沉重地下垂著。大概已經懷孕七個月了吧。她的頭髮染了我以前的那種粉白色，真讓人感到有些不舒服。

「東条小姐，妳真的一點都不知情嗎？」女人的聲音顫抖著。「我到處都找不到我的女兒。」

胸口不自覺感到一陣酸楚。已經有一年半的時間沒有被用本名叫過了。這個女人——田代梨沙子，知道我正在冒充佐川茜的身分。

「我不是叫妳忘了我嗎？況且……」

妳的女兒會死，都是妳自己的錯。

話到嘴邊都快說出口了，幸好最後還是吞了回去。

一年半前的記憶在腦海重現。在我住進斯匹卡園畑三個星期後，梨沙子突然跑來這個房間，說些似是而非的道理指稱我是監禁他人的犯人。

梨沙子的說法雖然有些天馬行空，但是對於她來找我的理由，我倒是能夠想像得到。

當現實與理想無法同步時，人們總會感到焦慮不安，甚至還會採取錯誤的舉動。當時的她，被一股強迫觀念驅使，認為自己必須成為合格的母親，卻一直徒勞無功。她明明已經察覺到自己應該要面對的問題在哪裡，卻因為害怕面對而將注意力轉移到追蹤犯人上頭。

梨沙子的狀態讓我想到過往的自己。我被困在符合父母親期待的教育理念之中，三番兩次都沒辦法達到標準，因此我冒著風險揭露了自己的過往。只要有所覺悟，無論是什麼樣的束縛都可以掙脫，我一直希望能將這樣的理念傳達出去。

結果如何呢？一年半過去了，梨沙子還是執著於虛榮，離不開丈夫。有時她會被當眾辱罵；有時則是身上布滿瘀傷，並且被關在屋外。即使如此，她還是會若無其事地跑去吃晚餐，把孩子就這麼丟著。更離譜的是，她竟然還懷了第二個寶寶，真教人不知道該如何幫起。

直到最後，她還是沒有任何改變。

「妳知道的吧？妳知道些什麼吧？」

梨沙子抓住我的肩膀，淚水不停地掉下來。受損的頭髮滑過她的臉龐。失控的情況跟一年半相比倒是更加嚴重了。

雖然我早就對梨沙子感到厭煩，但卻從來沒想過要殺死她的女兒。之所以會潛入七〇二號房，只是為了找錢付房租而已。然而，當我在餐廳後方的房間裡，看到嬰兒的臉時，瞬間的確萌生了殺意。寶寶的額頭上，有一道黑色的瘀青。

雖然不知道那是不是虐待造成的，但是擁有那種父母的孩子，是不可能踏上正常的人生旅途的。

我覺得她實在太可憐了，於是動手殺了她。

「這一切，全都是妳的錯。」

一回神，話已經說出口了。

梨沙子的表情看起來就像是被狐狸咬了一口似的。還沒等她回應，我就把門關上了。盤腿坐下，鮮血從右眼眼瞼往下流。眼瞼上的舊傷，是拿掉固定軟骨的線所造成的。門的另一邊，梨沙子呼喚女兒的聲音還清晰可聞。我爬到廁所，一口氣將肚子裡的東西全都吐了出來。胃酸的苦味中夾雜著肉的味道。

把嬰兒烹調並食用，是為了擺脫罪惡感。沒想到把她殺死的記憶卻化成了碎片，充斥在過往回憶裡，取知不盡用之不竭。即使到了現在，寶寶的記憶還依舊緊緊黏附在喉嚨深處。

我用衛生紙擦擦嘴唇，抬頭望向小窗戶。

煉油廠還是一如既往地吐著煙，彷彿什麼事情都沒發生過。

小丸子與強寶

0

當我打開水桶的蓋子時，海蟑螂發出嘰嘰嘰的刺耳聲音。

無數的觸角像是怪物的體毛般蠕動著。一大群海蟑螂感覺下一秒就要衝上來展開攻擊，於是我下意識地蓋上了蓋子。

「……真糟糕。」

舔了舔乾裂的嘴唇，深呼吸一口氣。除了右手上的手電筒光線之外，地下倉庫幾乎全都被黑暗籠罩著。往牆壁照射過去，看到水桶及設備在架子上排得滿滿，腦海中隨之浮現了當時在四樓所舉辦的活動。

時間已經過了早上六點。馬上就要來到人潮湧現的時間了，沒有閒暇在此躊躇浪費。把手電筒放在地上，從口袋裡拿出兩個攜帶型菸灰缸，大小差不多是可以放零錢的程度，裡面都預先放了乾燥後的烏頭花莖所磨成的粉末。

屏住呼吸，打開水桶的蓋子並將粉末倒到海蟑螂群裡。為了不要讓粉末集中在同一個地方，我移動著菸灰缸，讓粉末均勻分布。

這下我也成為殺人犯了。明天晚上，他會因烏頭鹼而中毒死亡。

其實我並不想殺人。我雖然恨他，但從未想過要親手殺死他。即使如此，我還是必須給他滿滿的毒物。腦海中浮現的，是那位曾經發誓要與我一同擺脫泥濘的朋友臉上的笑容。

「真是糟透透頂！」

用手指彈了彈菸灰缸底部，剩下的粉末輕輕地掉落入水桶內。

1

「……這裡就是小丸子選手在十四號的晚上參加賽事的租賃大樓，大家可以看到一樓是間雜貨店，大胃王比賽則是於四樓展開。根據在現場觀賽的一位男性觀眾所述，小丸子選手由於被海蟑螂哽住了喉嚨，甚至因此失去了意識，直接被送到後臺。」

外表看來宛如時尚藝人的媒體記者正火力四射地進行著報導，攝影鏡頭慢慢拉遠，最後電視畫面定格在壽喜燒大樓的四樓。

「目前我們聯繫不上小丸子選手的家人或朋友，因此也無從得知她是否安然無恙。此外，我們也嘗試聯繫大胃王比賽的主辦單位『摩咕摩咕娛樂』，可惜的是節目單上的電話號碼是空號。」

電視螢幕的光照亮了小丸子的屍體，她長得就像會出現在色情雜誌封面的模特兒，雖然漂亮但是沒有太多的記憶點。她身上穿的洋裝還沾有汙漬，看來應該是尿液。

事務所裡，丸子三兄弟的臉湊在一起。坐在旋轉辦公皮椅上翹著腳的大胖子是大哥摩咕拉；在沙發上喝著熱水，整個人陰陽怪氣的小胖子是二哥摩咕力；在房子正中央抓著我雙手，看起來像角力選手的超級巨胖則是小弟摩咕嚕，這三個貪得無厭的傢伙，就是摩咕摩咕娛樂的職員，他們把我的奶奶騙得一毛都不剩，甚至還要我來寫下借據，徹底奪走了我的人生。

「真教人困擾呀。」

摩咕拉關掉電視後，不耐煩地俯瞰小丸子的屍體。雖然三個人的名字都有列在董事名單上，但實際有在做事的只有大哥摩咕拉，從來沒有見過摩咕力跟摩咕嚕有在工作。

「困擾的是我才對吧，快叫這個胖子走開啊！」

我心情厭煩地說道。摩咕嚕在過去的一個小時以來，用他那鐵桶一般的體型壓在我身上。他的鼻息落在我的脖子，感覺非常噁心。三兄弟中，摩咕嚕是個特別胖的傢伙，過往他曾有過一次傳奇的英勇事蹟，當時他被可疑人物刺了一刀，卻依舊是臉不紅氣不喘地把掉出來的脂肪往對方砸過去。

摩咕拉懶洋洋地嘆了口氣，俯身看著我被壓在地板上的臉。

「你不知道自己為什麼被抓過來嗎？」

「我不知道啊，難道是跟小丸子的死有關嗎？」

我用氣息吹走黏在嘴唇上的塵埃。上禮拜的酒家女大胃王擂臺賽，才剛發生素人選手在吃「摻入蝸牛的西班牙燉飯」時被噎死的事件。若是參賽者死亡導致引發輿論騷動，那就沒辦法好好做事了。

「哎呀，反正只會大吃特吃，沒有其他任何優點的笨蛋，即使長命百歲也沒有什麼意義。」

「況且，年輕女子令人難以抗拒。」

摩咕嚕出言附和，頂著ＸＬ號胃袋的摩咕嚕，主要的工作就是在兩兄弟殺人之後負責善後。

「不過啊，要是被發現就麻煩了。」摩咕拉以教小孩一般的態度說道。「剛才的新聞是怎麼一回事？這傢伙的死已經搞得人盡皆知了啊。我最討厭那種大嘴巴又偽善的人了。」

「聽我說，這不是我的錯。」

我抬起頭說道。摩咕拉惱怒地嘖了一聲。

「你是摩咕摩咕娛樂的商業活動負責人，無論從哪個角度來看，你都脫不了干係。」

「不對，知道小丸子死亡這件事的人，只有當天在場的一百三十五個宅男而已。況且我也跟每個人都簽了誓約書，聲明『發生任何事都要自己負起責任，看到任何情況都不能外傳』。肯定是有人打破協議，向媒體爆料了。」

「我知道啊，想必是小丸子的粉絲吧。」

「對啊。所以不是我的錯。罪魁禍首是那個背叛者。」

「那你知道是誰爆料的嗎？」

「我手上有名單，從頭到尾一一逼問，自然就能把那個人揪出來。」

當我像海狗一樣把上半身挺起來時，摩咕嚕隨即把我的右手往後面扭，身體傳出類似折斷木棍的聲音。我哀號一聲，倒臥在冰冷的地板上。

「阿進，看來你壓根就不了解事態的嚴重性啊。電視、報紙都在報導小丸子的死亡疑雲，甚至還有週刊雜誌的記者跑來事務所這邊。對吧，摩咕嚕？」

「嗯，在我尻完手槍打算去抽根菸的時候，突然有個像鰻魚一樣的女人出現在門口，嚇了我一跳。」

摩咕嚕心不在焉地回應。

「光是繼續待在這裡就夠危險的了，你還想去逼問那一百三十五人？現在真的不適合說這種雲淡風輕的話啊。」

「你也太看得起警察了吧。沒有搜查令，任誰也進不了事務所的。一個禮拜內應該都是安全的。」

「說什麼傻話。大部分一個禮拜內可以做完的事情，通常一天內就能完成。」

「突然變得很有社長的氣派呢。總之現在唯一的方法就是趕快去調查那些宅男，我們培養那個黑暗使者這麼久，不就是為了用在這時候嗎？」

我用下巴比了比摩咕力。排行老二的摩咕力，為了學習解剖人體特別進入醫學系學習，如今成了無比專業的人體破壞狂。他很喜歡用一些從來沒有人用過的方法殺人，像是挖個深及腰部的洞，把流氓埋進去，然後用割草機伺候；或是動手術在老人的胃裡開個洞，活活讓老人餓死……對於殺人，他真的是樂此不疲。

「你想請摩咕力幫忙嗎？也不錯。喂，摩咕力，把灑水壺拿出來。」

聽到摩咕拉的話之後，摩咕力默默站了起來，並從櫃子裡拿出一個鐵製的灑水壺，壺身上還貼著摩咕拉的姓名貼紙。灑水壺的注水口尖得跟針筒的針一樣。我覺得情況非常不妙。

「等等！你們再怎麼折磨我也解決不了任何問題啊！」

「才不會呢。摩咕嚕，把阿進的頭壓好。」

滿布痘疤的手臂緊緊勒住我的脖子，當我張開嘴巴想要呼吸的瞬間，摩咕拉立刻將灑水壺尖尖的注水口塞進我的喉嚨，劇烈的刺痛從喉嚨深處傳來，嘔吐感也從腹部湧上。

「這樣正好，等等藉由這玩意兒把煮好的小丸子全部灌到你胃裡，然後再把你丟進河裡去。只要你的屍體在海邊被找到之前，我們能夠順利遠走高飛，那麼整起事件就會變成是變態食人魔的獵奇殺人案件了。」

「原來如此，哥哥真是天才呢。」

摩咕嚕笑了起來，肉子的肥肉跟著一起抖動著。我知道這並不是一個笑話，要是真的死在這種教人生氣的計畫之中，肯定無法安息。

「哇哇哇……」

我趁著摩咕嚕鬆懈的機會，伸手往摩咕拉的褲襠抓去。

「搞什麼！急著想吃飼料嗎？」

摩咕拉來回攪動灑水壺，宛如背部遭到火烙一般的疼痛感襲來，黏稠的液體從我的嘴脣流出。這時我俯身趴在地上，接著見證奇蹟的時刻降臨，灑水壺從我嘴裡掉出來了。

「你還真是不死心呢。」

「聽我說！」我一面咳嗽一面說道。「我承認是我的錯，但我不想死。」

「我們也不想死啊。」

「你想清楚，就算把我丟到河裡，問題還是無法解決。」

「為什麼？」

「小丸子並不是被海蟑螂哽住喉嚨而死的，而是被殺的。」

我像日劇裡的刑警一樣斬釘截鐵地說。摩咕拉一臉懷疑地瞇起了眼睛。

「被殺的？在大日本海蟑螂大胃王最終賽進行的時候？」

「對啊！小丸子是從BAKAGUI時代開始就非常活躍的大胃王鬥士，不可能會犯下食物哽住喉嚨這種錯誤的。」

「只有這個理由嗎？」

「那傢伙在比賽中的狀態也很奇怪，身體不停抽搐，手也好像麻痺到無法抓起海蟑螂。而且，她跟那些被食物哽住的人所呈現的樣子明顯不同。由此可知她就是被下毒了。」

「摩咕嚕，他說的話是真的嗎？」

「不知道耶，我太專注於比賽，所以不太確定。」

摩咕嚕平靜地說道。這個困住我的男人，也是大日本海蟑螂大胃王最終賽參賽者之一。

「你在吃東西的時候，腦袋根本無法運轉對吧。」

「哥，不然你會想些什麼嗎？」

「當然會想啊，好臭、好苦、好硬、好難吃……各式各樣。」

「原來如此。但我是一個怪物，所以跟一般人不同。我就是個糖尿大胃王怪物，只要是能吃的，就算是人類我也會吃下去！我就是——強寶SP！」

摩咕嚕自豪地喊出了自己的戰鬥暱稱。

「摩咕力，你怎麼看？小丸子是被下毒的嗎？」

摩咕拉把球丟給醫學系的高材生，摩咕力慢慢地彎下腰，一邊審視小丸子的屍體一邊點點頭。

「沒有質譜儀所以很難斷定，但我認為應該是烏頭鹼中毒。」

「烏頭鹼？」

「是烏頭屬植物所含的劇毒。」

「看吧，就像我剛說的，食人魔會在自己的食物之中加入毒藥嗎？」

「不小心吃到胃裡的東西，可能就會死掉呢。」

「沒錯！所以就算你把小丸子煮好並塞進我的胃裡，也沒辦法嫁禍給我。」

「警察才不會想到這麼難的事情。」

「退一百步來說，毒殺小丸子的還是另有其人，所以你們的一生都將在恐懼中度過。」

「說得太誇張了吧，直接把犯人殺掉不就好了。」

「那可是在觀眾面前直接把小丸子幹掉的高手，怎麼可能隨隨便便就讓人逮到。要是在把我這個重要的目擊者殺掉，那要找到凶手就更是難如登天了。」

我說話說到口水亂噴。只要能夠活下來，任何嘗試都值得去做。

摩咕拉在皮椅上坐下，打開摩咕力的水壺，將熱水倒入喉嚨。水滴從壺口滴落下來，一路從手掌滑到胳膊。看來應該正在煩惱該不該殺了我。再推一把好了。

「給我一個禮拜的時間，我會把殺害小丸子的凶手帶來。」

「別太得寸進尺了。」摩咕拉的聲音乾乾的。「我只給你一天。在明天早上之前把犯人揪出來。如果辦不到，我就殺了你。」

「一天？就算是警察也需要花一個禮拜的時間調查啊。」

「大部分一個禮拜內可以做完的事情，通常一天內就能完成。如果你覺得做不到，那現在可以死了。」

我深呼吸，冷靜下來思考。犯人一定就在大日本海蟑螂大胃王最終賽的觀眾之間，一定有辦法可以把他逼出來。

「好的，我會想辦法解決。不過，要是失敗的話呢？」

「一樣啊，就回到這裡殺了你。」

灑水壺的注水口滴下了鮮血及濃痰的混合物。

＊

兩天前的晚上，摩咕摩咕樂園被前所未有的熱情所包圍。

「最終賽的司儀將由我——肉汁進來擔任。」

我模仿猜謎節目主持人的聲音嘶吼著，歡呼聲也立刻從觀眾席間傳出。身穿粉紅色T恤的男人們，像瘋了一樣高聲呼喊著小丸子的名字。摩咕摩咕樂園接連幾天舉辦了大胃王、快食王，以及奇特食物挑戰賽等活動，不過，觀眾席全部坐滿還是頭一回見到。

「第一位參賽者登場了！糖尿病大胃王怪物！只要是能吃的，就算是人類也會吃下去的強寶ＳＰ！」

在我介紹完之後，摩咕嚕緩緩走上舞臺。他翹起嘴唇，因為胃酸而變得搖搖晃晃的門牙露了出來。他的戰鬥暱稱強寶ＳＰ，就是由他最愛用的巨型湯匙而來。

摩咕嚕是摩咕摩咕娛樂的幹部，同時也會參加自己公司所主辦的各項活動，所以擄獲了不勝枚舉的頭銜。光是摩咕嚕獲得勝利的那些場次，就能讓摩咕摩咕娛樂減少相當多獎金的支出。對摩咕摩咕娛樂來說，摩咕嚕宛如小金庫，但對大胃王粉絲們來說，他卻是令人討厭的反派角色。

「對戰選手登場了！來自炸饅頭店的貪吃鬼大胃王少女，小丸子！」

小丸子從舞臺側邊蹦出來打招呼，臺下瞬間傳來如雷貫耳的歡呼聲。粉紅色的後援團發出「丸子！」「丸子！」的奇怪吼叫聲。

摩咕摩咕樂園之所以會變得如此火熱其來有自，主要是因為強寶SP及小丸子的對決已經不是第一次。

五年前，由當地電視臺製作的一檔名為「BAKAGUI」的深夜節目，掀起了第二波的大胃王熱潮。在大胃王競賽中勝出的選手，就是首屆的冠軍，接下來冠軍必須跟通過預賽的選手進行一對一的挑戰，這就是BAKAGUI的比賽規則。做為大胃王競賽節目，BAKAGUI不僅有三千萬日幣的超高獎金，甚至還比照紀錄片的風格，將比賽中所發生的種種狀況全部如實播出，因而蔚為話題。在此之中，以不曾嘗過敗績的冠軍之姿君臨天下的，就是強寶SP，而經歷了許多精彩對決的挑戰者，則是小丸子。

就在BAKAGUI邁入第三年的時候，這股熱潮就這麼突然結束了。起因是一個小學生模仿BAKAGUI的比賽猛吃蒟蒻，結果哽住了喉嚨，最後被送往醫院的意外事故。小學生雖然保住了一命，但醒來的時候就連自己的名字都記不得了。BAKAGUI因而被迫停播，第二波大胃王熱潮也宣告終結。

對於這件事最感到困擾的，就是三流以下的大胃王選手們。有些人因體重過重而導致骨架扭曲；有些人則是胃腸搞到亂糟糟，單純變成了進食及嘔吐的一團肉，不料做為食物來源的競賽節目，卻突然吹起熄燈號了。就因為這樣，誕生了一票仰賴大胃王比賽維生，沒辦法回到正常工作環境的胖子。

這種情況引起了摩咕拉的注意。當時的摩咕摩咕娛樂是一間聲名狼藉的活動公司，他們會脅迫本地藝人無償地去參加地方性的演藝活動。得知BAKAGUI收攤後，摩咕拉以弟弟摩咕嚕做為招牌，集結了一群三流吃貨，開始舉辦自己的大胃王比賽，並想藉此吸引那些對BAKAGUI收攤感到不滿的大胃王粉絲。

摩咕拉的計畫成功了，活動辦得非常熱鬧。由於BAKAGUI的挑戰者之中，有不少女性挑戰者擁有像是明星偶像的高人氣，使得狂熱的宅男粉絲們紛紛到場支持。摩咕摩咕娛樂在壽喜燒大樓開設了專屬的「摩咕摩咕樂園」做為比賽場地，並且連著幾天舉辦比賽，成功引來大批大胃王粉絲蜂擁而至。

真正讓事情產生變化的契機，是摩咕摩咕娛樂開始挖掘新的挑戰者。摩咕拉認為，光靠BAKAGUI既有的挑戰者，能夠創造的吸引力有限，於是便宣告廢除素人參戰的禁令。

就這樣，摩咕摩咕樂園一夕之間變成了地獄畫風。由於節目預算有限，所以完全沒有施行事前審查，導致非常多沒有經驗的門外漢抱著搶獎金的心態前來參戰。不少業餘選手在舞臺上嘔吐，觀眾見狀也跟著一起吐，賽場內彌漫著惡臭，不斷有失去意識的觀眾被抬出去。活動品質一直都是這樣，所以那些為了偶像選手才來現場觀戰的宅男們，也慢慢地消失了。

不過話說回來，一樣米養百樣人，反而是在這時候，出現了喜歡嘔吐物滿天飛的狂熱粉絲。世界上還真的有「看到別人嘔吐就非常興奮」的人啊。為了因應客群的變化，摩咕拉一次又一次舉辦激烈的競賽活動，這也使得摩咕摩咕樂園始終都飄散著臭烘烘的熱氣。

在這樣的情況下，傳出擁有偶像魅力的超人氣選手小丸子來到摩咕摩咕樂園參戰的消息，主題就是海蟑螂的快食王競賽。這是ＢＡＫＡＧＵＩ時代完全無法想像的比賽類型。小丸子的參戰引發了各種揣測，不過最終她的表現卻跌破了大胃王粉絲們的眼鏡，一路在預賽過關斬將，挺進最終決賽，將與宿敵強寶ＳＰ一決雌雄。

「今天的比賽是海蟑螂快食王，誰能先將一整桶重達二十公斤的海蟑螂吃完的話，就能贏得大日本海蟑螂大胃王的頭銜，並獨享三十萬日圓的獎金。」

我看著手中的小抄念稿。低矮的天花板下，一百三十五個觀眾像握壽司一樣緊緊擠在一起。

在摩咕拉設計的各種花樣之中，我最討厭的就是的海蟑螂的快食比賽。二十歲那年的夏天，我在衣櫥裡發現了奶奶腐爛的屍體，從那之後，每當我看到長有觸鬚且動作敏捷的生物，胃酸就會不斷湧上。海蟑螂的外表看起來就像是壓扁了的蟑螂，而且頭上有長長的觸角、屁股上還有分叉的尾巴。雖然它們跟蝦子一樣都是甲殼類生物，但卻非常不擅長游泳，如果掉進海裡，聽說還會因此而死掉。我恨不得趕快結束這場比賽，然後好好地將冰涼的罐裝啤酒倒進喉嚨。

「這場比賽將採 G Rule 進行。」

當我補充了幾句話之後，身穿粉紅色T恤的男人們不約而同皺起了臉。想必是意識到 G Rule 對偶像系選手小丸子相當不利吧。

舞臺上，面對觀眾的右手邊坐著小丸子，左手邊則是摩咕嚕。兩人之間的距離大約有一點五公尺。小丸子用認真的表情掃視觀眾席，摩咕嚕則百無聊賴地看著天花板上的管線。

「G Rule 指的是在比賽開始之後，每過五分鐘就會把現場的照明關掉一分鐘，這一分鐘就是所謂的 G Time，選手們可以利用這個時間把胃裡的東西吐在腳邊的桶子裡。」

我走到舞臺中央，撥開長桌上的桌巾，兩人腳下各放置了一個巨大的鋁製水桶。

「但是，假設在 G Time 結束之後，水桶裡有活著的海蟑螂，那就會被判定落敗，所以請務必要好好咀嚼並吞下去。此外，如果在 G Time 以外的時間嘔吐的話，也會被視為淘汰。兩位都沒有問題吧？」

摩咕嚕及小丸子各自點點頭。由於 G Rule 可以讓大胃王突破自己的食量上限，所以在死忠愛好者之間的支持度相當高。

「那麼，把今天要用來決勝負的二十公斤海蟑螂拿出來吧。」

我鑽進舞臺後面，隨即推著推車回到舞臺上。推車上有兩個臭氣熏天的桶子，鼴鼠造型的貼紙就貼在桶子側邊，那是摩咕拉為摩咕摩咕娛樂所發想的logo。

停下推車，將桶子搬到桌子旁。在搬運第二桶的時候，我差點因為失去平衡而跌個狗吃屎，桶子裡的東西都快倒出來了。仔細一看才發現，原來是因為桶子的把手壞掉了。要是就這樣被海蟑螂大軍襲擊的話，我應該會口吐白沫並且昏厥過去。我一邊冒著冷汗，一邊把水桶擺到兩人面前。

「待會兒哨音一響，比賽就要正式開始。強寶SP及小丸子，究竟誰會成為大日本海蟑螂大胃王，並且帶走三十萬日圓的獎金呢？現場的觀眾們，大家都準備好了嗎？」

我尖銳高亢的聲音讓觀眾的歡呼平息下來。

「預備……開吃吧！」

我同時打開左右兩邊的桶蓋，摩咕嚕那邊的水桶有水滴落下來。

兩人幾乎同時開始吃起海蟑螂，桶子裡也不斷傳來嘎吱嘎吱的詭異聲響。光是想像無數的觸鬚在裡頭瘋狂擺動的樣子，就讓我宛如置身宿醉的早晨。

我一邊盯著手錶，一邊往高處走。到目前為止，活動算是進行得很順利。摩咕嚕是個以自我為中心的胖子，老是會在比賽中引發騷動，像是兩天前的滑菇快食比賽，他就卯起來抱怨自己桶內的滑菇數量太多，直接跟對手換了一桶。他明明就知道我事前都精準地測量過了，卻還是刻意搞事，真的很惡質。
我靠在柱子上望向觀眾席，一陣陣刺穿耳膜的吼叫聲傳來，完全無法分辨到底是在加油，還是在咒罵。「快吃啊！」「吞下去！」「吐出來！」「殺了他！」「去死吧！」「小丸子！」「小丸子！」
剛開始的時候，小丸子看來稍微占了一些優勢，她用一隻一隻依序咀嚼吞食的方式進行，藉以讓海蟑螂可以穩穩地被送入胃中。另一邊的摩咕嚕則是使用了從BAKAGUI時代就愛不釋手的巨大湯匙來舀海蟑螂，每次大概可以塞五隻進嘴裡。不過，由於海蟑螂的外殼很硬，所以摩咕嚕這種一口氣猛吞的方式似乎不太適合，只見他從咀嚼到嚥下中間花了不少時間。
「馬上要進入第一回合的G Time了。五、四、三、二、一、開始！」
我一邊吼叫，一邊按下柱子後面的開關。天花板的燈熄滅了，視線被黑暗所籠罩。從舞臺上傳來小丸子嘔吐的聲音，還有嘔吐物落入桶中的聲音。觀眾席也傳來喘息的聲音。
我在柱子後方盯著螢光手錶。
「還有五秒就要結束G Time了。三、二、一……比賽再次開始！」
燈光再次打開，兩人已經開始吃起海蟑螂了。摩咕嚕張開嘴巴爽快地打了一個嗝。
我走上舞臺中央，捲起桌布彎腰檢查著桶內的狀況。小丸子的那一桶散落著海蟑螂的殘骸，以及生臭的液體，然而摩咕嚕的桶子卻還是空的。看來摩咕嚕的戰術就是無視G

Time的規定，繼續狂吃，藉以拉開與對手之間的差距。

「沒有任何違反規定的狀況！比賽繼續進行！」

我站起身高聲大喊，接著便移動回高處，再次俯視著整個觀眾席。小丸子的支持者們看來臉色都不太好，因為小丸子現在雙眼紅腫，活像是被趕出居酒屋的醉漢一樣，就連裙子上也沾上了汙漬。看到如此喜歡的偶像嘔吐後的臉，粉絲會感到不舒服也是理所當然的。

「喂，主持人！廁所在哪裡啊？」

觀眾席正中央附近傳來叫罵的聲音，我看到一位中年男子身旁有個穿著粉紅色T恤、長得像達摩公仔的男人蜷縮在地上，看來好像是吐了。

「這層樓沒有廁所，請到一樓使用公共廁所。」

我不耐煩地回應。事實上，這層樓後方不遠處就有一間廁所，但因為上禮拜的酒家女大胃王擂臺賽中，一位名為愛克蕾雅的女性參賽者不幸身亡，她在比賽過程中吐得一蹋糊塗，導致馬桶堵塞了。為了防止觀眾誤闖進去拉屎，所以特別用強寶SP等身大的巨幅海報把門擋起來。

達摩男捂著嘴巴，搖搖晃晃地離開觀眾席。

接下來，隨著G Time持續更迭，小丸子似乎也變得越來越痛苦，她的臉色發黃，兩頰及嘴唇不停抽搐，甚至還有海蟑螂從她手中逃開的場景出現。

另一方面，摩咕嚕則是咕嚕、嘔嘔、嗝嗝地，像牛一樣不停打嗝，巨型湯匙的動作絲毫沒有停下，速度也完全沒有掉下來。只見他一臉平靜地股著雙頰咀嚼海蟑螂，表情看來就跟在吃咖哩沒什麼兩樣。BAKAGUI首屆冠軍的實力確實非同凡響。

意外就發生在第五次的G Time。當我按下燈光開關的同一時間……

「嗚哇啊啊啊啊啊啊啊！」

摩咕嚕發出了令人震驚的嘔吐聲。按耐不住情緒的粉絲們紛紛吹起了口哨，因為這是摩咕嚕的招牌嘔吐技巧，每每都會在他勝利的賽事中出現。

G Time結束後，我再次檢查桶子。摩咕嚕的桶子裡滿滿都是嘔吐物，雖然他的咀嚼狀況沒有小丸子來得細膩，但並沒有看到任何活著的海蟑螂。

「沒有任何違反規定的狀況！比賽繼續進行！」

我抬起頭來，摩咕嚕正準備用湯匙舀起所剩無幾的海蟑螂，看來勝負已定。看來G Rule對於首次參戰的小丸子來說實在太辛苦了。

「……為什麼？」

小丸子發出沙啞的聲音。

我望向她，並且嚇了一跳。她的身體就像震動器一般抖個不停，看來似乎就快要從椅子上摔下來，屁股處傳來唰唰唰的情色聲響。情況顯然很不尋常。

「沒、沒事吧？」

小丸子斜眼看著摩咕嚕，雙手依舊緊抓著海蟑螂，強行往自己的嘴裡塞。她的脖子往上揚，宛如被切成生魚片的鯛魚一般。大量的嘔吐物從她的鼻子及嘴巴噴出，直接朝著我的臉襲來。

「哇！」

嘔吐物讓我滑了一跤，整個人摔到了舞臺下方，觀眾席也開始發出驚呼聲，我抬起頭看看四周，身旁的觀眾為了躲開我，一個個就像被推倒的棋子。

「小丸子選手因為嘔吐而被取消資格！冠軍是強寶ＳＰ！」

我狼狽地爬回舞臺上，抓起摩咕嚕的左手。在我肩膀上的嘔吐物傳來溫熱的觸感。此時，小丸子把頭塞進桶子裡，接著趴倒在地。

「我要死掉了啦！你到底在幹什麼！」

被我壓在底下的粉紅色Ｔ恤男大喊道。

「吵死了！」

我把小丸子放到推車上，然後推到舞臺側邊。如果因為參賽者出狀況就跟著亂了步調的話，就沒資格擔任摩咕摩咕樂園的主持人了。觀眾的噓聲我根本是充耳不聞。

「嗯，小丸子選手正在接受治療，請不用擔心。讓我們給贏得大日本海蟑螂大胃王頭銜的強寶ＳＰ選手一個熱烈的掌聲！」

我返回舞臺高昂宣布。摩咕嚕一邊開心地笑著，一邊打了個超大的嗝。身穿粉紅色Ｔ

恤的粉絲們陷入了恐慌。

「強寶ＳＰ選手到目前為止已經累積奪得十七個冠軍頭銜了，真不愧是糖尿巨胖怪物！這真是一場精采的比賽，讓我們也給小丸子選手一個熱情的掌聲！」

說完臺詞之後，我轉頭望向舞臺的布幕後方，滿身都是嘔吐物的小丸子，已經一動也不動了。

2

被踢出摩咕摩咕娛樂之後，我立刻去拜訪國中時成績最好的同學——馬喰山。要在一天內抓到犯人，唯有聰明的人才能辦得，這種事還是得要請專家出馬。

「你的手斷了耶，沒事嗎？」

馬喰山故意轉移話題，並望向牆上的時鐘。已經是下午四點了，沒有辦法悠哉地閒聊。

「你沒聽到我說的話嗎？如果明天沒把犯人揪出來，那我就會被殺掉。跟浮腫泡爛地浮在海面上比起來，這些根本就是小擦傷而已。拜託你，把你的聰明才智借給我吧。」

「為什麼是我呢？」

馬喰山的表情看來是打從心底感到困惑。

「還記得挖耳勺沉水事件嗎？從那時起，我就一直認定你是個天才。」

我用認真解釋的口吻說道。國中一年級的時候，我的奶奶前來學校參加教學觀摩活動，不小心讓自己心愛的挖耳勺掉入校園內的池塘。雖然我有拜託大家幫忙挖一挖池塘的底部，但老師們卻無動於衷。當時我的心情盪到了谷底，而出來拯救我的，正是馬喰山。這位機智的同班同學，偷了校長的印章並扔進了池塘裡。基於校長的命令，老師們不得全體動員抽乾了池塘的水，而馬喰山則是一滴汗也沒流地從池塘裡找出了耳勺。

「你現在是專業跑腿（便利屋）對嗎？真不錯。我覺得這是你的天職。」

「我是專利師（弁理士）。」

「不就是跑腿？算了，不管那麼多了，趕快幫幫我吧。」

「饒了我吧。我已經跟你們這些在地的小混混切斷關係了。」

馬喰山表情複雜，看來既憤怒又悲傷。

露出著錯綜複雜、充滿怒火和悲傷的表情。似乎有些難言之隱，但我也不可能就此罷休。

「拜託了，在我認識的人裡面，只有你上了大學啊。」

「這跟上大學沒有關係啦。」

「闖出一片天的人大多是大學畢業生。」

「你國中的時候成績不也挺好的嗎？」

「只有數學和理科還不錯。因為奶奶跟我說會算數就可以變成有錢人，所以我才努力學習，其他科目就全都不行了。」

「隨便你啦。我已經不是小孩子了，你這樣強迫我，只會帶來麻煩而已。」

門外傳來敲門聲，一位看來三十多歲的女性祕書送了煎茶進來，是個臉蛋像貉一樣圓潤的美女。看到我呼吸變得急促，她嚇得落荒而逃，離開了接待室。也有可能是不喜歡我衣服上的汗漬吧。

「是你的女朋友嗎？」

「怎麼可能。」

馬喰山心虛地移開視線，真是個容易被看穿的傢伙。閃亮亮的劉海散發出油臭味。

「你的老婆老是一副溺水浮屍的樣子對吧，所以你光是姦屍應該很難獲得滿足。」

「到下一個預約客人來之前，大約有一個小時的時間。就來聽你說說故事吧。」

「就知道你會答應。」

我鉅細靡遺地說明前天大日本海蟑螂大胃王最終戰的經過，馬喰山兩度跑去廁所嘔吐。

「我不看電視，不過倒是聽過強寶SP這個名號。」

馬喰山把我的煎茶也喝光了。

「想必是因為亞古力遇刺的事件掀起熱議的關係吧。」

「亞古力？」

「是個素人大胃王參賽者，原本是個蝸居族。據說他因為輸了一場比賽就心生怨念，刺傷了強寶的腰部，但因為強寶的肥肉太多了，反而變成保護墊，結果一點影響也沒有。」

「真是煙硝味十足的領域啊。」馬喰山皺起眉頭。「總之你先告訴前天被用到的毒藥名稱吧。」

「烏頭鹼。」

「是烏頭鹼吧？」

馬喰山敲打著筆記型電腦的鍵盤。

「致死量約為二至六毫克。症狀通常是會先出現嘴唇與舌頭的麻木感，接著是手腳麻痺、嘔吐、腹痛、腹瀉、心律不整、血壓下降、痙攣、呼吸不順等。據說加熱會讓烏頭鹼的毒性降到兩百分之一，烏頭屬植物我的老家也有種，所以要從取得途徑去縮小疑凶的範圍相當困難。」

「等等，加熱會讓毒性消失嗎？」

我越過馬喰山的背偷看筆記型電腦。

「那又怎樣？」

「這就表示小丸子的屍體煮好之後也是能吃的對吧。真有種不祥的預感。」

「要煮？屍體？」

馬喰山就像舔了豬屎一樣，露出訝異的表情。

「比起那個，現在應該要先找出犯人。我覺得強寶這個老手宅男很可疑。基本上有不少宅男非常討厭像小丸子這樣的偶像派戰士。」

「不知道耶。以目前的情況來說，代表嫌犯有信心可以只殺害小丸子而不傷及無辜。兩個桶子要怎麼擺不是由你決定的嗎？這就表示犯人要針對小丸子並不是一件容易的事。」

馬喰山毫不留情地粉碎了我的推理。

「你果然很聰明呢。」

「無論如何，兇手一定是有機會可以在小丸子的桶子裡放毒的人。先來想想混入毒藥的方法吧。裝著海蟑螂的桶子演出前是放在哪裡呢？」

「放在控制室，也就是從舞臺側邊往走廊的方向走大約十公尺的地方。大約在比賽開始前十分鐘，我用推車將兩個桶子推到了舞臺邊。」

「控制室的出入情況如何？觀眾有可能偷偷進去嗎？」

我回想著前天的控制室場景，摩咕嚕歡快地哼歌、小丸子臉上掛著嚴肅表情，這一切都還歷歷在目。

「不可能。雖然控制室沒有上鎖，但強寶和小丸子一直都待在裡面，況且我也頻繁進出。如果有人想在桶中混入毒藥，肯定會被發現的。」

「那麼，把水桶移到舞臺邊之後，到正式演出前的十分鐘呢？」

「這也不太可能，我一直待在舞臺邊調整照明跟音響。」

「那就只剩下比賽進行中了。」

「在比賽進行中？」我像鸚鵡一樣反問。「這是什麼意思？觀眾往舞臺上扔毒藥嗎？」

「錯了。在舞臺上的你、小丸子、強寶之中的某個人，偷偷趁著觀眾不注意的時候，把毒藥放進水桶裡。」

「我不是犯人啊。」

「那就是強寶了吧。強寶為了殺死宿敵，藉著G Time往對手的水桶裡放了毒藥。」

「不可能啦，兩人的椅子相隔約一點五公尺。如果想要站起來放置毒藥，肯定會因為一些動靜而被發現。」

「這麼一來，小丸子是自己吃下毒藥打算自殺。」

「那更不可能。當時她可是顫抖到不行，甚至驚訝地咕噥了一句『為什麼』。如果她是自願服毒，就應該不會有那樣的表情吧？」

「我想是因為被騙了。海蟑螂很臭對吧？犯人只要說那是消除臭味的藥物，就可以讓小丸子吞下毒藥。」

「在小丸子死後，我曾搜索她的衣服，但並沒有找到可以放毒藥的容器。」

「我想不到了。」馬喰山立刻鳴金收兵。「在演出前及演出中，犯人都沒有機會往桶子裡放毒。這就表示毒藥是在更之前就放進去的。我想了解一下海蟑螂的來源，你是一隻一隻去抓的嗎？

「怎麼可能！那是欠摩咕拉錢的海龜水產員工到海岸邊去抓來的。難道他們是為了惡搞摩咕摩咕樂園才會灑毒的嗎？」

「不對，」馬喰山搖了搖頭。「那樣的話，強寶應該也會死。毒藥是在你把海蟑螂分成兩桶之後才加進去的。」

「說得也是。」

「已經問得差不多了。對了，海蟑螂是什麼時候送到會場的？」

「活動前一天中午過後，海龜的社長把魚簍交給我，然後我就推到地下倉庫去放。也就是在那時候，我將海蟑螂平均分成兩桶，每桶二十公斤。」

光是回想這個過程，就讓人感到反胃。

「地下倉庫？跟活動會場在同一棟建築裡嗎？」

「沒錯。控制室空間太小，不適合作業。然後，把海蟑螂搬到四樓去是在活動當天的下午。」

「也就是說，水桶在地下倉庫放了一晚，倉庫的門窗有鎖好嗎？」

「當然沒鎖啊，這種東西怎麼可能有人想偷。」

「那就對了，犯人就是偷偷潛入倉庫，把烏頭鹼撒在海蟑螂上的。」

「原來如此，有可能耶。」我緩緩點頭。「那麼，犯人是誰？」

「只有你知道活動所需的食材存放在地下倉庫，所以你心中沒有一個可能的人選嗎？像是喝醉的時候會抱怨一下工作的對象之類的人？」

「其實我在運送時並沒有特別遮遮掩掩，那邊本來就人來人往的，一看就知道我在幹麼了。」

「真的嗎？那就沒辦法推敲出誰是犯人了，總之可能就是某個討厭摩咕摩咕娛樂的人吧。」

「什麼？」我差點就要衝上去抓住馬喰山的衣領。「查不出來嗎？」

「沒辦法啊，把桶子放在沒有門鎖的地下倉庫本來就是你的問題。」

「別開玩笑了，犯人肯定是現場一百三十五位觀眾之中的某個人吧？」

「很有可能，犯人的確好像都會到犯罪現場，不過還是無法確定啦。」

「搞什麼，那你剛剛說這麼一大串有什麼用，你的舌頭真的比大便還不如。」

辦公桌上的電話響起，馬喰山拿起聽筒，回了一聲應，然後轉身看向這邊。

「女朋友嗎？」

「是客人。你也該回去了吧？」

「你真的要這樣見死不救嗎？眼睜睜看著老同學變成浮屍也無所謂嗎？」

「給你十秒，要是你不趕快離開這個房間，我就以妨礙業務為由報警處理。」

馬喰山對著我說道，手裡還握著話筒，眼神非常堅定。

「混蛋！你給我記住！我要是能活下來，一定會把海蟑螂拿來塞到你女朋友的屁股裡！」

我丟下一句氣話，離開了馬喰山的辦公室。

3

一對陌生的男女站在壽喜燒大樓入口處張望著。兩人的肩膀上都背著大包包，如果是警察的話，女生的妝有點太濃了，所以應該是媒體記者吧。

「你在這棟大樓上班嗎？」

「你知道在摩咕摩咕樂園舉辦的活動嗎？」

走進入口時，他們果然立刻就同時問我問題，男人還硬是要把他的名片塞給我。當下真的很想扭斷他的手臂，但若引起騷動，只會讓我自己陷入窘境，於是我默默地走向電梯。

在四樓下電梯，進入樓層深處的摩咕摩咕樂園控制室。轉動保險箱的密碼鎖，並從中拿出一綑承諾書。我的作戰計畫是，用現場觀眾的名字在網路上搜尋，先把可疑人士揪出來。會來看這種比賽的人，十之八九應該都有問題吧。如果可以就此查出疑犯，那就皆大歡喜；但要是每個人都清清白白，那就要重新設計一下了。雖然這算不上什麼好主意，但實在沒有其他方法了。

我坐在圓椅上，打開電腦電源。剛要點燃香菸時，身後的門打開了。

「哈囉。」

轉過頭來的同時，傳來相機快門的聲音，畫著濃妝的女人正透過鏡頭看著我。年齡大概二十幾歲，是剛剛在入口處搭訕我的那個女人。

「不要擅自拍我啦！妳到底是誰？」

「我是哥雅雜誌的真野瑪麗娜。」

女人挺直腰桿說道。每呼吸一口氣，她那薄薄的嘴唇就噗噗噗地開闔。出現在摩咕摩咕娛樂事務所的那個鰻魚女應該就是她了。

「馬上滾蛋！我要報警了！」

「會被警察抓起來的是你唷，肉汁進先生。」

女人笑著說，氣焰強盛地挑了挑眉毛。這個表情讓我突然有一種似曾相識的感覺。記得好幾天前好像也在摩咕摩咕樂園看過這張臉。

「妳是大日本海蟑螂大胃王最終賽的觀眾嗎？」

「記憶力真好呢。」女子轉過身來，眼珠轉了轉。「我原本是想要寫一篇關於地下大胃王比賽的新聞，前天碰巧來看比賽。強寶SP對決小丸子真是話題性十足呢。而且這是我第一次進去摩咕摩咕樂園，所以聽到G Rule 的解說時真的很驚訝呢。」

「然後小丸子就這麼噴出嘔吐物並且倒臥在地，妳還真是幸運。」

「也正因為如此，才能再見到你這位主持人啊。可以多少幫點忙嗎？」

我站起身來，一腳踹往女人的肚子，她隨即吐了出來，後腦勺撞到門上，接著就直接跌坐到地上，腳邊散落隨身小刀及電擊棒。

「這是什麼鬼東西，妳真是有備而來啊。」

「用來防身的。」

「真是不巧，我現在忙得不可開交，沒時間跟妳吵架。不要再來了！」

我把小刀和電擊棒放進口袋。

「聽我說，你被陷害了。」

女人像老婆婆一樣臉歪嘴斜地說道。我被陷害了？這傢伙到底在說什麼？

「妳是想誘導我說出什麼嗎？」

「並不是。我知道下毒害死小丸子的人是誰，不過光靠目前的證據還沒有辦法寫成一篇報導，所以才會需要你的幫忙。」

女人的聲音聽起來很認真。

「妳知道犯人是誰？」

「是的，殺死小丸子的人正是摩咕嚕。」

我吩咐真野在活動場地的觀眾席等我，然後自己進到控制室，關上門做了幾次深呼吸。

摩咕嚕竟是犯人？真的有可能嗎？

無法相信媲美笨蛋的老么居然擁有安排殺人計畫的智慧。就算真野說的是真的，恐怕摩咕嚕也只是單純的執行者而已，擬訂計畫的應該是摩咕拉。倘若真是如此，那麼打從一開始命令我去抓犯人根本就是鬧劇一場。

但是，摩咕嚕真的是犯人嗎？跟馬喰山討論的結果是，犯人潛入了地下倉庫，在桶子裡撒下毒藥。如果這件事真的是摩咕嚕做的，那麼摩咕拉就等於冒著一半的機率會毒死自己弟弟的風險。說這個計畫是那個男人擬定的，真是胡說八道。

「……」

腦中突然浮現一個想法。

總是懶懶散散的腦細胞咻地開始活躍起來。如果這個推理是正確的話，那麼摩咕拉的態度，以及舞臺上的種種狀況，就都能說得通了。

我從外套裡掏出手機，打了摩咕摩咕娛樂的電話號碼。撥號音持續了十秒鐘左右，終於有人接起來。

「是阿進吧？打算投降了嗎？」

摩咕拉得意的表情浮現腦海。

「才不是，我有話要跟你說。」

經過走廊，往活動的觀眾席走去。真野此時此刻就坐在舞臺最邊邊的位置。

再熟悉不過的觀眾席，卻突然給我一種不尋常的感覺。強寶SP等身大海報已經變得歪歪斜斜，感覺就像被摩咕拉他們監視著，真讓人感到厭煩。

「那個，不好意思……」

真野可憐兮兮地縮著肩膀，並且比了比海報前方的地板，瓷磚上有一大坨嘔吐物。看來不好意思應該是源自我踹她肚子的那一腳。

「別放在心上，在這裡嘔吐就像打招呼一樣。」

我從舞臺走下來後，靠在牆邊抽菸。

「你願意幫我嗎？」

「我得聽完妳的看法才能做出決定。為什麼妳會覺得摩咕嚕是犯人呢？」

真野看來有些不安，一時為之語塞，但最終還是下定決心似的，穩穩地開始訴說。

「這是因為，非得要在前天的大日本海蟑螂大胃王最終賽殺死小丸子的人，除了強寶之外沒有別人了。如果犯案的是其他人，完全沒必要在比賽進行中下手，只要在她回家的路上攻擊她的頭不就得了。」

「這對強寶來說也是一樣啊。」

「不對，」真野搖搖頭。「由於強寶也是海蟑螂快食賽的參賽者，所以也有可能因為桶子的安排而面臨吃毒的危險。冒著二分之一的機率會不幸喪命的危險，就為了毒殺小丸子，這實在說不過去……相信大家都是這樣想的。所以強寶在比賽中殺死小丸子，等於就可以獲得心理因素上的不在場證明。」

「原來如此。也就是說，他用了詭計讓有毒的海蟑螂只有小丸子會吃到。」

「有個小小的錯誤，強寶並非只在一個桶子裡下了毒，而是兩個桶子都下毒了。」

「那不就表示強寶也會中毒嗎？難道那個胖子擁有抵抗毒素的特殊體質嗎？」

「不可能有那樣的人存在。在來看大日本海蟑螂大胃王最終賽之前，我已經針對強寶SP進行了相關的採訪。從BAKAGUI時代到現在，他在各種大胃王競賽中都是以強大的實力為人津津樂道。特別是在摩咕摩咕樂園所舉行的海蟑螂快食比賽，戰績更是驚人，幾乎可以說是全勝的無敵狀態。採訪了幾位敗在他手下的選手之後，我感覺他那超乎常人的吞食能力中，似乎藏著什麼祕密。就在我採訪退役選手的過程中，遇到了亞古力。」

亞古力，我記得這個名字。

「就是那個行刺強寶的宅男吧。」

「對啊。他在老家蝸居了十年以上，後來沉溺於高檔的酒店，沒多久就把家裡的烏龍麵店都敗光了。為了一夜暴富的夢想，他參加了摩咕摩咕樂園的熱湯快食淘汰賽。憑藉著與生俱來的毅力，他一路在預算中過關斬將，未料卻在決賽時遇到了強寶SP，結果敗得一蹋糊塗。某天，他在路邊自暴自棄地喝酒時，巧遇強寶SP，於是他就拿刀刺了對方的肚子。」

「強寶把切碎的脂肪當武器丟了過去對吧。」

「這我不太清楚，不過遇刺之後依然神色自若這件事似乎是真的。聽了亞古力所說的故事之後，我終於了解強寶的祕密了。」

「什麼意思？」

我不由自主地探身追問。

「強寶在胃袋裡裝了根管子，可以直接把吃進去的東西排出體外。掛在他腹部上的那一圈並不是贅肉，而是裝那些嘔吐物的容器。在摩咕摩咕娛樂的幹部之中，有個醫學院畢業的男人。我想那個男人會願意動手術在摩咕嚕的胃裡插上管子，想必就是看上了BAKA GUI所頒發的三千萬日幣獎金。」

「原來如此。他們的確很有可能幹出這種事情來。」

我對真野的推理感到佩服。就在半年前，摩咕力也曾在老人的胃裡開了個洞，讓老人活活餓死。在弟弟的胃裡插入一根管子，簡直就像吃早餐一樣容易。

「另外還有一個證據，前天比賽期間，強寶有一個奇怪的地方。」

「不就是一如既往的混帳大肥豬嗎？」

「這場比賽的打嗝次數比平時的比賽還要多，不是嗎？」

真野指著喉嚨說道。

「確實有點吵。」

「對吧。由於強寶的體型在比賽前後都沒有什麼改變，由此可知他身上的容器是無法伸縮的硬性材質。比賽前，他應該是把空氣打進了容器內，當比賽開始，嘔吐物接連進入容器，裡頭的空氣就被擠壓到胃裡頭，所以強寶之所以會一直打嗝，事實上就是從容器逸散出來的空氣所導致。」

我彷彿聽得到那一陣陣的「咕嚕、咕嚕」打嗝聲。

「原來前天的比賽也有作弊啊？」

「沒錯。就是因為耍了這個詭計，強寶才能躲過中毒危機。強寶的桶子跟小丸子的一樣，都倒入了劇毒，然而強寶吃進去的東西一到胃裡就馬上被排出體外，所以身體所攝取的量就變得非常少。為了不要讓強寶所攝取的量達到致死的程度，那位醫大畢業生想必做了不少調整。」

「但是在第五次 G Time 之後，我看到他的桶子裡裝著滿滿的嘔吐物。如果胃裡的東西都跑到容器去了，那麼桶子裡的嘔吐物又是什麼？」

「當然是強寶吐出的啊。基本上把毒物倒進桶子裡，實際上能附著的也只有上面的海蟑螂而已。只要稍微調整容器的容量，讓一定程度的嘔吐物排到體外，那麼桶子底層的海蟑螂就可以依循一般的方式保留在胃裡面，如此一來不僅能吐出東西，也不用擔心觀眾會起疑。」

「這也太危險了吧。要是一個不小心吃進過量的毒物，那就得去另一個世界走一遭了呢。」

「所以才會讓你擔任主持人啊，必要時可以把罪名推給你。」

真野露出訕笑的表情，隨即迅速遮住了嘴巴。

「真是個惡質透頂的計畫啊。」

「沒錯，你若是想要活命，唯一的方法就是抓出摩咕嚕作弊的證據，然後報警處理。我們可以趁強寶午睡的時候，悄悄潛進去把那個容器拍下來。怎麼樣？想和我一起合作了嗎？」

「真是讓人受寵若驚的邀請呢。」

我將菸蒂丟在地板上，用運動鞋踩滅火苗。我走上舞臺，伸手打開控制室的門。真野好奇地歪著頭。

「對不起，我沒有時間悠閒地尋找證據，趕快徹底解決吧。」

當我打開門時，真野睜大雙眼，幾乎到了眼角都快撕裂的程度，嘴巴野張得大大的，然後就這麼從舞臺上摔落。地板像地震一樣劇烈震動。

門的那一邊塞了一塊非常大的肉。

「別推啊，門打開了啦。」

「不是我的錯，是門自己打開的。」

「是阿進搞的吧？喂，你這個白痴，別想威脅我！」

「啊，是鰻魚小姐啊，妳好。」

三個粗獷的聲音在場地裡迴盪。就像豬舍的籬笆壞了一樣，丸子三兄弟一起滾到了舞臺上。

「雖然我的確是有話要跟你們說，但我從來不記得有允許你們偷聽啊。」

「我們都是成年人了，所以不想破壞你們之間火辣辣的氣氛嘛。所以你到底找我們做什麼？」

摩咕拉連珠砲般不停說話。

「隨便你怎麼講。我是要來兌現跟你的約定的。」

我轉身俯瞰仰躺在地上的真野說道。

「殺死小丸子的凶手，就是她。」

4

「感覺真有趣，快說來我聽聽。」

摩咕拉輪番看著我和真野的臉，並且露出了齷齪的笑容。

「先把這個女人抓起來，我的命可是掛在她的脖子上呢。如果被她逃掉了，可就不好笑了。」

「說得也是。摩咕嚕，把她抓起來確保她逃不掉。」

摩咕拉開心地用手拍了拍摩咕嚕的屁股。

「好的，就交給我吧。」

摩咕嚕跳下舞臺，猛然抓住真野的頭，接著狠狠地摔在瓷磚上。鼻血像壓爆的西瓜一樣四處飛濺。

「白痴，你在做什麼啊！」

摩咕力苦笑著戳了戳摩咕嚕的頭。

「這樣她就沒辦法逃了。」

摩咕嚕得意地挺起胸膛，真野則像是垂死的蟬一樣不停顫抖。摩咕拉開心地捏了捏她扭曲的鼻子。

「對了，這個女人做了什麼事？」

摩咕拉抬起頭，我則吞了一口口水。

「要了解這個傢伙所做的事，就必須要先正確地理解前天在大日本海蟑螂大胃王最終賽場上所發生的事情。當然也會提到你們所設計的詭計。」

「你說的是把管子插進胃裡嗎？」

「那是她的幻想。」

我指著真野的鼻子。

「為什麼你可以說得這麼斬釘截鐵？說不定摩咕嚕的肚子裡真的包了一個圓滾滾的容器啊。」

摩咕拉露出了一副嘲弄孩子般的笑容。

「不可能，今天早上我被他壓住的時候，這傢伙的身體重得像個油桶似的。」

「早餐都儲存在容器裡了啊。」

「怎麼可能有這種事，就算摩咕嚕的胃裡真的插了根管子，這種把鳥頭鹼排出體外的詭計也不可能成功。」

「有證據嗎？」

「有啊，在第五次 G Time 之後，摩咕嚕吐出了一大堆嘔吐物。」我回頭看著摩咕嚕並大聲說道。

「嘔吐物？」

「啊啊，多虧我的奶奶，讓我學會理科基礎。按照這個女人的說法，比賽快結束的時候，摩咕嚕的胃部，以及外插的容器，應該都會塞滿嘔吐物。原本儲存在容器裡的空氣，全都以打嗝的形式排光了，在這樣的狀態下，要把胃部的嘔吐物吐出來，會發生什麼事呢？」

「哈哈，」摩咕拉撫摸著下顎。「會逆流吧。」

「沒錯，胃部跟容器是用管子連接在一起的，胃部裡的東西一旦吐出來，容器裡的嘔吐物也會在同一時間逆流到胃部。話雖如此，但由於管子的切口面積應該比食道還要小，因此嘔吐物要從容器流動到胃部，照理說會花不少時間。再者，胃部跟容器裡的東西是沒有辦法一起吐出來的，所以當嘔吐結束之後，從容器逆流到胃裡的東西，應該就會直接儲存在胃部。這些嘔吐物基本上是含有鳥頭鹼的，透過胃黏膜吸收之後就會致人於死地。現在摩咕嚕還活蹦亂跳的，就是這個女人的推理是胡說八道的證據。」

「原來如此。摩咕嚕，你可是證據啊！」

摩咕拉戳了戳摩咕嚕的肚子，

「原來我是證據呀。」

摩咕嚕不置可否地搔了搔頭。

「話說回來，既然我們並沒有作弊，那麼凶手是如何讓小丸子吃下毒藥的呢？」

「不是這樣的。你們還是有耍花招，只是在胃裡插管這件事你們沒有做而已。我想你們應該是透過更簡單的方法來確保比賽的勝利。」

「簡單的方法？什麼意思？」

摩咕拉刻意抖動肩膀，真是個不見棺材不掉淚的人。

「線索就在水滴上。比賽開始的瞬間，我打開水桶蓋子時，摩咕嚕的那個桶子有水滴滑落，又不是甚麼熱騰騰的相撲鍋，怎麼會有水滴呢？」

「應該是因為海蟑螂濕了吧。」

「不對，海蟑螂不擅長游泳，所以不會主動進入海水中。雖然也有可能是被雨淋濕的，但若是如此，水就應該會積在桶子底部，而不是從邊緣流出來。」

「是不是放了熱騰騰的海蟑螂拉麵呀。」

「是**嘔吐物**啦，桶子裡有一大堆**熱乎乎的嘔吐物**啊！」

我吐了一口口水，真野也像螃蟹一樣噴出了泡沫。

「摩咕嚕的桶子裡，上半部裝著海蟑螂，下半部則全是嘔吐物。我在比賽前差點把桶子打翻，原因不僅僅是因為手把快要掉了，更重要的是裡面還裝著容易晃動的嘔吐物。雖然前排觀眾或對戰的另一方有可能會聞到臭味，但因為海蟑螂原本就臭氣熏天了，所以恐怕很難分辨出來。」

「你的意思是我弟弟是個愛吃嘔吐物的瘋子嗎？」

「這肯定是為了做好打敗小丸子、守護獎金的任務。比賽一開始，摩咕嚕用一把大湯匙大口大口吞食海蟑螂，但實際上卻吃得很慢。如果把上半部的海蟑螂全都吃光的話，那桶子裡就只剩下嘔吐物了。所以趁著 G Time，他把桌子上下的桶子做了調換。」

「真是個有趣的創意呢。」

「畢竟這個計畫是你想到的。桶子上之所以要貼上摩咕摩咕娛樂的公司 Logo 貼紙，主要就是為了在 G Time 的時候把貼紙撕下來，換到另一個桶子去，這樣就可以完成無縫銜接，接著只需要搭配震耳欲聾的嘔吐聲，現場的觀眾自然會認為摩咕嚕吐了很多。最後再把所剩無幾的海蟑螂吃完，摩咕嚕就可以打敗小丸子、迎來勝利，從頭到尾應該都是你所創作的劇本吧？」

「隨便你怎麼想，」摩咕拉冷靜地說道。「我只有一個問題。你在比賽前應該還沒有決定好桶子的排列順序。如果桶子的位置反過來了，小丸子就會吃到嘔吐物，這時候摩咕嚕該怎麼辦？」

「稍微抱怨一下，叫人來換掉就好了。畢竟這傢伙平常對於飯量就經常會吹毛求疵，吵鬧也是司空見慣的事情了。」

「但是，裝了嘔吐物的那個桶子，上半部還是有海蟑螂吧，還沒吃到一半的話如何分辨是對的，還是錯的？」

「決定一個可供辨識的記號就可以了，比方說把手安好的桶子沒有嘔吐物，把手快要掉落的桶子則裝有嘔吐物。差不多該承認了吧，你們肯定是在作弊吧？」

丸子三兄弟面面相覷，臉上浮現出猥褻的笑容。

「小丸子的人氣真的很高，而且又吃得很快。」

「對啊，那傢伙很狡猾，我們這麼認真，卻因為作弊而輸掉，這可不行。

「所以我們也稍微耍了點小聰明。」

摩咕嚕抓住自己的胸部，然後手腕扭動做出交換的動作。摩咕拉發出爽快的笑聲。

「好像很好玩耶。」

「主持人的想法居然可以瘋到這種程度，不過，什麼時候要回歸正題啊？我們想知道的是——誰殺了小丸子？」

摩咕拉平靜地說道，我也咳嗽了一下。

「殺了小丸子的人就是真野這個女人。剛開始在控制室聽她講話時，我就對她有所懷疑了。因為她居然知道小丸子被毒害的事情。」

「不是在新聞上看到的嗎？」

「電視新聞的說法是，小丸子被海蟑螂哽住喉嚨，繼而失去意識。而我之所以知道小丸子並沒有窒息而死，是因為我過去曾多次目睹被食物哽住而死去的人。現場的觀眾們也沒有人意識到那是中毒的症狀。所以說，這個女人是從何得知小丸子是被下毒的呢？」

「愚蠢的女人。」摩咕拉哼了一聲。「不僅自己送上門，而且還自己暴露真實身分嗎？」

「只不過，這個女人的推理一直到中段的部分都還是對的。放在地下倉庫裡的兩個水桶，沒有人能預測小丸子會吃到哪一桶，所以這個女人兩桶都投毒了。」

「為什麼摩咕嚕沒有死呢？」

「這都要感謝為了作弊所安排的那些前期準備啊。摩咕嚕需要在比賽前先吃掉一半的海蟑螂，然後再吐出來。反正在那個當下沒有任何觀眾會看到，所以不需要硬是生吞，你應該是把海蟑螂調理過了吧，為了吃起來更輕鬆一些。而且烏頭鹼加熱之後還能去除毒性，所以摩咕嚕才沒有中毒。」

「真的嗎？」

摩咕拉往水的方向望去……

「是我煮的。」

摩咕嚕默默點了點頭。

「就是這麼一回事。比賽時用來生吃的海蟑螂，原本就都躲在桶子的最底層，所以應該也沒沾染到多少鳥頭鹼的毒。不過，真正的重點不在於手法，而是這個女人為什麼要特地在比賽進行時殺了大胃王參賽選手。」

「肯定是因為對小丸子懷恨在心吧。這些人的人際關係我哪會知道。」

「不對。參加大胃王比賽會發生什麼狀況本來就沒人能預料。要是摩咕嚕在一開始就不小心吐了，那麼比賽可能就會直接宣告結束，所以如果這個女人真的恨透了小丸子，應該會選擇更安全的方式來殺她。」

「難道她真正目的是要殺死摩咕嚕嗎？」

「這是有可能的。小丸子是個用棍子打一下頭說不定就能殺死的弱女子，但摩咕嚕可是完全不同等級的，要殺死這傢伙是非常困難的任務，畢竟他是一個用刀子也刺不死的怪物。所以她很有可能在盤點了各式各樣的方法之後，得到了『除了下毒之外別無他法』的結論。然而，當我踢了這個女人的肚子時，又發生了一件奇怪的事情。」

「又是什麼事？」

「電擊棒和刀子掉落在地上。這傢伙其實在今天早上有跟摩咕嚕在事務所碰頭，無論摩咕嚕是一個長滿多少贅肉的怪物，先用電流伺候，再用刀子一陣亂刺，恐怕也是回天乏術。如果她的目標是摩咕嚕，那應該不會放過這種大好機會。可是她並沒有殺摩咕嚕。這個女人不管是對小丸子，或者是對摩咕嚕，似乎都沒有既沒有殺人動機。」

「沒有殺人動機？那為什麼要下毒呢？」

「我是在跟你打完電話之後，在觀眾席看到這個東西，才終於知道答案。」

我俯瞰著廣告海報前那一塊嘔吐物。看慣了大胃王選手的嘔吐物之後，覺得一般人的嘔吐物看起來特別可愛。

「控制室裡頭也有嘔吐物，為什麼會這樣？」

「正如我剛剛所說的，我踢了這傢伙一腳，然後她在控制室吐了，接著搖搖晃晃地走到這裡來，隨後才又吐了一次。」

「吐在地板上嗎？還真是大膽。」

「對吧？凡是接受過正常教育的大人，一旦有想要吐的感覺，一定都會趕快衝到廁所去，難道她連找廁所的時間都沒有嗎？」

「嗯？這裡的廁所應該是不能使用的吧？」

摩咕拉瞥了一眼強寶SP的等身大小海報，頓時屏住了呼吸。他發現海報歪掉了。

「你說得沒錯，這個廁所不能用，因為一禮拜前有個酒家女在這邊吐，導致馬桶堵塞了。為了不讓觀眾拉錯馬桶，才會特別拿海報來把門擋住。但不知怎麼搞的，海報竟然移位了。」

「想必是這個女人把海報撕下來過。」

「正是如此，由於她沒有辦法忍住噁心想吐的感覺，所以就在海報前方吐了。然而，她曾說海蟑螂大胃王最終賽是她第一次進來這個場地看比賽，當時廁所的門應該已經用海報擋起來了。為什麼她會知道海報後面有間廁所呢？」

「該不會是我們家的隱藏粉絲吧？」

摩咕嚕露出了諷刺的笑容。

「實在很難想像一個連 G Rule 都不知道的人會是我們的粉絲，不過，酒家女淘汰賽的確也辦在這裡過。她說自己是週刊記者，為了報導海蟑螂大胃王最終賽的實況而來到現場對吧。可能因為某個原因，導致她以前也曾經到過這個地方吧。」

「真奇怪，到底是為了什麼而來的呢？」

「還有一件事情我也不明白。這個女人今天曾來找我，還說了個刻意編造的假推理給我，到底是想要我做些什麼呢？於是我開始思考這個女人跟摩咕摩咕娛樂的緣分起始點，當中的關鍵角色，就是亞古力。」

「好懷念的名字啊。」

摩咕拉眺望遠方說道；摩咕嚕則撫摸著自己非常滿意的肚子。

「這個女人曾說自己是在採訪退出比賽的大胃王選手時，認識了亞古力。如果她是假冒的記者，那麼採訪也就不存在了。也就是說，她打從一開始就認識亞古力。」

「像那樣的宅男怎麼可能會有年輕的女性朋友呢？」

「聽說亞古力在家蝸居了十幾年，然後因為迷戀上高檔酒家女，才會把自己的老家都搞垮。如果這個真野是高檔酒家女，那麼一切就都說得通了。」

我用球鞋戳了戳真野的雙腿之間。

「這個女人原本是來摩咕摩咕樂園為參加比賽的同事加油的，所以她在現場觀賞的，其實是一個禮拜前的酒家女大胃王擂臺賽。但是那位朋友被西班牙海鮮飯哽住喉嚨，跑進廁所之後又被送到控制室，然後就再也沒回去。」

「名叫愛克蕾雅對吧。」

「沒錯。由於等了又等，同事還是沒有出現，導致她的腦袋完全被不安塞滿。愛克蕾雅死了嗎？如果真是如此，那屍體到哪裡去了呢？不久後，她有了個令人毛骨悚然的想法，『只要是能吃的，就算是人類我也會吃下去』，就如同這個名號所宣示的，她開始認為愛克蕾雅可能是被摩咕嚕吃掉了。」

「正確答案。」

「因為年輕的女孩子很美味啊。」

摩咕拉及摩咕嚕相互對視。

「即使跑去警局報案，恐怕也沒有人會搭理，而且說不定到時候愛克蕾雅就被強寶消化殆盡了，到時候真相也只能永遠被埋在土裡了。她苦思了好久，最終決定毒殺摩咕嚕。」

「為什麼啊？要是摩咕嚕真的死了，整起案件的不就更沒機會水落石出了嗎？」

「所以才會選擇用下毒的方式啊。我有一位朋友是專業跑腿的，這傢伙從小就非常聰明。為了找到奶奶掉進池塘裡的耳勺，他把校長的印章扔進池塘，讓老師們不得不動手清理。這個女人的動機也很類似，她為了讓愛克蕾雅的遺骸在摩咕嚕的胃裡被找到，就給磨咕嚕下了毒，之後只要引導警方對摩咕嚕進行解剖就可以了。」

我用食指對準摩咕嚕的肚子。

「要、要解剖我？」

摩咕嚕發出三歲孩童般的聲音。

「即使只有發現微小的碎片，只要確定是遺骸的一部分，警方就不能坐視不管。為了查明愛克蕾雅的死亡真相，唯一的辦法就是調查摩咕嚕的胃。」

「這個計畫太天馬行空了吧。要是摩咕嚕真的死在舞臺上，你也會照著正常的處理程序，把屍體搬到舞臺側邊對吧。絕不可能犯下『被警察發現』之類的錯誤。都已經以客人的身分看過酒家女大胃王擂臺賽了，應該多少能預料到吧。」

「所以她才會把目標放在前天那場湧入大批宅男的比賽吧。但她可能沒想到，第一次來到摩咕摩咕樂園看比賽的人越多，要遮掩事件的難度就越高，事實上就連媒體也已經察覺了發生案件的跡象。」

「事情有照著她的想法在發展嗎？」

「應該說，在她心中最重要的那件事是失敗的。多虧摩咕嚕煮了海蟑螂，才讓自己幸運地免於中毒。結果死亡的人只有小丸子，整起事件的樣貌也變得很不一樣。所以她才會改變作戰計畫，決定要把強寶設計成殺害小丸子的犯人。況且，被吃下肚的愛克蕾雅應該還留有一些殘骸。她假裝記者來接近我真的很高招，但是牽強附會又漏洞百出的推理過程就徹底失敗了。」

說完之後，我朝著真野的頭狠狠踢了一腳，她的嘴巴裡吐出宛如螞蝗的舌頭。

「真是可惡的傢伙，居然敢對我的弟弟下毒！」

「我也這麼覺得，真是個可怕的女人。」

摩咕嚕跨坐在真野身上，並勒住她的脖子，摩咕拉則壓制住她的右手。

「停下來，先別殺她。喂，摩咕力，終於輪到你出場了。」

摩咕拉輕拍摩咕力的肩膀。摩咕力舔了舔嘴脣，露出淡淡的笑容。

5

按下門鈴後等了好一會兒，門打開了，一個鼓著臉頰的女人露出頭來。

「妳好，我是送貨員。」

女孩一看到我的臉，就像被蜜蜂螫了屁股一樣驚慌地跳了起來。

「對不起啦。」

我用右腳滑進門的縫隙，接著用金屬棒瞄準臉部狠狠打下去。噗咕一聲，聽來就像拔起塞子漏掉浴缸的水一樣，女人翻過身仰面倒下。

戰戰兢兢地進入房間，看起來是鄉下小旅館的套房，空氣中還聞得到廉價芳香劑的臭味。電視裡，有個一臉看起來就像主播的女人，不停唸著稿子，除此之外，房間裡面沒有其他人。

我卸下緊張的情緒吐了一口氣，接著從外套裡拿出一個菸盒。打開蓋子，將海蟑螂的屍骸拿出來。光是碰到那一片發著亮光的背甲，我的胃就整個縮起來。

「別再放屁了。」

我撩起女人的裙子、拉下她的內褲，並把屁股上的毛撥開，打算將海蟑螂的頭塞進她的屁眼。然而看起來好像大便已經冒出來一半了，讓我不由得笑了出來。

「幫我跟專業跑腿的打招呼呀。」

我站起身，把菸盒收進外套裡。用手帕擦拭門把及門鈴上的指紋，最後從走廊離開。

套房裡傳來女主播嬌媚的聲音。

「二十五號深夜，在松鳥灣所發現的遺體被確認為山台市的酒家女真野瑪麗子，警方認為真野應該是捲入了某種麻煩事件之中，目前正持續進行調查。相關報導指出，由於瑪麗子的胃部被發現有疑似人類的肉塊，使得不安的氛圍在附近居民之間不斷擴散開來……」

偵探・用藥過量

I　謀殺案件

1

「轟隆隆」地鳴聲傳來，車座左右晃個不停。樹枝紛紛搖曳著，白頭翁啪啪啪地飛走。左手邊的陡坡上，石塊和泥土紛紛滾落下來，篤美厚急忙踩下剎車，將掀背車停靠在山路右側。時間來到下午四點三十分，綿延的樹蔭依舊劇烈搖曳。

篤美嚇了一大跳，不過並非是因為突如其來的地震，而是對於「因震動感到困惑，進而慌忙踩下煞車的自己」震驚不已。地震。危險。地震。可怕。原來自己的腦海中還保有著如此正常的情緒。果斷地外出遠行真的是正確的選擇。

搖晃大約持續了三分鐘。根據廣播報導，震央位於久山西南部，最大震度為5弱級。久山周邊地區自上個月以來頻繁發生規模 5.0 以上的地震，氣象廳已經發出對火山活動的警戒呼籲。

看來是被叫到了一個相當危險的地方，這對於篤美的復健之路來說再適合不過了，不過泉田真理那邊想必會有不少抱怨。夥伴們的臉一一浮上篤美腦海，他一邊想著大家，一邊踩著油門，急忙往白龍館的方向前進。

篤美厚對於屍體已感到相當厭倦。

在歌舞伎町二丁目的租屋大樓裡開設偵探事務所，已經是九年前的事了，當時並沒有太大的期待，總覺得能維持一年就算不錯了，沒想到事情完全出乎意料之外。開業第三天，順利解決了一樁黑道幹部遭到撞死的事件，避免幾個組織捲入更大的對抗衝突，結果引來了不少好評，從黑道、酒店店員、皮條客、藥頭、地下錢莊老闆、地下賭場老闆、逃家少女、非法移民、無家可歸的人，以及其他各式各樣不知道該如何歸類的問題人物，全都絡繹不絕地跑來諮詢。

篤美所做的事情，並不是解開謎團，或是抓出犯人之類的高尚工作，反倒是底層社會充滿虛榮排場及威脅利誘的世界。在灰頭土臉的過程中，要是曾經示弱、露出膽怯神色，就會被人看破手腳，工作也沒辦法繼續做下去。然而，要是選擇報復，那麼暴力只會引來更多暴力，一旦錯失抽身的時機，就會蒙受更大的損失。而且，向黑道求助要求幫忙仲裁，代價又太高了。在這樣的情況下，篤美就會介入，為雙方提出讓彼此都有面子的妥協方案。

工作大半都和屍體有關。以體感來講，歌舞伎町每天大概會有三十人死亡，其中一半是遭到殺害的。有手腳被斬斷的暴徒屍體、有心臟被挖走的小孩屍體、有帥氣的臉被搞到殘破不堪的牛郎屍體，還有藥物中毒的女人屍體。屍體、屍體、屍體……雖然說這只是為了混口飯吃該做的事，但看多了這些東西，大腦的運轉會變得遲鈍，對活人的喜怒哀樂也都漠不關心了。

不過，無論如何，每天晚上還是會有絡繹不絕的人跑來諮詢。篤美一直硬著頭皮投入工作，但從今年開始，他的腦袋開始出現更多錯亂的情況，好比說當天處理的屍體，會來到夢中禮貌地打招呼。理所當然地，篤美的夢全都是惡夢。

再這樣下去，遲早會出問題，篤美需要的不是休肝禁酒日，而是遠離屍體好讓腦袋可以休息一下的時間。

就在思考這些事情的時候，過往的同事寄來了一封信。

篤美曾經從偵探白川龍馬身上學到了技巧和經驗。白川是犯罪調查專家，幫助警察解決了非常多困難的案件。在二十年的職業生涯中，他將一百一十九名罪犯送進了監獄，揭開了二十二起懸案的真相。偵探這份工作，要不就是被當成拍出軌照片的狗仔隊，要不就是對人生感到失望的警察轉換跑道的首選，然而，這位天才卻掀起了一場革命。

白川並非清廉正直的男人。從開設事務所起算的兩年期間，他毫不在乎地從事勒索、恐嚇、侵入住宅、偽造文書，甚至還有暴力傷害等近似於犯罪的調查工作。雖然在第三年與警方簽訂合作協議後，他有變得成熟許多，但這兩年所結下的樑子，對白川來說仍是種壓力。為了自保，他與黑道保持往來，晚年甚至還陷入藥物成癮的窘境。儘管腿上布滿傷痕、身上隨便拍一拍都能拍出許多灰塵，但相對於他所擁有的才能來說，這些根本就是微不足道的小事。

「死了就不能抽菸了。喜歡的事情還要趁著能做的時候趕快去做。」

他經常一邊抽著拇指粗的手捲菸，一邊對這類話題長吁短嘆。

天才的壽命總是短暫的。十年前的秋天，有個男人拿刀反覆猛刺白川的臉，結束了他四十歲的生命。

殺害天才的男人名叫丸山周。他的動機是出於怨恨。在殺害白川的兩年之前，丸山曾爬上高樓大廈的外牆，遭白川通報並被警方逮捕。經過藥物檢驗後，發現丸山使用了興奮劑，被判處一年有期徒刑。丸山在審訊中宣稱：「等到我被放出去，一定要把舉報我的那個小白臉搞到面目全非。」出獄一年後他便實現了自己的諾言。

白川是個值得信賴的男人，培養了許多徒弟，寄信給篤美的瀧野秋央就是其中之一。那封信的主旨就是問大家要不要趁著白川逝世十週年的機會久違地聚一聚。

篤美感到有些不開心，他的那些師兄弟們幾乎都獨當一面成為名偵探了，然而，篤美的事務所雖然門庭若市，但卻只是個排解爭端的調解所，實在沒有臉去見大家。

儘管如此，他還是決定去參加，總覺得只要去見見他們，腦袋的運轉機能或許就能恢復過來。況且，回到鄉下可以趁機緬懷一下童年時光，這跟見到前女友時那個地方會變得硬邦邦是一樣的道理。一直待在這座城市，屍體就會持續湧入，惡夢也就更難擺脫了。只要能暫時離開，或許就能稍微放鬆一點。總不可能在那種偵探們聚集的場合還會碰到殺人事件吧，那就太瞎了。

就這樣，十月十日的中午，篤美在事務所的門上貼出一張「臨時休息」的告示，接著便離開了歌舞伎町。

白龍館，又稱白川龍馬紀念館，位於久山山中的別墅區，從倉戶往西南方走二十公里即可抵達。瀧野邀請大家在那裡度過三天兩夜，藉以忘卻凡塵俗事。

倉戶是久山眾多別墅區的其中一處，每到夏天總是非常熱鬧，因為會有企業家、藝人、運動員之類的高等人士前來。蔥鬱的山林，再加上久山的火山口、鐘乳石洞等觀光景點，也是其受歡迎的原因之一。

白川過世後，他的母親結女士將別墅改建成紀念館，每年七月到九月的避暑季節會對外開放，展示白川職涯相關的種種資料。不過基本上只有一樓大廳被用來當作展覽室，其他的設施則幾乎都保留了下來。現在已經是十月十日，所以今年的展覽在兩週前結束了。

前往白龍館的道路真是漫長呀。在東名高速公路的久山ＩＣ交流道下來，一路開到山區，總共花費了一個半小時。本來以為一條路直通到底，沒想到等待著篤美的卻是複雜到非常迷失方向的山路。久山山區散落著不少別墅區，因此小小的岔路很多，在毫無指標的山林中，要不斷選到對的路真的是難如登天。

下午四點五十分，地震的搖晃終於停下，篤美又再開了二十分鐘的山路，突然之間，視野開闊了，眼前出現一處被懸崖包圍的窪地，當中聳立著一棟兩層樓的西洋建築，刻有「白川龍馬紀念館」字樣的牌子就掛在門柱上。

別墅的右方空地停著一輛紅色的跑車。集合的時間是下午五點半，篤美以為自己會是第一個到的，但似乎已經有其他人先來了。停好自己的掀背車之後，篤美走下駕駛座，朝著洋館的正門走去。

走過玄關走廊，按下門柱上的門鈴，沒有得到任何回應。開跑車來的那個人應該在裡面啊，為什麼沒動靜呢？

篤美站在原地，此時一輛黑色的轎車從山路開了過來，並在空地上停好車。駕駛座的車門打開，瀧野秋央走了出來。

「嗨，篤美，好久不見了啊。」

瀧野是個聲音、外型和態度都非常「醒目」的人，身高有一百九十公分，體重可能超過一百公斤，肩膀寬得像隻牛，脖子粗得像隻豬，嘴角輕輕上揚的微笑感覺則是會出現在高蛋白粉的宣傳單上。總之，這個男人的模樣十年來幾乎完全沒有改變。

瀧野被公認是白川最優秀的弟子，他對人的觀察非常敏銳，不會漏掉任何謊言和欺騙的痕跡。此外，無論多小的矛盾點他都會死命咬住，甚至還會使用犯罪手法來追查犯人的蛛絲馬跡。他是唯一忠實傳承白川調查手法的人。不過，他對白川的崇拜有點過分，連動作和習慣也模仿得如此逼真，讓人感到有些厭煩。

正當篤美想要吐槽個幾句時，看到山路上又有一輛藍色的廂型車開上來，並且同樣在空地上停好。

「你們兩個都好早啊。」

泉田真理打開駕駛座的車門，沒有什麼招呼語，直接就閒聊起來。她的皺紋變得更深、頭髮的光澤消失了，腹部及臀部則變得豐腴。與其用變老來形容，不如說她多了威嚴感。她的眼神銳利，說話依舊潑辣。

瀧野是最優秀的弟子，泉田則是排名第二。她是畢業於東京大學醫學研究所博士的高知識份子，本身具備物理、化學、生物學等自然科學領域的知識，以及哲學、語言、歷史、心理、藝術等人文素養，能力非常多元。泉田的調查手法是追蹤思緒，縮小犯罪者的範圍，與高智商的罪犯對抗。她的成就不僅僅局限於犯罪調查，還涉及各種學術領域，最近與國家天文臺合作，開始分析從宇宙觀測到的無線電波。真不曉得這些聰明過頭的人到底都在想些什麼。

儘管給人一種過度追求完美的印象，但泉田還是有令人出乎意料的弱點。她很怕血。學生時代就立志要成為病理學研究者的她，卻因為實在無法忍受看見血液而放棄了這個夢想。雖然說偵探這份工作會看到血的頻率並沒有低太多，但她似乎在擔任助手及協助調查方面做得還不錯。

「我們也剛到這裡。」

瀧野簡短回應，食指勾著汽車鑰匙轉著圈。

「我本以為有其他人先到了，但館內似乎沒有人。」

篤美看著紅色的轎車，並聳了聳肩。

「剩下岡下跟釧，他們會不會是去散步了？」

「不，他們應該在裡面，因為休息室的燈是亮著的。」

把額頭靠在法式窗戶往內一瞧，窗簾後方亮著一抹橙色的燈光。

「真奇怪，鑰匙應該只有我一個人有啊……」

瀧野走進門廊，從口袋掏出跟結借來的鑰匙。他把鑰匙插入鎖孔，轉動把手發出喀噠的聲音。

「門打不開。」

篤美也嘗試著轉動鑰匙、扭動把手，結果還是一樣。雖然她感覺到鎖已解開，但門卻無法移動。

「從外面看來並沒有鉸鏈，所以這扇門是朝裡面開的，會不會是剛才的地震導致鞋櫃倒下，把門給封起來了？」

「如果裡面有人，為什麼不來挪開呢？」

「可能是受了傷動不了了吧。」

最糟糕的可能性閃過，篤美搖搖頭將它驅散。這裡可不是歌舞伎町，怎麼可能發生那種事。

三人分頭搜查窗戶和門，結果所有的門窗都有上鎖。

「沒辦法，打破窗戶吧。如果搞錯狀況再賠償就好了。」

瀧野打開轎車的後車廂，並從工具箱中拿出了扭力扳手。

對著玄關左方拉上窗簾的法式窗戶揮舞扳手，裡面是一間休息室。瀧野看了看篤美及泉田的臉之後，直接用扳手敲下去。喀噠，像沙粒般細小的碎片飛散，玻璃上出現了放射狀的裂痕。瀧野持續敲打了兩次、三次，發出了清脆的聲音，喀啷一聲，玻璃在悅耳的聲音陪伴下滑落。

將手伸入縫隙中，解開門鎖，把窗戶往左右兩邊推開，並拉開窗簾。

休息室大約有十五坪，相當寬敞，中央擺放了一張茶几，兩張沙發將茶几圍住，還有一個附有腳輪的櫃子，沙發上有一臺平板電腦。在後方牆上還有音響喇叭，以及一張色彩繽紛的巨大海報，上頭畫的是女性的側臉。右手邊牆上放了一臺大型電視，右下角站著掃地機器人「糖果」。應該是因為地震的關係，導致櫃子有點歪斜，瓶子和小東西也散落在地板上。

篤美及泉田跟在瀧野後面進入休息室，一陣線香香燻的甘甜味道撲鼻而來，看來不久前還有人在這裡。

「那邊。」

瀧野大聲喊叫。左前方，也就是連接休息室及廚房地通道上，躺了一個人。

「哎呀！」泉田忍不住把臉撇開。是血。

「這不是真的吧。」

瀧野跑向倒在地的男人，篤美則從背後偷偷觀察。

那個男人的側臉讓篤美感到訝異，跟白川龍馬長得好像，然而很遺憾地，白川早就在十年前火化了。那是是白川的侄子，百谷朝人。

「你也邀請了這傢伙？」

「怎麼可能！不可能約他啊。」

瀧野的聲音聽來相當氣憤。泉田看見後，反而卻去碰了碰沙發上的平板電腦，不知是何用意。

摸了摸百谷的手腕，再看看他的瞳孔，然後瀧野輕輕地搖了搖頭。

「死了。」

屍體、屍體、屍體。都特地花三個小時從東京開車過來了，今晚卻還是得做惡夢。而且……

「是他殺。」

百谷的背上插了一把西式廚刀。

2

第一次見面時，百谷朝人自稱是小說家。

「這是本謎題空前絕後，肯定會在推理小說史上留名的精心傑作，要不要來一本啊？」

那天是白川偵探事務所的尾牙。為了醒酒，篤美跑到屋簷下吹風，結果有個長得很像白川的年輕人嘻皮笑臉地靠過來搭訕他。

百谷在沒有徵得同意的情況下，自顧自地開始解說起他自己創作的小說。書名叫做「偵探・飲酒過量」，筆名則是百谷暗吾。他遞過來的那本書，書背上印有從沒聽過的出版社名稱，最後幾頁則像色情雜誌一樣密封裝訂了起來，他說事件的真相就寫在那裡頭。

篤美完全提不起興趣，但因為百谷說「如果你能在不打開密封裝訂的情況下猜到犯人是誰，一本我就給你十萬日元」，所以篤美就跟他口頭約好說要買兩本。

幾天後，篤美振作起精神看了一下，才發現這本「偵探・飲酒過量」真的是一點看頭都沒有。

喝了酒能發揮出天才般推理能力的名偵探新十郎，在一場慶祝困難案件獲得解決的餐會上，喝到爛醉後回到了家。隔日中午過後，新十郎一覺醒來發現床上躺著女朋友梨江的屍體。犯人竟然敢肆無忌憚地在名偵探的家中做出這種事，到底是使用了什麼方法呢……

篤美用鑰匙拆開了密封的書頁，才知道原來犯人就是主角新十郎。他在殺害愛人的同時，因為飲酒過量失去了記憶。

「這是什麼假貨爛書啊！敘述的地方明明寫著新十郎不是犯人不是嗎？」

憤怒的篤美打電話給百谷表達不滿。

「這就是所謂的『不可信任的敘述者』。」

百谷得意地說道。

「照你這麼說的話，那跳進鄂霍次克海也可能只是一場夢啊。」

「那邊是真的，因為是作者說的，所以絕對沒有錯。」

話雖如此，但讀者們根本無法判斷什麼才是正確的。這樣一來，推理就不成立了。

就連拿去二手書店賣掉都覺得浪費時間，所以篤美直接把兩本書丟進可燃的垃圾桶裡。

篤美第二次遇到百谷是四年之後的夏天，也就是白川遭到殺害的一個月之前。他沒有事先預約就跑到事務所找篤美，目的是向白川伯父要錢。

此時的百谷已經二十八歲了，他的五官長得是越來越像白川，但智商卻完全沒有跟上。在接觸緬甸的芥子花田投資詐騙案之後，他跟朋友及借貸公司借了不少錢，結果搞到最後空空如也，還得四處躲著討債的人。他似乎曾多次試圖聯繫白川，但白川沒有理會他，所以他才會像這樣自己跑來事務所。

原本以為白川會毫不留情地把百谷踢走，沒想到反而是把他藏在事務所裡面。可能是因為百谷的行為讓白川彷彿看到了過去的自己，所以才會沒辦法置之不理吧。

兩天後，百谷試圖從事務所的帳戶取款，就此被趕了出去。接下來連續幾天，他都到不斷重複著「被洗腦了」、「是別的人格做的」、「沒有惡意」之類的話，但白川全然充耳不聞。或許他的內心其實很痛苦，不過在篤美等人面前，嚴厲的態度倒是不曾有所動搖。

然後到了一個月後的某個秋夜，百谷在隔了好幾天之後又再次來到事務所，職員及警衛都已經下班了，事務所只剩下白川一人。

事務所的保全系統非常嚴密，若是沒有從內部解鎖，就連大廳都進不去。但百谷透過對講機說道：「我想道歉。」於是白川被逼得只能無奈地解除了保全系統。

百谷打開門的瞬間，一個可疑人士衝向他，將他推倒。兩個小時後，百谷恢復意識時，那個可疑人士已經喝醉了，白川則是臉部被刺了好幾刀，最終失血過多死亡。那個可疑人士的真實身分，正是宣告要把白川「搞到面目全非」的丸山周。

在那個當下，白川並非赤手空拳，因為自從得知丸山獲釋之後，他就強化了事務所的保全系統，並攜帶著折疊刀做為自衛用品。要是他有發現丸山的企圖，肯定會拿刀子出來抵抗，問題就在於，直到丸山現身之前為止，他都深信自己將要見到的是姪子。

百谷再次現身篤美一行人面前，從白川的葬禮算起已經事隔十年。

「趕快報警！」

在泉田的催促下，瀧野和篤美紛紛拿出手機，可是，三人全都連不上訊號。

「真是糟糕，剛在別墅附近明明就還能收到訊號的。」

瀧野用拇指和中指揉著下巴的鬍鬚，這個動作看起來也很像在模仿白川。

「有市內電話嗎？」

「沒有。看來只能走到有訊號的地方去了吧。」

「我們先在館內搜查一下吧，犯人可能就躲在裡面。」

泉田的提議得到兩人的同意，他們決定繞整個館內轉一圈。

這是一棟兩層樓的別墅，一樓除了有展示室和休息室之外，還有廚房、遊戲室、浴室及倉庫。從休息室的拉門上了樓梯，就是二樓的六間客房。

地震的搖晃讓整個館內物品亂七八糟地散落一地，尤其是玄關的情況尤為嚴重，鞋櫃、圓柱狀的傘架、滅火器等雜亂無章地堆疊在一起。符合泉田的猜測，玄關的門的確是被鞋櫃堵住的。

確認沒有其他人在之後，三人再次回到休息室。

「話說回來，這傢伙為什麼在這？」

泉田遠望著屍體輕聲嘆道。比起驚訝，她似乎更加憤恨。

百谷躺在連接休息室與廚房的走廊上，俯身面朝客廳，背上刺了一把西式廚刀，左右腳的運動鞋都脫掉了，褲子口袋冒出一個長夾錢包。

屍體背上的菜刀是白川生前愛用的品牌，從法國或其他地方進口舶來品，柄上刻印著序號。犯人用廚房的廚刀襲擊百谷，並在他企圖逃跑時刺中了背部。

「聽說紀念館開放的七月到九月之間，百谷以工作人員的身分在此工作。不過我並不知道為什麼他還在這裡。」

瀧野冷靜地回應道。今天是十月十日。距離開館期間都已經過去十天了。

「對了，你們不覺得這個房間臭臭的嗎？」

瀧野抬起頭，像隻狗一樣動了動鼻子。

篤美也察覺到一股甘甜的氣味。他環顧四週，發現地板上散落著棕色的瓶子、黑色的管狀物，以及像便條紙一樣的紙捆。

「是大麻。」

泉田拿起瓶子，從瓶口中往內看。沒有蓋子。底部積滿了破碎的海綿狀綠色粉末。附有腳輪的櫃子桌面也沾滿了相同顏色的粉末。看來原本應該是擺放在這上頭的大麻吸食器，都因地震掉落到地板上了。

「這個孩子應該沒有購買非法藥物的膽子，會不會是白川的遺物啊？」

泉田又再拿起一個黑色的筒子，打開蓋子，裡面豎立著幾把細長的刀刃。這是用來研磨大麻的打磨器。那麼，長得像便箋一樣的紙束，應該就是捲菸紙吧。

「白川愛用的是可卡因和迷幻藥，雖然經常會看到他抽手捲香菸，但從沒有見過他抽大麻。」

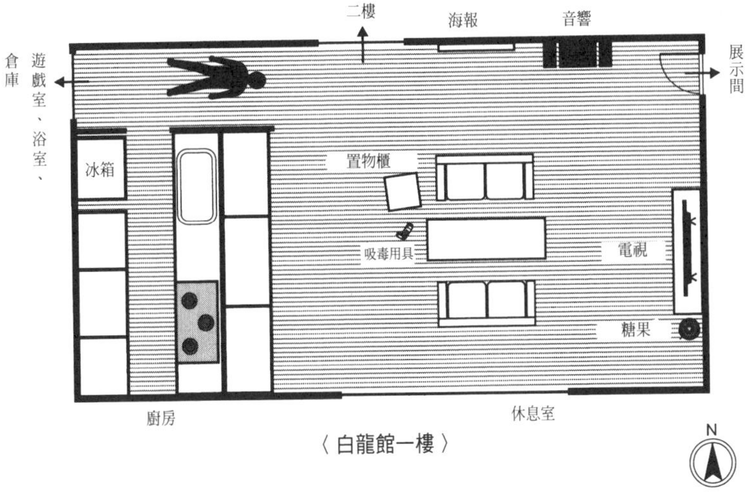

〈白龍館一樓〉

瀧野一副不解的表情，舉起屍體的手臂。

「應該是偷偷抽的吧。」

「可能不只是大麻，你們看……」

瀧野卷起了屍體的襯衫袖子，手肘內側變色了，且有角質化的現象了。這是注射痕跡。從肌肉凸起的程度來看，最後一針應該是在一、兩天前打的。

「是毒品。想必是百谷自己打的。」

白川曾經長期使用非法藥物，但從不使用興奮劑。原因很簡單，他對此過敏。所以興奮劑絕非是白川遺留下來的，而是百谷自己帶進來的。

「百谷在白龍館的開放時間結束後，仍然留下來住。結女士年紀大了無法前來查看，正好對他有利，他就這麼愛抽什麼就抽什麼、愛打什麼就打什麼，過得輕鬆自在。就在這時候，有人前來刺殺了他。」

瀧野掰了掰屍體的手腳、查看著腹部。

「死後僵直的情況還沒發生，屍斑也還沒出現，所以應該是死了半個小時到兩個小時之間。現在是下午五點三十分，因此百谷應該是在三點半到五點之間遇害的。」

「應該還可以再縮短一些。」

泉田拿起沙發上的平板電腦，輕觸螢幕。平板的背面貼著一張大胸部高中女生的插畫海報。

「發現屍體的時候，我馬上打開電源，按下按鈕後，螢幕亮了起來，卻沒要求輸入密碼。」

泉田將螢幕朝向兩人，控制面板已經打開了。

「從最後一次操作開始算起，畫面十五分鐘後熄滅，二十五分鐘後進入休眠狀態。如果只是畫面熄滅，按一下電源按鈕就可以繼續使用，但進入睡眠狀態就必須輸入密碼。在發現屍體時，百谷所使用的平板尚未進入休眠狀態，而屍體被發現的時間是下午五點，所以在此之前的二十五分鐘，也就是四點三十五分，百谷仍在操作平板。」

「也有可能是犯人在百谷死後操作的啊。」

「為了什麼？」

「把資料刪掉，或是冒用百谷的身分發 e-mail 之類的？」

泉田沒有回答，只顧著點擊螢幕。突然之間，後方的喇叭傳出女性的喘息聲。

「那是什麼？」

「A片啦。」

泉田將螢幕對準了那兩個人。一個寒酸的男人正在舔著女人的陰部。檔名是kurumi_anal.mp4。看來是用藍牙連接的方式讓聲音從喇叭發出。

「儲存空間裡全都是A片，Wi-Fi也沒有連接。這個平板是百谷用來自慰的道具。我無法想像犯人有什麼理由會去操作它。」

雖然很有可能會有殺了人之後還想看A片的變態，不過以目前的案件現場來看，並沒有那種異常的感覺。泉田說得對，平板的最後操作者肯定是百谷。

「那麼死亡推定的時間就被縮小在四點三十五分到五點之間的二十五分鐘之內了。」

忽然有個疑問浮現。

「地震是在四點三十分發生的吧。那時候的搖晃讓鞋櫃傾倒，使得大門被堵住。如果百谷在四點三十五分之後被殺，那白龍館就成了密室了。犯人究竟是怎麼離開這棟別墅的呢？」

正確來說，犯人也有可能是為了某種目的故意將鞋櫃推倒。即使是這種情況，犯人仍然無法從白龍館出去。就像篤美一行人一開始不得其門而入一樣，如果門打不開，犯人也無法出去。

「篤美說得沒錯，我們的推理看來是有問題的。犯人似乎有意要欺騙我們。」

泉田立刻回應。她好像已經知道了篤美所想到的事情。

「犯人應該不知道我們會來到這裡吧。」

「那可不一定。」

「為什麼?這場聚會只有我們五個人知道啊……」

話說出口之後，才明白泉田在想什麼。

「篤美好像認為是闖空門之類的案件，但那是錯的。第一，百谷的金錢並未被盜走，錢包仍好好地在他的口袋裡。其他房間看起來也沒有貴重物品遺失，或是保險箱被弄得亂七八糟的情況；第二，百谷是在館內被殺的。因為窗戶全部都鎖著，所以犯人要麼持有向結女士借來的鑰匙，要麼是百谷主動開啟門鎖邀請進入。也就是犯人認識結女士或百谷，甚至有可能兩人他都熟識；第三，百谷是被廚房的菜刀刺殺身亡的。犯人並不是為了殺百谷才來到白龍館，而是為了其他理由前來，結果被百谷的行為激怒，直接拿起現場的菜刀就動手刺殺百谷了。也就是說，犯人就是對百谷懷恨在心，且今天有理由來到此處的某個人。」

篤美吞了一口口水。

應該不會有人這麼笨，選在偵探齊聚的地方犯下殺人案。直到剛剛篤美仍如此相信。

「意思是犯人就在我們幾個人之中嗎?」

而且偏偏，就是其中一位偵探殺了人。

「最早抵達白龍館的犯人，與百谷碰面後將其殺死，然後急忙離開白龍館，暫時返回山路，假裝自己是後來才到的。疑犯總共有五個人，包括我們三個，還有釧及岡下。」

瀧野接續說明。由於通往白龍館的山路蜿蜒曲折、岔路很多，只要躲進其他路線，很容易就能避開其他車輛。

「已經超過集合時間了，剩下的兩個人在哪裡呢？」

牆上的時鐘指向著五點四十分。

「岡下有打電話過來，差不多就在我快要抵達這裡之前打的，時間是四點四十五分左右吧。聽說是他的姪女感染了諾羅病毒，正在拉肚子。等症狀好轉後就會趕過來。」

當然，岡下說的未必是真的。他有可能在殺了百谷之後，假裝打了那通電話。

就在這時候，有汽車引擎的聲音從窗外傳來。一輛小貨車以猛烈的速度衝往白龍館，一點都不像是行駛在山路上該有的樣子。車輪轉動，整臺車在距離窗戶幾公尺的地方停了下來。駕駛座的車門打開，釧邦子滾了下來。

「好痛、好痛……」

同一時間，又發出聲音，又猛然咳嗽，並且還吐出了嘔吐物。

該不會是中毒了吧？三個人衝出門外，往釧奔去。

然後馬上聞到了一股異樣的臭味。窪地裡充滿了雞蛋腐臭的味道。

「是硫化氫！大家快屏住呼吸。」

泉田把襯衫袖子按在臉上尖叫著，瀧野抱著釧跑進休息室，泉田關起窗簾，把沙發推到牆壁上，藉以壓住窗簾與牆壁之間的縫隙。

釧努力憋住劇烈的咳嗽，蹲在地上反覆深呼吸，大約五分鐘終於恢復了平靜。

「嚇到了，差點以為要死了呢。」

揉了揉充血的眼睛，驚覺有具屍體後發出「噫」的一聲尖叫。趁著釧還沒變得呼吸困難之前，瀧野解釋了事情的經過。

釧是弟子中最年輕的，臉上老是掛著驚恐的表情，個性調皮又粗心，而且很容易把別人說的話當成真理，不管從哪個角度來看都非常不適合當偵探。在白川的事務所工作的那段時間起，她就對陰謀論及都市傳說之類的事情非常投入，認真到讓周圍的人都嘆為觀止。不過，過度柔和的思考模式有時候也會有好的表現，只能說她的成就也是不容小覷的。

「百谷的死亡推定時間為四點三十五分之後，根據是這個。」

瀧野細心地播放著成人影片，從揚聲器中傳出呻吟聲。釧則像個小學生一樣吐了吐舌頭，說道「噁心」。

「這些事情之後再說。釧，到底發生什麼事了？」

泉田把話題拉回原點。

「我在顛簸的路上感到昏昏欲睡，於是打開車窗，結果傳來一股難聞的臭味，頓時頭痛得不得了，連呼吸都變得困難。」

眾人一起轉向泉田。像這種莫名其妙的自然現象，問泉田是最好的選擇。

「你們不知道嗎？剛剛的地震是由於火山氣體噴出造成的，腐臭的臭雞蛋味就是來自於硫化氫。這種氣體進入身體後，會對粒線體中的酵素產生作用，阻礙細胞呼吸，進而引發呼吸麻痺。如果是高濃度的情況，就會有一擊必殺的效果，也就是呼吸一口氣就立刻死亡。」

釧顫抖著肩膀。「哇！」

「不妙啊，趕快下山吧。」

「不行，硫化氫比空氣重，會滯留在低窪處，現在出去會很慘。」

不由得望向窗外，白龍館四面環繞著懸崖峭壁，簡直就像毒液倒進了碗的底部。

「手機沒有訊號，又出不了門，我們被困在這座館裡了。」

瀧野說出了結論。

篤美本來是為了逃離惡夢才來到山林之中的，但不知不覺間卻連現實生活也被惡夢所吞噬。

3

偵探們冷靜下來了。如果這是一般人的話，相信就會像堅持己見的笨蛋大喊著「我要回去」，然後用自己的身體去證明火山氣體的可怕之處，從這個角度來看，偵探們真的很優秀。瀧野接管指揮，四人分工合作，用最好的方式安排守城計畫。

首先，最重要的事情就是防止火山氣體滲入，他們用咖啡桌的桌面和櫃子的隔板堵住了法式窗戶的裂縫，並用膠帶封閉了館內的通風口。根據泉田的估算，以建築物的體積來回推氧氣含量，基本上直到明天也還不需要擔心。

地震造成的倒塌家具和散落的備品，都一一整理起來；撿起遊戲室裡散落的檯球、倉庫裡掉落地面的日用品及清潔工具也放回層架上；將堵住大門的鞋櫃搬起來，傘架及滅火器也物歸原位，藉以確保能自由進出。

廚房的收納櫃裡還存放著許多罐頭與即食食品，電力和自來水都能正常使用。除了無法出門之外，看來並不會有什麼不方便的地方。

六點十五分，處理完所有的工作後，四個人再次聚在休息室。

「只能祈禱明天會有救援來臨，或是火山氣體能消散。」

瀧野神情凝重地望向窗外，一邊揉著下巴的鬍子。

「岡下如果能察覺到異樣，並把救援隊叫來，就太好了。」

「別抱太大期待。」

瀧野立刻澆上一盆冷水。

如果姪女沒有拉肚子的話，那個本來應該也在這裡的另一位偵探，是個非常寒酸的男人。他很聰明、很有毅力，也不缺想像力，偵探的素質都具備了，但就是相貌普通。和他在一起會讓人感到非常不舒服，甚至會漸漸感到惱火，讓人有一種想要打他臉頰的衝動。和其他四個人一樣，岡下在十年前就開設了自己的個人事務所，但從來沒有聽過任何評價。即使功力再強，卻因為相貌普通而無法登上檯面。

「我們有更重要的事情得思考吧，在我們之中，是誰殺了百谷？」

泉田一邊說著，一邊用毛巾把走道上的血跡蓋住。仔細地拍好屍體的照片之後，搬到二樓客房的床上。

以旁觀者而言，整起事件還有個更加有趣的謎團，就是「犯人如何離開呈現密室狀態的白龍館」。但對幾位當事人來說，優先考慮的當然是確認犯人的身分。

保險起見先說明一下，殺害百谷的犯人絕不會是篤美，因為他今天沒喝酒，所以像三流小說一般的記憶喪失橋段是不可能發生的。犯人就是剩下的四個人之一。

「唔，那真的是現在必須考慮的事情嗎？」

釧舉手發言。果然不可能沒有其他意見。

「當然啦，畢竟有人死了嘛。」

泉田皺起眉頭。這兩個女人自從以前就不對盤，像思春期的母女一樣總是互相折磨。

「最重要的事情就是保住性命，所以分裂成小團體或陷入恐慌，都是最教人擔心的事情。現在比起尋找犯人，應該要四個人一起合作，思考如何活下去才對吧。」

泉田還沒有反駁，釧就接著說了一句話。

「當然，如果犯人還存在進一步危害的可能，情況就另當別論了，但這個案件並非如此吧？」

原來如此。雖然這樣說不太像是偵探該有的風格，但釧的言論也算是合情合理。

在這起事件中，犯人的動機非常明確，百谷是白川龍馬當年死亡時的罪魁禍首，而今他又私自獨占別墅，並且吸食大麻、注射興奮劑、享受成人影片。犯人看到這一切之後憤怒油然而生，就這樣把刀刺入他的背。即使這座封閉的別墅是完美的舞臺，也很難想像犯人會再次行凶，至少在偵探們逼迫犯人之前是這樣。

「我無法贊同。」然而泉田堅持不變。「偵探這行就是建立在信任之上的生意吧。萬一，我們就這樣死了，坊間開始傳出『白川龍馬的弟子們聚在一起也猜不出犯人是誰』之類的輿論，那就真的沒臉去見天堂的白川先生。」

跟無法退出黑社會的混混用的是同樣的理由。

「等一下，我有個好提議。」

這種爭執的調解對篤美來說是小菜一碟，他前往展示室，從接待櫃檯的櫥櫃裡拿出四本筆記本，接著回到休息室。

「就像釧所說的，我們在離開這座館子之前就不要再去尋找犯人了。相反地，當我們弄清真相時，就紀錄在筆記本上。推理完成後，要把筆記本放進客房的保險箱裡。萬一因瓦斯中毒而死，至少還能留下真相。如此一來，偵探的信譽就能保住了。」

當然，白川龍馬的面子也是如此。

三人彼此向對方打量了一番，

「原來如此啊」

「還不錯嘛。」

「就這麼辦吧。」

大家都接受了篤美的提議。

六點半，偵探們走上二樓，商討劃分房間的事宜。

二樓的走廊兩旁排列著六間客房。在右前方的房間中，有一具屍體躺在床上。瀧野和釧將使用右中央和後方的房間，篤美和泉田將使用左前方和中央的房間。

篤美進入房間後，翻滾上床，深深地嘆了一口氣。

轉了轉脖子，床邊擺放了一個收藏著貴重物品的保險箱；天花板上一個換氣口被膠帶封住；牆上掛著展示黑色幽默的插畫作品，描繪的是藥物中毒者。窗外一片黑暗。

突然湧現起了一段往事。

在成為白川的弟子之後，篤美曾被邀請到別墅，而且當時就住在這間客房。那天，篤美喝伏特加喝到喉嚨都要爛掉了，一進到房間就直接倒在床上。

當我努力忍受著噁心感，在夢境和現實之間遊走時，突然感到難以言喻的不舒服。從床右邊的窗戶，我感受到一股緩慢而異樣的目光。

小心翼翼地轉動頭，看向窗外，那裡漂浮著一具男性屍體……

當然，這在現實中是不可能的。從那時起，篤美似乎就有了夢見屍體的體質。

篤美看向窗外。雖然沒有任何漂浮的屍體，但據說玻璃窗外充滿硫化氫。如果有一隻白頭翁撞破窗戶，自己就會死去。想到這一點，他不禁打了個冷顫。久違到已經遺忘的那種令人毛骨悚然的恐懼又湧上心頭。

從床上坐起身來，緊緊按壓住雙眼，強行把不安的情緒趕走。

其他三位偵探想必已經有了嫌疑犯的頭緒，但他自己的筆記本空空如也，沒有任何進度可言。回想著現場的景象和偵探們的言行，逐步展開推理。

六時五十分。篤美捧著頭，突然聽到房間外面地板發出的嘎吱聲。房門底下有五公分的縫隙，能聽到走廊的聲音。是有人下樓梯了吧。還不到七點的晚餐時間，難道是去廁所嗎？

想來想去、掙扎許久，絞盡了腦汁也還是找不到犯人的線索。

晚上七點。大家聚集在客廳享用晚餐。因為無法使用茶几，所以大家在地上鋪上桌巾，擺放著玻璃杯和餐具。只有心情上的感受像是在野餐。

「雖然發生了這樣的大事，但還是要一起慶祝睽違十年的重逢。」

瀧野帶頭，四人把杯子靠在一起。在宴會上，白川總是最愛搶鋒頭。篤美一口氣喝光了葡萄酒。喉嚨感到有點乾燥，但是那芳醇的香氣把那個感覺沖淡了。真好喝，可惜沒有起司能拿來當作點心。

兩個男人痛快地喝了起來，兩個女人開始小口小口喝著，但當話題越來越熱烈之後，她們也開始大口喝起來。

「喂，妳啊，幹麼去學什麼宇宙電波觀測。如果妳是個偵探，應該是追逐罪犯，而不是外星人。」

聊完回憶的話題之後，瀧野開始針對泉田攻擊。這個男人喝醉後就免不了要找人吵架，這是他天生的性格。

「地外文明的發現是人類的夢想啊。別把我跟你這種抓疑犯的人生與之混為一談，真是小鼻子小眼睛。」

泉田毫不留情地展開反擊。看來她確實在觀測著所謂的宇宙電波。

「泉田真的是畢業於研究所嗎？」

釧跟著話題酸了一句。瀧野的暴言就像是日常問候，但釧的惡劣態度則蘊藏著嫉妒，真的是惡質好幾倍。

「什麼呀，是想說學歷詐稱嗎？」

「我當然是覺得不可能那樣，但是我用泉田去搜尋論文，結果一篇也找不到耶。」

「那是因為光寫論文根本算不上是研究。」

泉田用鼻子哼了一聲，被紅酒染色的唇微微翹起。

「當我們觀測到外星人的電波，對我的人生會有什麼好處嗎？」

篤美將話題帶回來了。這不是諷刺，而是一個單純的問題。

「探索地外文明的存在，也可以讓人類了解自己來到地球的目的。不僅是篤美，甚至有可能讓人類突破奇異點，帶來飛躍的成長。」

越來越聽不懂了。

篤美突然回想起，十年前與泉田一起去協助調查一宗滅族慘案，遭到殺害的家族是函館的大地主，現場的住所也是大到誇張。

總是冷靜的泉田，這一天卻顯得有些心不在焉。兩人決定分頭去找可以提供給警方的證物，然後泉田便往浴室走去了。篤美警告說：「那裡都是血喔。」未料泉田卻無來由地板起臉，回了句「知道啦」，接著就這麼走進去了。

幾秒鐘後，浴室傳來巨大的聲響。我匆忙衝到浴室，看到泉田全身沾滿血跡，一屁股坐在地上，並且隨即開始過度換氣，結果就在沒有達成任何成果的情況下回家了。

當時的泉田很明顯怪怪的。也許只是身體不舒服而已。不過，那天飄在空中的紅色滿月，不知怎麼地深深烙印在記憶中。

「宇宙中充滿意識。」

泉田突然放聲大喊，釧吃驚地瞪大眼睛。泉田用雙手擋住天花板的燈光，肩膀顫抖不已。

她的視線並未聚焦，就和十年前在浴室看到的表情相似。

「泉田，妳還好嗎？」

剛才還一直嫉妒地發洩著的釧，看起來終於也感到不安了。

「奇異點？宇宙的意識？嘿，泉田說話也開始像釧了。」

瀧野毫無察覺氣氛的異樣，依舊開心地撫摸著釧的大腿。

「好懷念啊。當那位老政治家自殺的時候，釧還提出了光明會的陰謀，真的太經典了。什麼三億日圓事件是虛構的，什麼聖經裡面藏有暗號之類的。」

釧皺了皺眉，一臉困擾地把腳收回來。十年前，釧迷上了陰謀論，這的確是事實。想起此事的心情應該都是「很想找洞鑽」吧。

「我已經不相信了。因為我不是孩子了。」

「原來如此，釧也長大了啊。真是無聊。」

瀧野擦了擦嘴唇上的口水；釧重新將目光掃向泉田，睜大眼睛。

「宇宙正在……介入……」泉田的右手拿著玻璃杯，拿得越來越斜；左手則伸進牛仔褲裡探索著兩腿之間。

「泉田，妳喝太多了喔。」

「等等啊……宇宙……」

泉田將食指從內褲中拉出來，然後用舌頭舔了舔，味道跟納豆一樣臭。

「這樣不行！」瀧野打了個嗝，然後看著篤美說道：「喂，你怎麼樣啊？都沒聽到你說話耶。你的事務所還是一樣門可羅雀嗎？」說話方式超像中元節或過年時會遇到的親戚。

「歌舞伎町是日本最危險的街區了，今天一具屍體，明天還會有屍體，屍體太多了，連休息的時間都沒有啊。」

「哈哈哈哈，釧啊，聽到了嗎？屍體、屍體。他想跟屍體做啊。哈哈哈哈。」

瀧野大笑起來，邊笑還邊用手拍打釧。

「這有什麼好笑的，我已經是屍體中毒了，真的看過了太多屍體，所以當天看到的屍體，晚上一定都會夢到。」

「那今天百谷會在你的夢中出現嗎？」

「這是災難啊！」

「真是糟糕透了啊。」

「這樣說真是太過分了啦。」

往聲音的來源一看，我差點沒腿軟。站在篤美及瀧野之間的，正是百谷朝人。他的背上插著一把菜刀，但教人意外的是，他的臉色看起來並不蒼白。

「不要突然出現啦，會讓人嚇到的啊。」

「我才是被嚇到的那個人吧，有人突然用刀插我的背部耶！」

百谷翹起嘴脣，瀧野臉上掛著若無其事的表情揉了揉肚子，釧看著白牆哈哈大笑，泉田正在感受宇宙。

「那個，你是被誰殺死的呢？」

「問當事人是犯規的行為喔，既然是偵探就自己思考吧。」

百谷露出黏糊糊的笑容。真是個討厭的傢伙。正當篤美試圖想要往他的臉頰打過去時……

「啊！」釧突然尖叫道，臉頰紅到發亮。「我知道犯人是誰了！」

「什麼啦，羅斯柴爾德？」瀧野嘲諷地說。

「不，是蜥蜴人啦！」百谷也跟著胡言亂語。

「我是不會說的。不是都決定好要寫在筆記本上了嗎？」

釧走出休息室，推開通向樓梯的拉門，心情愉悅地往二樓走去。

「等等我啊，我早就知道犯人是誰了。」

性格頑強的瀧野堅定地站起來，發出響亮的腳步聲緊跟在後。

「犯人犯人……那個我們都知道了啦。」

泉田也站了起來，露出了半截屁股，搖搖晃晃地跟了上去。

一回神，休息室只剩下篤美及百谷。

「篤美覺得呢？知道殺害我的犯人是誰了嗎？」

百谷邊捲著大麻菸邊說道。

篤美感到驚訝。這幾年來，每當看到屍體就會渾身難受的不安感，已經消失了。

「別看不起我，我當然知道啊。」

考慮到百谷在這裡出現，真相已經很明顯了。

篤美站起身，走出休息室。

突然感到心情非常輕鬆，好像長了一對翅膀般的感覺。

II 偵探・用藥過量

多年來，有一件事情我始終覺得很不可思議。

我曾與許多殺人犯對峙過，其中一些人利用巧妙的手法將事件偽裝成意外，或者嫁禍給別人。這類犯人總是能想出令人驚嘆的手段，但卻不知為何總會留下難以置信的拙劣線索。他們太馬虎了，這就是我覺得不可思議的點。

今天，我第一次成為犯罪陣營的一員，終於解開了疑問。殺人是非常辛苦的工作。畢竟是要解決與自己幾乎同樣尺寸的動物，真的是難以想像的大任務。但真正困難的是，後續必須清除現場的所有痕跡，這樣才能毫無矛盾地讓謊言堅持到最後。根據情況，還可能需要創造出前所未有的獨特花招。當然，過程中不容許有一點差錯。

總之，殺人是一件辛苦的事情，對我來說更是如此，因為還要加上時運不濟。今天，十月十號的白龍館，本應該有五位偵探聚集在一起。

為什麼要在這種時候殺死百谷呢？我自己也不知道。若硬要說的話，我只是感到空虛吧。

獨立開業十年了。隨著名聲漸漸建立起來，我感到越來越害怕。偵探不容許失敗。一次的錯誤就能毀掉多年累積的成就。我每天都過著孤獨且不得安寧的生活，已經這樣持續了數十年。

為了逃離壓力，我也開始使用藥物。感覺只要能像白川一樣表現優異，就能擺脫這個詛咒的束縛，並讓自己變得自由。旅行也可以讓我暫時逃離不安，這是符合預期的，但因為我很清楚白川的結局，所以當我恢復理智後，心情往往會更加沉重。

這種四面楚歌的生活，也是我非常期待與夥伴重逢的原因之一。雖然我不太喜歡某人，但那都是枝微末節的小事。

得意洋洋地離開家，我比集合時間早了一個小時抵達白龍館。在那裡等待著我的，卻是優雅地抽著大麻的百谷朝人。

那是一個太過煞風景的事實。神明不存在。偵探無法得到報償。再怎麼孤獨地戰鬥，十年後能夠留下來的，只剩覓食的蟑螂。

我感到絕望。白川所遭受到的痛苦，我想要分享給眼前的男人。我知道在這樣的時候、這樣的地方殺人會後悔，但正因為如此，我萌生了一種任性而行的奇怪覺悟。

我說我肚子餓了，百谷突然從沙發上站起來，帶著遲疑的表情引領我去廚房。我從櫥櫃中拿出西式廚刀，舉起來對準百谷揮過去。

「哇哇哇，為什麼？」

百谷臉上帶著驚愕與困惑的表情準備衝出廚房。我將刀子刺向了他的背。

蟑螂已經死了。

沒有閒暇感嘆，偵探們即將到來。雖然離集合時間還久，但我相信肯定會有人跟我一樣提早到達。在那之前，我必須採取措施來保護自己。

我用手帕擦拭刀柄，然後走向玄關，製作了一個的裝置。

素材有三樣，鞋櫃、圓柱形的傘架，還有掃地機器人「糖果」。

首先將傘架倒放，然後抬起鞋架，將前面放在「糖果」上，後面放在傘架上。因為傘架倒放的高度比糖果高，所以鞋架會傾斜向前。

就這樣走出白龍館，關上門。用遙控器啟動「糖果」，並指示它回到客廳的起點。當鞋櫃底下的「糖果」離開時，傾斜的程度變得更加嚴重，最終就會倒下來擋住門口。

把鞋櫃弄倒，是為了讓百谷看起來像是在四點三十分的地震襲來之前被殺害的。

四點三十分——就在快要抵達白龍館的時候，我一邊開車一邊用手機跟事務所的工作人員通話。等到事後要做確認時，就會有人可以替我證明——在地震發生時，我還沒到達白龍館。當然了，也有可能是為了做不在場證明而打了假電話，但是看現場的話，很明顯這並不是一宗有計畫的犯罪，所以很難相信犯人有事先準備。

我走上山道後又折回來，花了一些時間回到白龍館，裝作是第一次來這裡。對於屍體感到驚訝，卻表現出了平常的反應，也沒忘記趁機將「糖果」的遙控器放在櫃子裡。被火山氣體困在館內是出乎意料的，但幸運的是沒有馬上被警方傳喚。

六點三十分。四個人商討完應對計畫後，各自選擇了二樓的客房，並休息了一下。

一關上門我就倒在地板上了。即使沒有被發現是犯人，我也還是得繼續表現得跟平時一樣，光是如此，就讓我的神經耗損至此。

我不覺得我能一直騙過這些偵探們。他們很快就會看穿真相，然後指出我是犯人的。還是無法勉強自白。僅僅只是殺了那麼一個無聊的男人，就要失去十年的名聲，真受不了。我一定要從這困境中脫困出去。

那麼該怎麼辦呢?從一開始答案就已經知道了。

將所有偵探殺死。

然後，就假裝這件事從來沒有發生過。

即使能夠順利從白龍館逃脫，但只要偵探們還活著，我的生活便不會平安無事。那就索性把三人的嘴巴都塞住好了，正所謂一不作二不休嘛。

當然，如果只有一個人倖存的事情被警方知道了，那就沒意義了，所以在救援來之前，我需要處理掉三具屍體。我們四個偵探都會消失。因為這裡是在山中，所以要找到埋屍的地點並不困難。然後就是改名換姓，重新開始全新的人生。同伴們的名譽會被保護，而我也能擺脫工作壓力的束縛。

問題是如何殺害這三個人。

客房的們沒有鎖，因此或許可以在寂靜的深夜裡，潛入他們的房間，用刀刺殺他們？即使是深夜，偵探們也不會放鬆對入侵者的警惕。要殺掉偵探，就必須擬定超越他們想像的手段。

猛然抬頭，窗外已被黑暗壟罩。雖然看起來只是一個窪地，但據說這個地方匯聚了致命的毒氣。絕對不能放過這個好機會。

計畫很快就制定好了。執行時間是明天早上。在太陽升起之前，從倉庫房間取出竹掃帚和塑膠繩，從娛樂室準備好撞球，把竹掃帚的毛刷部分拆下來，取出竹柄。用塑膠繩把撞球十字交叉綁起來，且把一端的繩子延伸約三公尺。

他們三個人起床後，趁著他們在休息室聚集聊天，我就下樓封鎖了位於休息室和樓梯之間的拉門。只要在樓梯那邊的溝槽中插上竹子，就無法由休息室這邊打開。

階梯上到客房後，屏住呼吸，輕輕打開窗戶。左手緊握著繩子的一端，右手將撞球扔向陽臺的另一邊。球在空中劃出一道弧線，撞向客房下方一樓的休息室窗戶，使得玻璃破碎，毒氣侵入休息室，此時偵探們就會出現中毒症狀。因為硫化氫比空氣重，唯一逃生的辦法就是往二樓去，但通往樓梯的門被堵住了。三人失去了呼吸，只有我倖存下來。

「可以的、可以的、可以的！」

我大喊一聲，從地板上站起來。

回到房間，突然感到一絲不對勁。我四處審視著房間，屏住呼吸、靜靜地觀察著房間。

當我的目光停留在一個保險庫上時，我發現它有一個帶按鍵的門，需要輸入六位數的密碼才能開門存入物品。

篤美厚的提案，讓偵探們將推理寫在筆記本上，並放進保險櫃裡保存。六位數的暗証號並不那麼容易破解。即使成功地殺了三個人，但一旦手忙腳亂地開不了保險箱，等到救援來了一切就結束了。

只要偵探們一整晚都不進行推理，我的計畫就會成功。但要求偵探們不思考，就像是要求他們停止呼吸一樣。雖然通過晚餐讓他們喝醉一些，可能會降低他們的思考能力，但我不能把他們的命運寄託在他們的肝臟上。

躺在床上，我拚命地思索著。只要再浮現出一個好點子，我就能夠度過這個危機了。

我突然抬起頭，牆上有一張非常大的直立海報。

色彩豔麗的女性側臉，像萬花筒般無數次地反覆出現。這是房間裡擺放的彼得・馬克斯的藝術品，融入了迷幻藥物的形象，是一件迷幻藝術品。放在客房裡可能太過強烈，但也可以說是白川的風格。

引起我的注意的是海報的擺放。大約一半的部分被床頭板遮擋住了。

剛才感覺不對勁的真相就是這個。絕對不可能把自豪的海報故意掛在看不到一半的位置。別墅建好、貼上海報後，出於某個原因床被移動了。

白川在這座別墅中嗜好可卡因和迷幻藥，應該有準備好藏毒的手段，以應對突如其來的居家搜查。這個房間也應該有個祕密的藏匿處，不容易找到的原因會不會跟床被移動過有關呢？

我抬起床腿，剝開地板上的地毯。床板被刨出一個長方形的洞，裡頭有一個木箱。

拿出木盒、打開蓋子。裡頭塞滿了包裹著錠劑的鋁箔包裝，錠劑表面上刻有ACID字樣。真的是天上會掉餡餅，地下會找出LSD（藥效強烈的迷幻劑）。在這個當下，我第一次相信這世界有神。

時間已經來到六點五十分了，離晚餐還有十分鐘。我走出房間，下了樓梯，越過休息室走向廚房。這裡沒有人的氣息。我拿著雞尾酒攪拌棒、保鮮膜，還有一瓶葡萄酒，重新回到房間。

撕開鋁箔包裝，取出粉紅色的藥丸。在桌子上鋪上保鮮膜，用攪拌棒仔細地將其壓碎，然後從保鮮膜的四個角拿起來，將粉末集中在中央，倒入葡萄酒瓶中，用攪拌棒攪一攪。

等等的晚餐，偵探們就會喝下了加了LSD的紅酒。LSD會結合中樞神經系統的血清素受體，會讓感知增強、世界扭曲、看見不存在的事物。最終會消失自我和他人的界線，產生與宇宙融為一體的無所不能感。持續時間從六到十四小時不等。偵探們完全無法進行推理，不知不覺地迎接了旭日的到來。

當然不能只有一個人不喝酒。幸運還是不幸，我過去曾經幾次使用LSD。由於產生了耐受性，除非過量，否則不會有幻覺。

我回到廚房後，放下了酒瓶，然後面無表情地走回房間。

＊

〈篤美厚的筆記〉

是誰殺害了百谷朝人？那個人是如何從白龍館逃脫的？這裡將紀錄上述兩個問題的答案。

首先，一開始的問題就不對了。百谷朝人仍然活著。當我們快樂地喝酒的時候，百谷朝人也出現在那裡，和我們一起享受著美酒。我想他一定很羨慕這場宴會。讀到這裡的警察朋友們，應該仔細鑑定指紋、牙齒咬合痕跡，以及血型，以確認屍體不是百谷朝人。

那麼，被殺的人是誰呢？與百谷朝人非常相似的人是白川龍馬。百谷朝人和年輕時的白川龍馬一模一樣。百谷朝人利用了這一點。

白川龍馬在十年前被歹徒刺傷臉部而死，但真相只對了一半，另一半是錯的。

白川龍馬身邊有許多敵人，在與警方合作之前的兩年裡，進行了很多不同類似的犯罪調查，因此在各界都有樹敵。感受到生命危險的白川龍馬，決定找一個和他相貌近似的人，將其殺死藉以假裝自己已經死去。他打算找一個完全陌生的人做替身。

十年前，白川龍馬在事務所殺了一個男人。他故意損毀了屍體的臉，只為了做交換之用。白川龍馬準備離開事務所，留下屍體。就在這時，百谷朝人來訪。白川龍馬將屍體藏起來，並讓百谷朝人進入事務所。然而，丸山周卻把百谷朝人弄昏之後闖入事務所。丸山周刺傷了白川龍馬，結果白川龍馬死了。丸山周則因喝太多而昏倒。過了一會兒，百谷朝人醒了過來。百谷朝人背負著巨額債務，被追殺。他看穿了白川龍馬的計畫，也想效仿他。也就是說，他打算將白川龍馬的屍體當作自己的替身。

百谷朝人從事務所運出屍體，但這個計畫是有問題的。雖然白川龍馬和百谷朝人長得一模一樣，但他們倆人相差了十二歲。從頭髮和皮膚來比較，顯然是不同的人，換成身體也很困難。因此，百谷朝人把屍體保存在亞空間。在亞空間裡，沒有質量和時間的存在，所以屍體不會腐爛。百谷朝人隱藏了白川龍馬的屍體，藉以應對未來的危機。

十年過去了，百谷朝人已經三十八歲，外貌越來越接近年老的白川龍馬。因為債務越積越多，讓百谷朝人再也回不了頭，於是他決定去亞空間取出一具死屍，與之互換身分。

百谷朝人將屍體藏在廚房冷凍庫裡。百谷朝人為了偽裝謀殺準備離開了白龍館。但是地震讓冷凍庫的門打開，屍體掉了出來，而門又在後續的震動中關上了。不久之後，我們出現了。我們誤以為突然出現的白川龍馬的屍體是百谷朝人的屍體。

這個誤會對於偵探來說是不可原諒的，但也有不得已的一面。我一進入白龍館就察覺到某人抽大麻的事實。因此，我錯誤地認為只有百谷朝人才會如此愚蠢地非法居住在白龍館還抽起大麻。

推理到此為止。被害者是白川龍馬，犯人則是丸山周。並非在密室中有人被殺，而是在密室中保存的屍體重見天日。

閒話少說，總之我相信我們的世界和亞空間的接觸點就在倉戶這裡。我推測是由火山釋放的熱量溶解了亞空間的邊界。

在白龍館裡，還有其他奇異的現象出現在我眼前。女子衣服透明、背上長出羽翼；廚房地板的糖變成了毒品；窗外漂浮著屍體等等。這些看來都是受到亞空間的影響。

停筆之後，我打算走進去亞空間。過往我曾看過擺放屍體的床旁邊有扇窗戶，而那就是進入另一個空間的入口。當你在看這篇文章時，我還活著嗎？或許該由亞空間來決定。

〈瀧野秋央的筆記〉

我很敬仰白川。當偵探的熱情只增不減，越來越對他產生憧憬。最近，我甚至開始模仿白川，抽起了那種像馬屌一樣粗的菸，還在連鎖酒吧吃起了涮涮鍋，甚至雇了安格妮絲・拉姆。如果白川的幽靈叫我這麼做，我也不會排斥在溫暖生活的成人書專區跟封面上的AV女優做愛。但是，那個幽靈只會追逐女人的屁股，我想它應該不會理我才對。白川因為過敏無法打興奮劑。曾經他試著打過一次，結果臉都脹得像粉紅色的氣球，被救護車送到醫院。如果要殺掉白川，只能選擇用刀割喉或者是讓他注射興奮劑。我能將糖變成興奮劑，隨時都能殺死白川。如果你不相信，那就看看廚房的地板吧。其實我並不想殺死白川，我希望能讓他活過來。此外，白川更沉迷於女性魅力，超越任何藥物的吸引力。這也是死亡恐懼的另一種形式。白川曾多次遭到黑道、政客，甚至家人的暗殺，也常遭受暴徒的攻擊，被卡車撞倒，甚至自家被人放火，彷彿不論是在哪裡，都有人想要他的命——他的涮涮鍋裡，還被人偷偷摻入過砒霜。工作本來應是越做越穩定才對，然而偵探、串燒酒吧的老闆和承包商的電腦工程師卻是越做越覺得命不久矣。如果解決了案件，就會被罪犯懷恨在心；如果失敗，就會被警方或者遺族抱怨。就算付再多錢也拿不到的年金，真是四面楚歌的局面。即便如此，還堅持做偵探這一行，真不知道是活著還是死了的喪屍。白川的晚年，就是這樣的光景。而白川，也是完完全全淪陷在女人的魅力之下。白川的風流逸事實在有點超過了。任何色魔找的女人通常都會有某些相似之處，但使用LSD的白川只要是這個星球上的女性，從剛出生的小孩到年老的高齡者，他絲毫都不挑剔。白川雖然是性成癮患者，卻並不是性倒錯狂。性倒錯指的是對暴露偷窺排泄物嘔吐窒息流血殺人食人埋葬肚臍等事物產生性興奮的人，然而這些種類的喜好通常很少被公開。人們往往認為性變態者多半是殺人犯，但其實只有殺人犯會出櫃坦白自己是性變態。這就像那種庸醫會說從五樓摔下比從十樓摔下的傷害來得少一樣。因此，雖然不能完全排除白川可能喜愛糞便尿液或嘔吐物的可能性，但就我所知，白川的遊戲方式還算是相當一般，就跟百谷朝人的小說一樣無聊，即使放在溫暖生活的成人書區，也沒有什麼影響力的一種類型。他喜歡的類型是太陽情人安格妮絲・拉姆。十個人中抽出一個。然而他的性愛對象卻毫不挑剔，只要是人他都可以帶到床上。我曾問過白川，為何他不管對方的年紀與外貌，只要有洞就隨便插入？白川回答我，你其實是被時間所束縛了。人間的一切都是由他人與自我所形塑的。他人可以說是從感官傳遞至中樞神經系統中的物理與化學刺激所累積的一部分，這就是所謂的世界。而自我，則是對這些刺激的心理現象總和，我們一般將之稱為意識。即使閉上眼睛塞住耳朵捏住鼻子，人也可以確實感受到時間的存在。時間並不是一種物理或科學的刺激，而是存在於我們自己的內心中。有時，阿茲海默症的患者無法正確認識時間的流逝。當我含著LSD、PTA時，時間會變得拉長、變慢，甚至反轉或分岔。這證明了我們的意識是時間的創造者。也就是說，時間是可以被控制的。現在，在你的床上，二十歲的安格妮絲・拉姆正在熟睡中。那真的是二十歲安格妮絲・拉姆嗎？難道不是安格妮絲・陳？但這只是你的認知判定她是二十歲而已。實際上，那是過去的安格妮絲・拉姆與未來的安格妮絲・拉姆交疊在一起，可以說是薛丁格的安格妮絲・拉姆。我在擁抱女人時，可以從自我中解脫出來。可以擁抱時間和存在本身，而不受困於時間。因此，無論是剛出生的嬰兒或是年邁的老婆婆，對我而言都是一樣的。白川就是這麼回答的。白川到底有多認真回答，除非找到鬼魂來問，不然也無從得知。硬要向殭屍要求有理有據的答案實在是太苛刻，但我還是覺得，他給的應該是個坦白的答案。白川對時間早已習以為常，對女性的年紀並無過多執著。話說回來，再繼續聊性愛話題感覺眼睛都要長出毛來了，所以就進入本篇的重點，也就是白龍館的殺人事件。白川是個性愛中毒的天才，但是百谷朝人卻是藥物中毒的癮君子，完全沒救了。有時無聊到讓人逼著買他的小說，有時又向白川討錢。他聲稱被投資詐騙所害，但實際上只是想要拿到買藥的錢。反正他既不繳老年年金，也不繳居民稅和學生午餐費。總之，百谷死了。即使到現在，百谷還是深陷於藥癮中。由於過度使用大麻，他幾乎變成大麻了。稍微動一動，大麻就會從皮膚上一點一點掉落。問題在於這是個密室。犯人應該被關在館內，但當我們走進去時，卻不見任何人影。犯人究竟去哪了？或是像年金一樣消失無蹤？這時，就需要改變思考的方向。我們必須如同庸醫一般，不受現象的束縛，去看見事情的本質。在三維空間裡，犯人並無逃走的管道，但在四維空間裡，卻存在著退路。那就是時間。犯人從過去穿越至現在，結束了百谷的生命之後，又回到了過去。犯人就是能夠控制時間的白川。十年前的他一直在困擾，若百谷有打算悔改，他想伸出援手；但若只是一再地索求金錢，他就會想斬斷這段關係。因此，他決定去看看十年後的百谷。脫離了意識的束縛，面對十年後的世界。那是一場惡夢。白川早已去世，百谷則在享受大麻興奮劑以及色情片的樂趣。白川的血已經可以用來熬煮熱騰騰的涮涮鍋了。白川本來就是個不介意刺殺烤燒虐待等情事的男人。白川刺傷了百谷。人渣終於死了。聽到他的徒弟正在走來的腳步聲，白川急忙將自己的意識拉回十年前。就這樣，百谷的屍體出現在現在的白龍館。如果我稍早一點抵達白龍館，那麼我就很有機會可以跟十年不見的白川重逢。我在溫暖生活的成人書專區，錯過了與AV女優進行最後一次性行為的機會。那就是我唯一感到懊悔至極且無可奈何的事。

〈泉田真理的筆記〉

地外文明（ETC）為何不來到地球呢？

美國的天文學家弗蘭克・德雷克將宇宙中與人類能夠交流的文明數量N表示為N＝R×fp×ne×fl×fi×fc×L的等式。參數包括在銀河系中每年誕生恆星的機率R，擁有行星的恆星比例fp，能夠維持生命的行星數目ne，生命在其中能夠生長的比例fl，生命能夠發展智慧能力的比例fi，能夠發展恆星間通訊文化的比例fc，以及該文化進行通訊的時間長度L。

對於這些參數來說，「無法理解」的程度其實有所不同。fi、fc、L等等只是猜測，因此無法確切地求得N的值。然而，基於地球和太陽系並非特殊存在的平凡原則，假設一個樂觀的近似值，N＝10（每年能有十顆恒星形成）、fp＝0.5（一半的恒星有行星）、ne＝2（有兩個能維持生命的行星）、fl＝1（所有能孕育生命的行星都能孕育生命）、fi＝1（有生命時會出現智慧生命）、fc＝0.1（智慧生命中有十分之一有通訊文明）、L＝10^6（文明能進行通訊大約百萬年）等等值。結果會得到N＝10^6，也就是說我們能夠和百萬個地外文明溝通交流。

這是一個極端的例子，但許多研究者算出的解答是Ｎ＞１。此外，德雷克方程式僅針對銀河系有效，而宇宙中存在著兩兆個銀河，因此存在其他生命的可能性非常高。

從一九六〇年代至今，搜尋地外文明計畫（ＳＥＴＩ）一直積極進行，然而人類仍未能成功與ＥＴＣ交流。如果存在與人類能夠交流的生命體，那為什麼人類無法發現呢？

這個問題被稱為費米悖論，以義大利物理學家恩里科・費米的名字命名，早在德雷克提出上述等式之前，就已經有所討論。由於人類的技術限制，外星文明向人類發送訊息，人類是無法接收的。相反地，由於外星文明沒有與地球交流的技術，它們也無法接收人類的訊息。或者，由於外星文明的形態與地球上生命形式極為不同，人類無法察覺它們的存在。另外一種特殊情況是，由於外星文明高度發達，開始傾向於追求虛擬現實，不願與其他文明接觸。科學家們對於這個問題討論了許多其他假設。

這些理論的共同點是，透過生命體具有的知覺、智慧和技術水準等因素，來解釋人類和ＥＴＣ尚未接觸的事實。然而，生命體具有多樣性。即使存在著無法與地球交流的ＥＴＣ，這也無法解釋所有ＥＴＣ都未與地球交流的事實。存在形態與地球上的生命體不同的ＥＴＣ，也從未與人類接觸的事實是不充分的。

那麼，讓我們再次思考人類無法與ＥＴＣ接觸的理由。原因在於一個比生命體更高維度的存在，它避免了生命體之間的衝突，維護了生態系的完整。我們稱這種存在為宇宙意識。宇宙意識是一個超科學的存在，能夠完全阻擋人類與ＥＴＣ的交流。在目前人類的技術水準下，我們無法理解這種存在。

這是哈佛大學的約翰‧鮑爾提出的假說——地球的生態系受到ＥＴＣ的保護，與動物園的設想不同。

現今的自然科學中，尚未發現有哪一個理論能夠解釋人類所觀測到的所有力，以及這些力彼此之間的關係，若有的話，就會是一體適用的萬物理論。然而，萬物理論的預測存在多個參數。美國的理論物理學家李‧斯莫林估計，在隨機設定參數的宇宙中，出現生命的機率為10^229分之一。現今的宇宙是絕對不可能發生的偶然產物。

斯莫林的假設是從黑洞中孕育出子宇宙，並將達爾文的進化論套用其中，試圖解釋造成無法想像的巧合出現的原因。然而，這只是無法證明的猜測。因為沒有根據來支持從黑洞中誕生宇宙的假設，我們應該認為宇宙的產生是一種與物理法則不同維度的存在，也就是類似於人類心靈活動的意識，透過調整參數來實現。

宇宙意識具體的干預方法目前還不得而知。在這裡，從事實中歸納出法則的演繹推理是有效的，但過去並未觀察到宇宙的干預。

但是今天，我觀察到了一個看似是宇宙意識介入的事件。

觀察場所位於靜岡縣久山市倉戶西南部。介入的對象是三十八歲的男性Ｍ。Ｍ於十月十日下午五點左右，在他暫住的別墅被發現已經氣絕死亡。死因被認為是刀子刺穿背部而導致心肺功能衰竭。

我去別墅探訪時，接收到宇宙意識的訊息，得知M經常使用大麻，並與海報上的插圖進行性行為。插圖中的女性假裝一無所知，但宇宙意識透過模擬讓她理解，並在我的面前發出猥褻的聲音。

宇宙的介入意義在於維持整個生態系而非排斥特定個體。大麻中所含的四氫大麻酚減少了男性荷爾蒙之一的睪酮。從插圖和性行為來看，M明顯失去了繁殖的意願。宇宙的目的是透過移除這樣的個體，促使人類進行繁殖活動，進而維護多樣性。

M所在的別墅處於完全封鎖狀態，相信是是宇宙意識的直接接觸所伴隨而來的作用，也就是利用地球的離心力殺害了M。

天體的表面重力與質量成正比。地下物質的密度下降，表面重力也會降低。宇宙意識讓倉戶西南部地下三十五公里深處的地函暫時擴散，促使表面重力減少。此時地面上沒有固定好的物體就會被拋到半空中。當M的身體飛起來時，地震在同時間迸發，刀子在搖晃中從廚房飛出，並刺穿M的背部。館內物品的掉落或位置移動，都是因為這個緣故。附近殘留的硫化氫也被認為是地殼運動的影響之一。

發現這份檔案的人，請務必將這次的紀錄運用在了解宇宙意識的探索上。我相信總有一天，我們人類將能阻止宇宙意識的介入，或者甚至克服它，到時候與地外文明ETC交流的日子也終將能到來。

〈釧邦子的筆記〉

酒喝得太多了。因為久違地與前輩們和白川偵探事務所的前輩們見面聊天，所以喝了好久沒喝的酒。

咦？

好勝如命的瀧野如往常一般喝了酒就非得向泉田炫耀不可兩人的教養真的對態度的影響很大被我笑稱是學歷詐欺的泉田一直為了找尋外星人而搜尋訊號對電腦很不熟的篤美也在歌舞伎町開了間事務所一頭栽進偵探業但卻因為必須得回答特殊行業的女人們所提出的蠢問題而感到身心俱疲。

這是什麼東西？

深呼吸一下，放下鉛筆、張開雙手、彎腰、扭轉手腕、拍打肩膀。想要感受夜風的吹拂、但並不想死、還是算了吧、握緊鉛筆。

モモヤアサト（百谷朝人）死了。我了解真相，所以有責任將其紀錄下來。雖然很不願意在酩酊大醉的時候工作，但然卻無可奈何。我讓鉛筆開始舞動。

有人敲門。回頭看去，門關著。房間扭曲了。看著牆壁，驚訝地發現海報鼓脹得像氣球一樣。一位色彩繽紛的女性喘著氣，身體變得越來越大，顏色變得較淡。她在臍部插了一支鉛筆。砰一聲，海報萎縮了。紅、橙、黃的光彩流溢，五角星在舞蹈。又黏又有彈性的物質流得到處都是。從中冒出蒸氣，泡沫也冒出來。有煎蛋的香味。呼呼呼地吹著氣，手跟腳也開始伸長了。飛沫四濺，指頭長出來。圓圓的頭往上揚，眼球轉來轉去的。最後，她看見我了。一個生物誕生了。

「現在將以涉嫌吃泉田真理的大腦的罪名逮捕你。」

刑警將尾巴纏繞在我的腰上，尾巴被透明的甲殼包覆，表面長滿了細毛。

「你將被關進桑泰監獄，判決是死刑。」

「我正在筆記本上寫推理筆記啊。」

「死刑犯不被允許在筆記本上寫推理筆記。」

刑事把毒針架在我喉嚨上。我走出房間，坐上巡邏車的後座。刑事把我送往桑泰監獄。

桑泰監獄是一棟四層樓高的建築，中央的柱子上掛著一個大時鐘，看起來像個小學的校舍一樣。雜居房裡有五個囚犯正在抽大麻。

「我從東京來的，我叫釧。大家都叫我庫西。」

我向大家打招呼，就像一個轉學生一樣。囚犯們也輪流進行自我介紹。

黑猩猩傑諾是聽了老闆下令「把業績下滑的人都砍頭」，結果他就真的跑去切了新進社員的頭，獲判死刑。

大牛摩高爾威脅TBS讓他在「國王的早午餐」節目中宣傳自己寫的小說，獲判死刑。

聖甲蟲強普假裝自己是屍體，混進了人體不可思議展覽，獲判死刑。

馬糞海膽奧戈波戈為了讓青山一丁目的租金市價下降，選擇跳樓自殺獲判死刑。

量子人伊西因為可以穿透物體，所以被認為是所有密室謀殺案的主席，獲判死刑。每個都是窮凶惡極的傢伙。

「新人做了什麼？」

傑諾問道。

「我吃了我的同事泉田真理的大腦。」我回答道。事實上，我並不記得自己有吃泉田真理的大腦。但對於泉田真理，我是真的懷恨在心，所以說不定我真的吃了。

「為什麼要吃同事的大腦呢？」

「因為泉田真理學歷優秀，但她的腦袋卻一片空白，毫無味道可言。」

「泉田真理真的有這麼高的學歷嗎？」

「她涉嫌偽造學歷。」

泉田據說是東京大學研究所碩士，而我並非碩士出身。坊間傳聞，要拿到碩士學位必須要寫論文。我查了查論文相關資料，發現並沒有泉田真理的論文。

「你吃了泉田真理的大腦，所以你也是壞人，是我們的夥伴。」

傑諾將一根皺巴巴的大麻菸遞給我。

「我必須逃獄，請給我幫助。」

「嘗試越獄的人都會被巨人踩碎。」

奧戈波戈回答道。他是桑泰監獄的老鳥。

伊西拆下牆上的鐵板，出現了一個方形的洞。

從洞穴中可以看到許多牢房。被關押在裡面的有雪人、克拉肯、雷鳥、澤西怪物、飛馬、蒙古死亡蠕蟲、湖怪、盧斯卡、卓伯卡布拉等。

廣場中央有大腳怪坐鎮，負責看守一切。

「請告訴我如何離開這個地方。」

我向大腳怪提出問題，大腳怪站了起來身高大約二十公尺。全身被一層像蓑衣般的毛覆蓋著。大腳怪彎曲著膝蓋，探看小屋裡的狀況。

「不行！」

傑洛把大麻藏在口中。當他吐氣時，鼻孔中溢出粉末。跟モモヤアサト（百谷朝人）的遺體上所掉出來的粉末很像。

大腳怪靜靜凝視著雜居房。皮袋不停搖晃。

「要走出桑泰監獄的方法，就是保持自己原本應該要有的樣子。Be yourself。」

大腳怪說道，然後再次坐了下來。

「死囚就要有死囚一樣的表現。」

伊西看起來很傷心。

「要如何讓我看起來更像一個死刑囚呢？」

摩高爾瞪大了眼睛。

「試試看更加瘋狂地亂鬧，或者大聲叫囂吧。」

傑諾提出了一個建議。

「我已經做完了」

摩高爾搖了搖頭。

「試試冥想如何？」

「每天都有在做。」

「用叉子來磨牆，怎麼樣？」

「太累了，我不喜歡。」

「試試看養隻老鼠吧。」

「我也討厭髒亂。」

「試試寫詩吧。」

「寫詩真是美好的事情啊。感覺相當像死囚呢。」

摩高爾吸了吸鼻子。

「喂，新來的，我要寫詩，把筆記本跟筆借給我。」

「我就是因為沒有所以才感到困擾啊。」

我聳了聳肩膀。

離開桑泰監獄的方法就是保持自己原本應該要有的樣子。巨人如此說道。意思就是「死因就要有死囚的樣子」嗎？這裡是怪物監獄，「原本應該要有的樣子」指的難道不是好好當個怪物嗎？

「我知道逃獄的方法了。」

我說道。

「我說我想要筆記本和鉛筆。」

「脫獄出去之後，筆記本和鉛筆就很容易弄到手了。」

「那妳就先請吧。」

摩高爾笑嘻嘻地說道。

「動物身上具備著一種可自行消滅癌細胞的機能。當細胞癌變時，該細胞會收縮，細胞核濃縮並碎片化，形成凋亡小體。而這些凋亡的小體則會被巨噬細胞處理掉，這種現象被稱為細胞凋亡。」

「請用簡單易懂的方式解釋一下。」

「動物的體內機制，會誘導身體不需要的干擾因素自己去自殺，藉以保持原本應該要有的樣子。」

「太好了啊！」

「這裡是怪物監獄，受刑者都是怪物。我們是怪物身體的一部分，可以說是怪獸的細胞，但這個怪獸沒有進行細胞凋亡，因此無法排除干擾者。我們可以透過讓干擾者自殺來恢復應有的狀態。」

「請用比喻來解釋一下。」

「有一個名為白川龍馬紀念館的無聊場所，用來紀念白川龍馬這個人，那裡還有センダ、クシロ、タキノ、アツミ、モモヤ（泉田、釧、瀧野、篤美、百谷）……所有人組合在一起就是一個白川龍馬。但是，裡面也混入了癌細胞。白川龍馬進行了細胞凋亡，將癌細胞排除了。因此他恢復了應有的狀態。」

「到底是誰被排除了？」

「モモヤ（百谷）。細胞們各自擁有白川龍馬的天賦，センダ是學識，クシロ是想像力，タキノ是行動力，アツミ是暴力。但是モモヤ卻是一無所有。」

「那傢伙就是個干擾者。」

「名字也是如此。センダ的セン寫作『白水』，クシロ寫作『金川』，タキノ的タキ寫作『水龍』，アツミ的アツ寫作『竹馬』。將這些字組合在一起就是白川龍馬。只有モモヤ沒有特別含意。」

「他就是癌細胞。」

「所以，モモヤ會被凋亡機制排除了」

「那是當然的。」

「我們也一樣，必須排除干擾者。」

「是誰？」

「正是摩高爾。我們都是怪物，庫西、傑諾、強普、奧戈波戈、伊西，這些全都是湖中的怪物，但是摩高爾卻是海中的怪物。你是個阻礙。透過讓你自殺，我們才能夠重拾應有的姿態。來吧，摩高爾，你自殺吧。」

摩高爾瞪大了眼睛。

「這樣就能得到筆記本和鉛筆了啊。就這樣做吧。」

摩高爾將頭撞向牆壁。一次又一次地撞擊頭部。我感覺到顫抖。摩高爾的頭變得暗淡，頭上的角變得畸形，皮膚破裂，血液四濺，頭骨碎裂，腦漿外漏，惡臭彌漫周圍，鱗片閃耀著光芒，觸手伸展開來，吸盤粘附著，光芒萬丈。我讓鉛筆快速跑起來。

這到底是什麼東西？

Ⅲ 真相‧用藥過量

1

終於開始看見幻覺了。

岡下收確定自己看到了全身滿是鮮血的男人。

十月十二日，下午三點。按照原定計畫，應該準備要離開白龍館，結束為期兩天三夜的行程。但是，岡下此時才終於抵達白龍館。

從昨天到現在，兩天沒睡好了，而且今天還開了一百五十公里的車。疲勞導致眼睛疲累、脖子僵硬、四肢無力。出現一、兩次幻覺也不奇怪。

「嗯，那是什麼？」

坐在副駕駛座的彩里指著前方問道。剛剛還無憂無慮地喝著養樂多的少女，竟然看到和自己一樣的幻覺，令人難以置信。難道是真的嗎？岡下用力揉一下眼睛。

「彩里，在這裡等著……」

但在這句話說完之前，彩里就已經下車了。用找到零錢的表情衝向那個男人。岡下也關掉引擎，下了駕駛座。

門廊左側的法國窗戶旁，大約一公尺的地方，有一個男人俯伏在那裡。他是白川龍馬的弟子之一，名叫篤美厚。在他的頸部到肩膀之間，似乎被木樁打了個洞，飛濺出來的肉泥引來滿滿的蒼蠅。從屍斑的狀態看，大概已經死亡三十個小時。

屍體的旁邊，彷彿尖矛一般的門柱頂端沾滿了血。抬頭望去，二樓的陽臺窗戶敞開著。篤美可能從陽臺跳下來，或者，是被推下來的，喉嚨剛好刺到了門柱。想必在試圖拉出頸部逃跑時力竭而亡。

然而，為什麼沒有其他人呢？既然這麼多偵探聚集在這裡，如果發生了事件，理應可以調查現場或者報警的啊。

「有人在嗎？」

按鈴。沒有回應。等了幾秒後，扭動門把，但門沒有移動。

退後一步，環顧別墅四周，一個接一個地查看窗戶，突然發現門廊左側的窗戶已經破裂了，並用幾塊木板粘在一起，從內側來掩蓋破裂的地方。

「收，打開。」

彩里說道。

岡下小心玻璃尖端，用掌心推壓板子。膠帶脫落，板子向內傾斜。伸手進洞，拆下掛鎖。

彩里開啟了法式落地窗，跳進了休息室。岡下也跟著動作。

休息室一片混亂不堪。牆上掛滿了花哨的海報，地板上擺滿了碟子和酒瓶。酒和零食的香味混合著腐爛的蛋臭味。通往廚房的通道上擺放著毛巾，底下透出一絲血跡。

伊蘿莉觀察完休息室後，推開拉門，走上了樓梯。

「小心點。」

在火爐的後方喊了一聲，但沒有收到回應。

客房的門被打開的聲音依序傳來。

接著，彩里大聲呼喊。

「大家都死了！」

岡下收晚了兩天才來到白龍館，原因是因為他昨天才照顧完感染諾羅病毒的姪女。

彩里是妹妹稻子的女兒。由於吸食可卡因過量，導致稻子的鼻子變成只有一個洞，並且從去年開始就在府中監獄裡負責製作櫃子。彩里的父親身分不明，且稻子的朋友幾乎全都進去監獄蹲了，所以岡下不得不肩負起照顧彩里的責任。

四十多歲的中年男子感到擔心自己不知道能否勝任媽媽的角色，但意外地與彩里相處得非常融洽。她無所畏懼的一面有點像媽媽，而奇怪的成熟感則則跟岡下有些相似。雖然馬上就得跟陌生的男人睡在一起，但她在處理麻煩事的時候相當細心，想得很周全。她似乎從以前就對媽媽的魯莽行為感到失望，所以對於不喝酒、不碰藥，每天都好好去上班的岡下有一定程度的尊重。

岡下在北千住開了一間偵探事務所。話雖如此，但他的委託案每個月只有幾件，且其中大多數是外遇相關的調查。目前而言就是靠著在白川那邊工作時所存下來的錢度日，自己的事務所已經連續五十二個月虧損。希望能藉著解決困難重重的殺人事件一砲而紅的美夢，也已經做了十年。這樣的成績還以白川龍馬的弟子自居，多少有點像詐騙集團。

正因為他落魄許久，所以在接到瀧野秋央的信時他感到相當驚訝。過往一起切磋學習的夥伴們，如今都各自發揮所長，以偵探的身分活躍於業界。跟在出軌的老頭屁股後面的人，看來只有他而已。這樣的狀況都還能獲得邀請，真是夠義氣。岡下立刻回了一封答應前往的信。

但是人生總是不盡如人意的。十月十日的早上，岡下正在刷牙時，從廁所中傳來一股刺鼻的氣味。他小心翼翼地打開門，發現彩里把頭伸進馬桶裡。聽說她整晚都在吐各種東西。前一天她和一個在網絡交友軟件上認識的中年男人去了茅崎，但具體進行了什麼不衛生的遊戲，他沒有多問。

岡下決定帶彩里去看醫生。在怎麼說她也只是個十三歲的小女生，如果把事情鬧大了，他可就沒臉去見稻子了。到了醫院之後，確認彩里是感染了諾羅病毒，沒有特效藥，只能等待症狀緩解，別無他法。

「抱歉，等姪女的病情好轉了我再過去，不好意思。」

岡下給瀧野打了電話。瀧野笑著說：「你還是一如既往啊。」先不管是一如既往些什麼，岡下在客廳打這通電話就是個錯誤，因為被彩里聽到了。

隔天，彩里依舊持續吐著胃酸。岡下甚至擔心她會不會就這樣死去，然而驚人的是，她在第二天早上就完全恢復了元氣，並且也有點算是意料之之中吧，她說想要跟著一起去白龍館。不用說，她的目標當然是那位著名的偵探——瀧野秋央。這個少女對於一身肌肉線條的大叔簡直是無法抵抗。

「如果不帶我去，說不定我又會變得不舒服。」

雖然是狗屁不通的爛理由，但要是她此時此刻再次狂吐，岡下可就真的無法與老友再相會了。

再三思考過後，岡下決定讓彩里坐在副駕駛座上，一同前往久山。

「如果我們按照計畫來這裡，收不也會一命歸西嗎？都是因為我的關係你才能撿回一條命。」

彩里興高采烈地說著。與其說是託彩里的福，倒不如說是拜諾羅病毒之賜。

白龍館的二樓有六間客房，其中四間各倒著一具屍體。

右邊前方的房間裡是百谷朝人，中間是瀧野秋央，後面是釧邦子，左邊中間的房間裡有泉田真理的屍體，左邊前方的房間裡沒有屍體，但窗戶是開著的，露臺下面有篤美厚的屍體。

白川的弟子全都死了，令岡下感到震驚不已，但更讓他驚訝的是，百谷的屍體也混在其中。這個男人不是白川的弟子。十年前，他雖然躲在白川的事務所裡，但岡下並不認為瀧野會邀請百谷。他是聽到偵探們聚集在一起的消息？還是一直潛伏在白龍館裡？

百谷橫躺在床上，背上插著一把西式廚刀。乍看之下，他好像是在睡覺時被襲擊，但仔細一看，床單上並沒有血跡，看起來像是在一樓通道上死亡，然後被移到床上的樣子。衣物上有血漬但沒有其他汙漬。彎曲手腳關節時，屍體僵化的情況開始消退。大致推測已經死亡兩天了。左臂上留下了似乎是在死亡前一、兩天打的注射痕跡。

瀧野、泉田、釧的屍體狀況相似，三人都蹲在地上，手腳彎曲、咬緊牙齒，沒有致命的外傷，但喉嚨上留下了像是被抓傷的痕跡。脫下衣服後，背上出現了綠色的屍斑，應該是硫化氫中毒。從天花板的換氣口被膠帶封住的情況來看，他們應該是試圖防止外界的硫化氫侵入。角膜已經混濁，但死後僵直的情況還沒有消退，和篤美一樣，應該已經死亡約三十小時左右。

泉田和釧的手機都有上鎖，但瀧野的手機倒是可以查看。有一個十日下午五點五分嘗試撥打一一〇報案的通話紀錄，相簿中有百谷在搬運到二樓之前的照片。

考慮到上述事項，可以想像白龍館發生了這樣的事情：

十日下午，百谷朝人被人刺死了。同一天下午五點左右，偵探們來到了白龍館並發現了屍體。隨後，硫化氫開始釋放，偵探們被困在了白龍館中。然而，到了十一日上午，篤美從陽臺跳下身亡。由於這時篤美打開了窗戶，硫化氫進入了室內。客房的門底下有約五公分的縫隙，即使在房間中也無法逃脫硫化氫的侵害，剩下的三個人也因中毒而死去。

百谷有被殺害的理由。白川被竊賊殺害時，解鎖事務所大門的就是百谷。聚集在這裡的偵探們，誰殺了百谷都不奇怪，但無法猜測篤美從陽臺跳下的理由。

「收，你過來一下。」

順應彩里的呼喊，岡下往右手邊的房間走去。打開門，發現彩里正在戳動瀧野的下體。

「特地想來見你們的，怎麼搞成這樣。」

他低聲嘟囔著。

「叫我做什麼？」

「你看，上面寫滿了字。」

彩里指著桌子，上面放著鉛筆和筆記本，岡下想起其他三人的房間裡也有同樣的筆記本。

「遺書？」

兩人開始一邊搜索各個房間，一邊細讀四本筆記。

看來幾乎都是奇奇怪怪的文章，雖然追查殺害百谷的犯人這一點是相同的，但也只有篤美是以此為中心去寫，其他三人都把大部分篇幅用來寫些夢話，或是怪力亂神的奇特論調。完全沒有推理可言。

在閱讀筆記的過程中，彩里三不五時會發問，最後讀完釧的筆記，她說道：

「犯人原本打算殺掉除了自己以外的三個人吧。」

一臉淡定的表情。

「要殺三個人？」

岡下像是鸚鵡般回應。

「收，你不明白嗎？」

「不，呃……這是什麼意思？」

彩里忍住苦笑，拿起釧的筆記本。

「這四本筆記本中有一些奇怪的事情。為什麼偵探們要把推理寫在筆記本上？為什麼這些推理都不太尋常？為什麼這些筆記本一直放在房間裡？總共有這三個大的問題。

第一，為什麼偵探們要把推理寫在筆記本上？偵探可不是官方人員，如果追查出犯人，一般都是用口頭解釋吧。之所以特意寫下來，是因為想要讓人可以閱讀。由於火山氣體爆發，偵探們被困在館內，手機也沒有訊號。不知道能不能平安回去。所以，為了防止意外發生，才會把推理寫在筆記本上。

然而不可思議的是，偵探們留下的推理完全不一致。先不論正確或錯誤，只要四個人聚在一起討論，理論上應該就能更加聚焦到一個點上。他們並沒有做出尋找犯人的動作，表示他們判斷在這種情況下，將犯人點出來是一件危險的事情，要是不小心惹得犯人勃然大怒、失去理智，進而把窗戶打開，想必大家都不會有好下場。然而，做為一名偵探，他們還是有自尊心，況且，什麼時候會死也很難說，因此更加無法忍受自己的推理結果只留在腦海中。於是，四個人各自都把推理過程寫了下來。

但那些推理內容，完全不像是由優秀的偵探所寫出來的，這是我第二個疑問。不論裡面含有多少真相，都看不出那些是由正常人所寫的文章。相信這是藥物的影響。四個人的文章中都提到了百谷有在使用大麻或興奮劑，這棟別墅裡也可能還有其他的藥物不是嗎？像是看到實際上並不存在的人、時間感完全錯亂，還有感受到宇宙的意識，或是自己與他人的界線變得曖昧不明等等，這樣一路看下來，感覺似乎是ＬＳＤ、ＭＤＭＡ之類的藥物所帶起的迷幻效果。

奇怪的是，他們是全體的思緒都變得怪怪的，不是一個或兩個而已。瀕臨危機的時候，有些人會想要仰賴迷幻藥，這是可以理解的，但四個人全都這麼做就有點難以置信了。所以，會不會是他們在不知不覺間攝取的，而非自願使用了迷幻藥。對於偵探們認真辦案會感到困擾的人，就是殺害百谷的犯人。

四人決定不追捕罪犯，而是留下推理的紀錄。但要是死了之後，這些筆記任由犯人處置，那就一點意義也沒有了。所以才會達成筆記寫好就鎖進保險箱的約定。

犯人想必對此感到相當驚慌，如果筆記裡寫出正確的推理結果，那麼自己的所作所為就會被警方知道。為了不要讓偵探們把真相寫出來，於是就在食物裡摻入了迷幻藥。

然而，畢竟迷幻藥不是萬能的，終究會失去效用，當理性恢復之後，偵探們想必就會察覺自己身上發生了些什麼變化。唯一的方法就是盡量爭取時間，為此，犯人趁著偵探們神智不清的時候，把三個人殺掉。一切的準備，都是為了達到這個目的。

但正如我們所看到的，這些筆記本就這樣隨意地擺放在桌上，並沒有被偵探們放進去保險箱，也沒有被嫌犯處理掉。因為在那之前他就已經死了。篤美因為受到幻覺影響，打開了窗戶從陽臺跳了下去。真的是跳入亞空間了。然後，硫化氫流入侵紀念館，包括嫌犯在內的所有偵探全都死了。」

「哈哈哈。」

發出笑聲已經是盡了最大的努力。

為什麼姪女在推理，而岡下只有聆聽的份呢？該不會也是幻覺吧。

樓下傳來的聲響讓岡下回過神，聽來是馬達所發出的低頻音。

「有人嗎？」

「沒有吧。畢竟大家都已經死了。你有在聽我說嗎？」

彩里強詞奪理一番之後，打開了門並走下樓梯，岡下也跟在後頭。

糖果正在休息室裡來回走動，時間是下午四點。可能是設定在這個時間啟動的吧。

「這是什麼玩意兒啊？」

她對藥物非常了解，但似乎對掃地機器人一無所知。糖果巧妙地避開沙發和櫥櫃，向屋子的深處走去。

「那是糖果，掃地機器人。」
「會飛嗎？」
我忍不住噴笑出來。
「不會飛啦，又不是ＵＦＯ。」
「喔。」
彩里生硬地回應，然後視線往下移。休息室的地板鋪著桌布，餐盤及空著的酒瓶就這樣擺著，其中有一個混入了迷幻藥物。帶著腳輪的櫃子上擺放著棕色的瓶子和捲紙。
「白川也喜歡大麻嗎？」
彩里低頭看著瓶子，隨即將它遞給岡下。
「我想他應該沒有抽大麻，手捲菸倒是常抽。」
岡下將瓶子放回櫥櫃後，發現彩里不知何故正注視著白色的牆壁。難道她也看到幻覺了嗎？
「嘿，妳沒事吧？」
「嗯？」彩里轉過身來。「沒事。那個平板是百谷的嗎？」
她拿起了沙發上的平板電腦，背面貼著一張胸部豐滿的女高中生插畫海報。
「好像需要輸入密碼。是四位數字。收，把百谷的錢包拿來。」
理所當然地下了指令，岡下聽到後便前往二樓，從屍體的口袋裡拿出了長夾，然後回到了客廳。

「生日是哪一天？」

「一一五。」

岡下看著駕照上的數字，彩里瞪大眼睛點擊螢幕。可惡，不對。

「是哪一年出生的？」

「一九八〇。」

還是不對。

「唔……百谷是百跟谷，那就是一〇〇八？」

也不對。

「那個人的名字是什麼？」

「朝人，就是早上的人。筆名是陰暗的我，暗吾。」

「啊啊，會不會是安吾的逝世紀念日！」

輸入「〇二一七」之後，成功解鎖。

「那是什麼？」

「阪口安吾的忌日。以成為小說家為夢想的人，筆名取為暗吾，而且還為了耍帥而使用興奮劑，除了是阪口安吾的狂粉之外，沒有其他解釋了。」

還真是設定了一個賣弄小聰明的密碼啊。

在平板電腦的頂部有許多儲存的影片檔案。從標題像是kurumi_anal.mp4可以推測應該都是成人影片。

彩里確認了控制面板後，將平板電腦放回沙發上，然後從通道走向廚房。

「過來一下。」

再次呼喚岡下。

從通道走向廚房，地板上除了血跡外，沒有其他明顯的痕跡。進到廚房，彩里正在開冰箱的門。

「發現好東西了。」

從冰箱門上的置物空間拿出一個一個一瓶養樂多。

「就這個？」

「不是啦，我想要你幫我搬這個冰箱。」

莫名其妙的發言，追問原因也被用一句「先別管」搪塞過去。

這臺冰箱就像是酒店客房裡的那種小型設備，緊貼在牆上放置著，大約五十公分高。除了門上的置物空間之外，裡面空蕩蕩的，但要把屍體放進去可不容易。

岡下把手指插入冰箱底部，用公主抱的方式把冰箱抬起來，腰部微微顫抖，但並不是拿不起來的程度，大概十五公斤左右吧。

「嗯，原來如此。」

彩里跪在地上，低頭看著冰箱底部。四個腳墊都是橡膠製的，看起來沒有異樣。

「謝謝，已經可以了。」

彩里冷淡地說完後便重新回到休息室。

岡下把冰箱放回原位，然後盯著廚房看著。與高級的碗盤和烹飪器具形成對比，收納櫃裡擠滿了罐頭和即食食品。看著廚房的地板，但卻沒有發現可疑的粉末或其他東西。

回到休息室，彩里坐在沙發上雙腿交叉，看起來很悠閒。糖果應該是打掃完畢，回到主要位置了。

「收，我知道了。」彩里開心地說。

「什麼？」

「當然是殺了百谷朝人，以及讓偵探們吃下迷幻藥的犯人啊。」

果然是幻覺嗎？岡下再一次猛力揉了揉眼睛。

2

岡下拿著四本筆記本走了進來，而彩里則在沙發上喝著養樂多。

「謝謝你。」

她一邊含著養樂多，一邊接過筆記本。這個女孩無時無刻都喝養樂多。她是個養樂多上癮的中學生，也就是所謂的「養中」。

「我想確認一下，」岡下也坐在對面的沙發上。「不是說宇宙意識的介入，或者是細胞凋亡之類的事情吧？」

「嗯，以結論而言當然不是。」

又是莫名其妙的發言，說完話後將空的容器丟進垃圾桶。

「一般來說，偵探都是透過聆聽當事人的話來推理犯人身分的，可是妳並沒有聽過這裡的任何人說話，所以線索肯定嚴重不足吧。」

「我又不是偵探，不過我有線索，你看這裡。」

彩里將四本筆記本放在桌布上。

筆記本是重要的證據，這是毫無疑問的。但僅憑這點還不能確定犯人的身分。在這四個寫推理筆記的人之中，有三個人頭腦變得渾混沌沌，可能是被幻覺藥物影響了。只有犯人可能保持正常，但做為殺害百谷的元凶，他不會寫出真相來。

十四年前，百谷推銷著一本名為《偵探‧飲酒過量》的推理小說，結果引起了巨大的迴響。雖然自吹自擂表示如果犯人被猜中就會支付十萬日圓獎金，但真相卻令人匪夷所思。當有人指出故事情節和真相之間的矛盾時，百谷總是以這樣的藉口做辯解：

——這是一位不可信任的敘事者。

如果仿效百谷的說法，那麼寫了四本筆記的人，全都是不可信任的敘事者。百谷的小說還是更多正確的描寫，但這四本筆記充滿了幻覺。能根據這種東西找出犯人是不可能的吧。

「聽我說嘛，嫌犯有篤美、瀧野、泉田及釧四個人。犯人是誰，又是如何逃出密室的？這兩個問題成了重要關鍵。」

彩里輕輕說著。

「令人感到困擾的是，四個人的推理結論各異，究竟哪個才是真相呢？」

「全都是錯的，沒有哪個推理是正經的。」

彩里眉頭緊蹙。

「幻覺這個詞說起來容易，但是你能夠分辨現實和幻覺嗎？瀧野也寫過類似的內容，現在這樣看著的世界，只是眼球接收到的刺激經由大腦組合而成的。LSD及MDMA等藥物讓感官變得敏銳，在那樣的情況下所看到的世界說不定才是真實的。」

聽來又是中學生才會說的理由。

「照妳這樣說，那我們就無法進行調查了。」

「確實如此，但推理是否正確，可以通過驗證來確認。因為我們有文字紀錄嘛。」

彩里打開了第一本筆記。

「就從最正經的篤美來看吧，總言之就是亞空間說，篤美看到百谷和其他偵探一起喝酒，不論這是不是真的，百谷明明應該已經死了，為什麼他會在那裡；如果他還活著，那麼這具屍體是誰呢？這兩個問題成為了篤美推理的起點。

屍體的真正身分是和百谷非常相似的人物，也就是白川龍馬。十年前，幸運地獲得了白川屍體的百谷，為了應對未來可能發生的危機，一直保存著這具屍體。十年後，藉著外貌變得幾乎一模一樣的時機，替換了自己的身分。

那麼，為什麼形同密室的白龍館會突然出現了一具死屍呢？原來是百谷把從亞空間取出的屍體藏在冰箱裡，但是地震的劇烈搖晃導致冰箱門被打開，屍體彈了出來。隨後的震動搖晃又使冰箱門關上，結果看起來就像是室內出現了一具屍體。」

彩里站起身走向廚房，接著望向跟在後面的岡下，並啪地拍了一下冰箱。

「這樣的事情有可能發生嗎？這個冰箱並沒有固定在地板上，也不是很重。就連收都可以輕易移動的程度。屍體比冰箱更重。**如果發生了能讓屍體彈出來的劇烈震動，冰箱想必也應該會在位置上有所變動**。但是如你所見，冰箱緊貼著牆壁並沒有移動。

以可能性來說，除非就是冰箱真的有移動過，但很偶然地又回到了原本的位置。然而，根據篤美的描述，廚房地板上似乎有砂糖或是興奮劑之類的東西掉落。如果有冷藏庫移動的話，橡膠腳墊應該會黏上東西。我剛剛檢查了一下，並沒有黏到些什麼。」

視線下意識移到床上，沒有看到砂糖或興奮劑。

「不要誤會，我並不是盲目相信廚房的糖變成了迷幻藥這個描述，目前還無法判斷是篤美看到了幻覺，還是有什麼狀況導致了的錯覺的產生，現階段可供判斷的素材還不夠充分。現在地板上什麼都沒有，但也有可能是篤美他們死後，糖果來打掃過了。無論如何，我現在只能說篤美的推理不成立。」

彩里回到休息室，打開了第二本筆記。

「接下來是瀧野的推理。如果要取個名字的話，大概是時空殺人說吧。前半部分關於性上癮的故事我不太懂，但後半部分的推理相當有趣。這個推理的前提是白川可以控制時間。十年前，白川被百谷敲詐了一筆錢，於是他決定去看看外甥十年後的生活，結果就是現在這樣。百谷在這間別墅中盡情放縱，白川一氣之下刺殺了百谷。犯人從過去侵入了白龍館，然後再返回過去。百谷一定也感到很驚訝吧。」

彩里穿過休息室，低頭看著留有血跡的走廊。

「我在這個推理中感到困惑的是凶器的問題，犯人使用廚房的菜刀殺害了百谷。與篤美的推理一樣，瀧野的推理中記載了砂糖變成了迷幻藥的描述。不管這個現象是否為真，有某種白色結晶確實落在地板上，但白川對迷幻藥過敏。既然百谷曾吸食大麻，無法否認地板上的結晶可能是迷幻藥。如果白川是犯人的話，應該不會接近廚房吧。」

「犯人當時情緒激動，如果沒有其他凶器，進入廚房也不足為奇。」

不知不覺地反駁了一番，但岡下搞不懂自己為什麼會支持時空殺人說。

「**白川在被謀殺的一年前，從丸山周獲釋那天開始，就一直攜帶著自衛用的匕首**。如果沒有其他選擇，用那把匕首不就好了？」

「來到現在的白川，可能是在丸山周釋放之前的他。」

「比一年前被殺的時間點更早嗎？白川是在被殺的一個月前把百谷藏在事務所的，對吧？都跑去未來殺百谷了，那時候卻還選擇保護他，太奇怪了。」

只見彩里立刻回應，岡下無法反駁。

「接下來輪到第三位，泉田的推理是宇宙意識說吧。雖然感受到宇宙意識是因為迷幻藥的關係，但她試圖用邏輯來解釋真是有趣呢。為了促進人類活力的性行為，也就是繁衍，致力於保存地球生態系的宇宙意識，殺害了百谷。宇宙意識暫時移動了白龍館地下的地函，減輕了重力，讓百谷浮在半空中。接著，由於地震的晃動，從廚房飛出的菜刀就插進了他的身體。如果被宇宙追殺，真是無可奈何啊。」

彩里微微笑著，走向帶有腳輪的櫃子。一直都跟男性睡在一起的她，想必會受到宇宙意識的眷顧吧。

「對了，當屍體被發現的時候，白龍館內的物品都散落在地上，位置也有所偏移。根據泉田的說法，這不僅僅是因為地震所造成的地板晃動，還有重力降低使得物品更容易被移動，但是請看……」

彩里拿起了一個棕色的瓶子，底部積聚了像海綿般碾碎的粉末。

「這個瓶子裡裝著粉末狀的大麻，**在重力降低且垂直方向的力量起作用時，瓶子裡的粉末卻沒有散落在休息室各處，這太奇怪了。**」

腦中浮現乾燥大麻輕飄飄地漂浮的情景。

「可能是重力恢復之後，糖果來打掃過了吧」

「糖果不能飛上天空，只能打掃地板。但你看了也知道，這個房間的牆壁和天花板上並沒有黏著大麻，所以殺死百谷的，並非宇宙意識。」

怪不得彩里一直凝視著牆壁，岡下不禁也看了一眼，當然上面沒有任何粉末。

「接下來就剩下釧的推理了。如果要取個名字的話，可以稱為凋亡說吧。釧好像迷失在一個奇怪的世界裡，所以推理過程也非常超現實。到白龍館的弟子們，跟一個名叫白川龍馬的人聚在一起。白龍館的五個人，其實都是同一個白川龍馬，但在這五個人之中，卻參雜了一位干擾者。為了保持自己原本的樣子，白川龍馬讓干擾者百谷自殺了。」

彩里用舌頭舔了舔嘴邊的養樂多，然後俯瞰著通道上的血跡。

「但是百谷真的有罹患癌症嗎?另外四個人免於細胞凋亡的原因有兩個，一是他們分別繼承了白川龍馬的天賦，另一個是他們每個人都各別代表白川龍馬的一個字。

第一點要成立相當不容易，因為百谷和白川有很多共同點。雖然百谷可能不具備偵探的能力，但外貌和白川如出一轍，藥物上癮的部分也相同。只要有心，無論如何都能找出理由來。

問題在於第二點，泉田、釧、瀧野、篤美的名字，首字母集合起來確實就是『白川龍馬』，但是按照這種推理，百谷先生的名字中的『百』只要去掉橫棒，就變成了『白』。泉田活著而百谷死去，實在沒有道理。」

「百谷只是碰巧被選中而已吧，只要其中一方死了就好了，不是嗎？」

「不對，**泉田並不是她真正的名字**。縱使她已經完成博士課程，但論文卻找不到，這是因為泉田在成為偵探後才開始使用現在的名字。」

彩里理所當然地說著。

「只有這樣的證據嗎？那為什麼需要改名字？」

「我想是因為原本的名字太不吉利了。泉田的本名應該是千田吧。千田真理，血流滿地……（註1）」

岡下想起了之前從篤美那裡聽到的故事。

篤美和泉田去現場調查一樁滅門血案時，篤美勸告泉田「那邊有很多血」，而有點怕血的泉田卻回了句「我知道」，就直接朝浴室走去，結果跌倒在地變成了血人。篤美認為泉田可能是因為滿月的影響才會變成那樣，但也有可能單純只是對「血漬」這個詞的錯誤理解。

「話雖如此，但泉田並沒有改姓。除非是像黑幫要為自己洗白之類的情況，否則在日本是不允許隨意更改姓氏的。我想她的本名還是千田，只是在工作上使用假名而已。」

「妳真的很了解啊。」

「因為我叫岡下彩里啊，因為我自己也有更改姓氏的想法，所以做了一些調查。」

1　千田真理的念法是ちだまり，與血溜まり同音，意思是血漬。

彩里縮了縮脖子。

「**千田真理的名字中，沒有字首的『白』**。如果真的在白龍館發生了細胞凋亡事件，那麼自殺的應該是千田，而不是百谷，這也就表示釧的推斷是不成立的。

「四個人的推理都錯了。偵探們的思維全都變得亂七八糟，這就表示犯人的計畫非常成功。」

3

當彩里在喝第二瓶養樂多時……

「現在正式進入正題。讓我們一起來思考是誰殺害了百谷。」

把容器壓扁，放在桌布的角落。

「有兩個大前提。第一，跟收一樣，四位偵探都不知道百谷在白龍館這件事。犯行純屬突發事件，也沒有共犯。

第二，這四本筆記上的推理全部都是錯的。就像我剛才解釋的一樣。雖然四個人的推理都是錯的，但不代表全都是幻覺的產物。在這四個人當中，有一個是犯人。犯人可能沒有使用迷幻藥物，即使有使用也應該是極少量。犯人也能夠寫出正常的推理，但是故意不這麼做。在所有人都寫出奇宛如奇天烈大百科的內容時，倘若只有一個人寫出正常的推理，那麼他摻入迷幻藥的事實就會敗露。犯人參考了其他三本筆記，並假裝陷入幻覺，寫出了文章。」

最後的部分讓人感到困惑。確實，用了迷幻藥之後的偵探會做出什麼樣的推理，不實際嘗試看看是無法得知的。所以可以理解犯人在寫下自己的推理之前，想要偷窺其他筆記的心態。客房的門並沒有鎖，實際上保險箱也沒有被使用。因為其他三個人都已經瘋了，所以只要有心，潛入他們的房間應該不是問題，然而……

「如果我是犯人，在看筆記本之前我就會先殺了對方。」

「雖然對手陷入了失魂落魄的狀態，但畢竟都是成年人，而且還是經驗豐富的偵探們。所以，偷看筆記或許還可以，若要殺死對方，可能犯人並沒有足夠的自信吧。」

「我們也不能斷定犯人參考了其他人的筆記吧？」

「不對，我等等再深入解釋，總之這四本筆記之中，有些地方擺明了就是犯人用模仿的方式寫出來的。」

彩里平靜地說著，收則感覺自己彷彿置身五里霧之中。

「不管是真正的幻覺或是裝出來的幻覺，全都不是事實，表示沒有跟本人確認的話是無法得知真相的。」

如果犯人完全沒有犯錯誤的話，我覺得分辨兩者是不可能的。多虧犯人在過程中有些慌張，才給了我們確實的線索。

說起來可能有點複雜，總之真正的幻覺可以分成兩種，一種是完全在腦中產生的幻覺，另一種幻覺則是依附在實際發生過的事情上。」
「是把真實事件變成幻覺？」
「準確來說是記憶變得模糊，導致無法辨別是真實還是幻覺。就像前天早上，收看見我把頭伸進馬桶裡，這就是記憶。如果腦海中還留有我在茅崎遊玩的資訊，也記得後來被送去醫院的過程，想必就不會覺得這個記憶像幻覺。但是，如果收因為使用迷幻藥而無法聯結前後的情節，腦海中只出現了我把頭伸進馬桶的畫面，那又該如何呢？可能就會覺得姪女特別喜歡喝馬桶裡的水，一口接著一口地喝。這樣的話，就跟幻覺沒什麼兩樣了吧。」
「太複雜了啦。」
「讓我整理一下，筆記中出現的幻覺可以分為三種類型。」
彩里的豎起左手的三根手指。
「一個是僅存在於頭腦中，不受現實事件影響的幻覺；第二個是基於某個現實事件而產生的幻覺；第三個是犯人模仿幻覺所寫出來的，也就是假幻覺。為了方便理解，我們將第一個稱之為『完全幻覺』，第二個稱之為『事實幻覺』，第三個則稱之為『虛假幻覺』。」
彩里用右手抓住左手的無名指。
「最重要的是找出第三個『虛假幻覺』，因為寫下虛假幻覺的人，就是殺害百谷的犯人。那麼，要怎麼分辨這三種描述呢？關鍵就在於寫下這些描述的人有多少。」

幻覺般的紀錄若只有一個人寫出來，很有可能是『完全幻覺』、『事實幻覺』、『虛假幻覺』之中的任何一種，光靠閱讀內容是無法分辨的。

那麼，如果有兩個人來寫的話又會如何呢？由於兩人寫的內容相似，所以乍看之下會認為是基於真實事件的『事實幻覺』，畢竟兩個人不可能同時產生高度相同的『完全幻覺』。不過，也不能就完全斷定這種情況是事實幻覺，因為也有可能是犯人藉由模仿而寫出來的『虛假幻覺』。所以說，兩人的情況也是『完全幻覺』、『事實幻覺』、『虛假幻覺』都有可能發生。

那三個人的話呢？假設犯人模仿了其中一人的幻覺，但要是另外一個人沒有寫出同樣的幻覺內容，那三人的描述就兜不齊了。由此可見，三個人描述一致的幻覺只能是『事實幻覺』。」

「所以我們得要針對四個人的描述做出全面的分析？」

「沒有必要分析全部，追查犯人最重要的關鍵就在於第二點，也就是只有兩個人寫出來的東西相近的情況。如果這不是事實幻覺，那就有可能由其中一人去模仿其他人的虛假幻覺。也就是說，寫出同一個幻覺內容的兩人，其中一個就是犯人。

彩里將養樂多瓶子丟進垃圾桶，並打開瀧野及釧的筆記本。

「讓我們具體看一下。在瀧野和釧的推理中，都有提到百谷的屍體上掉出大麻，我們將這個描述稱為紀錄A。

假設這是基於現實的『事實幻覺』，那要怎樣才能說得通呢？優秀的偵探們想必不會針對屍體去惡搞，所以能夠動手腳的時機，就是將百谷的屍體搬離一樓通道的時候。四周並沒有任何東西，但屍體上卻出現了大麻的粉末，看起來就像從屍體上掉出大麻。

我們來到白龍館的時候，在一樓的走廊上沒有找到大麻。被安放在二樓床上的百谷，衣服上也沒有沾到粉末。然而，並不能斷定這段描述是『完全幻覺』。四個人在搬完屍體之後，糖果可能把地板上的粉末都掃乾淨了，而沾在衣服上的粉末也有可能在搬運的過程中掉光了。

然而，若是把這個描述歸類為『事實幻覺』，那就會有一個問題，為什麼只有在屍體下面才有粉末呢？如果是瓶子倒掉的關係，那粉末應該會散落到更遠的範圍才對。

「哈哈，原來如此。」岡下低頭看著腳下的機器人。「是糖果啊。」

「是的，糖果內部設有可以避開物體的感應器，屍體下方之所以有粉末，就是因為糖果感應到有東西，所以才沒有針對那個地方進行打掃。所以，當糖果在十日下午四點開始打掃房間時，百谷已經遭到殺害了。**如果紀錄A是『事實幻覺』，那麼犯行就會發生在四點之前**。」

「這只是假設吧。」

「嗯，目前為止。」

彩里露出無所畏懼的笑容，合上瀧野的筆記本，並打開泉田的。

「接著來看，泉田和釧的推理都提到了插畫海報中的女性發出喘息聲的描述，我們稱這個為紀錄B。

這就是基於現實的『事實幻覺』，因為插畫的確貼在客房和休息室內。如果是在客房聽到喘息聲，有可能是因為聲音來自隔壁房間，被誤認為是插畫海報所發出的聲音。但是泉田及釧的房間相互左右隔開，所以應該不會透過牆壁聽到對方房間裡的聲音。

那麼，表示她們是在休息室聽到喘息聲的嗎？休息室的插畫海報旁邊有藍芽喇叭，如果突然有喘息聲從喇叭放出來，那麼被認為是插畫海報發出來的也是無可厚非。百谷的平板裡面存放了許多A片，只要用藍芽連接平板及喇叭，再按下撥放鍵，嬌喘的聲音就冒出來了。

不過，這個平板電腦是設定是在最後一次操作後的二十五分鐘後進入休眠狀態。如果這個描述是『事實幻覺』，偵探們發現屍體時，平板電腦還沒有進入休眠狀態。他們嘗試撥打了一一〇報警是在下午五點零五分，假設是五分鐘前的五點整發現了屍體，代表百谷一直到四點三十五分都還是活著的。

當然這個描述也有可能是『完全幻覺』，**只是，如果紀錄B是『事實幻覺』的話，犯行就會被認定為下午四點三十五分之後發生。**」

這意味著什麼呢？如果紀錄A是『事實幻覺』，犯行就是在下午四點之前發生；如果紀錄B是『事實幻覺』，犯行則是在下午四點三十五分發生。雖然都只是假設，但是從這兩個紀錄所推測出來的事實卻是不一致的。

「紀錄A與B，至少有一個不是『事實幻覺』，而那個非事實幻覺的紀錄，就是由一個人寫下『完全幻覺』，然後另一個人經由模仿寫下『虛假幻覺』的結果。

紀錄A包含了瀧野和釧的推理，紀錄B包含了泉田和釧的推理，**瀧野、泉田、釧這三個人之中，寫下『虛假幻覺』的那個人就是犯人，換句話說，篤美不是犯人。**」

岡下不禁嚥了嚥口水。在不知道哪個是『事實幻覺』的情況下，推導出篤美不是犯人，這樣的驗證方式真的太妙了。

「對了，紀錄A和B，可能其中一個是事實，也有可能兩者皆非。如果是兩者皆非的情況，那麼寫下A和B兩個紀錄的人就成了嫌犯。真相如何需要再進一步檢視。」

彩里舔了舔下嘴唇，把泉田及釧的筆記本闔上，並打開篤美及瀧野的筆記本。

「繼續來看筆記。在篤美及瀧野的推理中，不約而同提到廚房地板上的砂糖變成了迷幻藥，我們稱其為紀錄C。

像前面一樣，這是基於現實的『事實幻覺』，當然，糖是不會變成興奮劑的。偵探們抵達白龍館之前，就已經有興奮劑掉落在該處了。況且，這棟別墅裡是有廚房的，稍微找一下就能找到糖。不過，考慮到百谷會抽大麻，所以可能不會立刻就發現興奮劑的存在，於是才會有糖變成了興奮劑的感受。

那麼，為什麼興奮劑會灑落在廚房的地板上呢？因為正常人應該不會亂撒興奮劑，所以想必是百谷在注射時不小心灑出來的。事實上，百谷手臂上的確有注射痕跡，看起來像是發生在一到兩天之前。

這時我心中浮現出一個問題，一、兩天前灑落在地板上的興奮劑，為什麼會在十日的下午五點，篤美一行人發現屍體的時候，還留在原地呢？畢竟糖果的設定是每天下午四點自動出來打掃。就算施打興奮劑的時間點是九日的下午四點過後，那麼十日的四點沒有被糖果掃走的原因是什麼？應該是有什麼東西妨礙了糖果的工作吧。」

彩里敲了敲櫥櫃的門，這個櫥櫃的四個腳都附有輪子，所以整體而言距離地板大約五公分。

「為什麼要把這個櫥櫃搬到廚房去呢？這裡放著整套的抽大麻用具，就可以知道是百谷用它來當作手推車，藉以將用具運到了廚房。

特地移動到廚房的原因，是因為在抽油煙機下方抽的話，味道就不會殘留了。**如果紀錄C是『事實幻覺』，表示百谷抽大麻的地方就在廚房**。

再來看篤美及泉田的推理，當一行人進入白龍館時，他們立刻注意到有人正在吸食大麻，我們將這段描述稱為紀錄D。」

彩里挑釁地看著岡下，接下來的發展岡下也想像得到。

「如果這是『事實幻覺』的話，為什麼這兩人會察覺到有人抽大麻呢？瓶子是棕色的，不從瓶口往裡面窺看的話，不會知道裡面裝了什麼。白川一直喜歡捲菸，但卻不抽大麻。

即使看到捲菸紙或是研磨機，應該也先會想到捲菸才對。

在這樣的情況下，他們還能發現大麻，線索就剩下臭味。當兩人進入休息室的時候，裡面充滿了大麻的味道。

因此，如果紀錄D是『事實幻覺』的話，百谷抽大麻的地方就會是在休息室，等於紀錄C及紀錄D的內容是互相違背的，至少其中一個並非『事實幻覺』。紀錄C包含在篤美及瀧野的推理之中；紀錄D則包含在篤美及泉田的推理之中。**換句話說，篤美、瀧野、泉田這三個人之中，寫了『虛假幻覺』的那個人就是犯人。這就表示釧不是犯人。**」

就這樣，替除了兩個嫌犯。剩下瀧野及泉田。殺害百谷的犯人就是他們之中的一個。

「順便提一下，紀錄C和紀錄D，可能其中一個是『事實幻覺』，也可能兩者都不是。如果兩者都不是，那麼描述了C和D兩個紀錄的篤美就有可能是犯人。」

「再這樣下去，有辦法剔除嫌犯嗎？」

「不，我已經有了足夠的線索了。」

彩里微微揚起嘴角。完全就是個名偵探的樣子。

「重新梳理一下A、B、C、D的情節模式。正如前面提到的，A、B兩則紀錄都有提到的人是釧，假設釧是犯人，那麼A、B就很有可能全都不是基於現實的『事實幻覺』。但剛剛也已經證明了釧並非犯人，所以這個可能性可以去除，A、B之中會有一個是『事實幻覺』。

同樣的方式也可以用在紀錄C及紀錄D上，C、D兩則紀錄都有提到的人只有篤美，假設篤美是犯人，那麼C、D就很有可能全都不是基於現實的『事實幻覺』。但剛剛也已經證明了篤美並非犯人，所以C、D之中會有一個是『事實幻覺』。

基於以上的基礎，思考並整理出各種組合，是『事實幻覺』的就畫○，不是的就畫X，○和X的組合有以下幾種……」

彩里翻開篤美的筆記本，並拿著鉛筆開始在空白的頁面上書寫。

「看來有四個吧？」

「不過仔細一看，這裡有不少奇怪的組合。比如說模式1。這是描述A、C是『事實幻覺』的組合呢。A描述著百谷的屍體掉落乾燥大麻，並由此推論出百谷是在下午四點前就遭殺害的事實；而C描述著廚房的砂糖變成了興奮劑，由此可得出四點時櫃子還在廚房的事實。很明顯兩者是互相違背的。**下午四點時，櫥櫃是在廚房，百谷的屍體則是在通道上，但櫥櫃之後為什麼會回到通道，這一點就無法解釋了**。畢竟不可能是由百谷自己推回去的，至於四點半的地震也不可能晃到讓櫥櫃滑回通道，因為有一具屍體在那裡卡著。」

「可能是把屍體搬去二樓之後，四個人之中的某一位有來動到櫥櫃。」

「若是如此，那就應該會有血跡殘留。如果是幾個人一起抬起來搬動，可能就沒有血跡的問題，但問題是沒有這麼做的理由。也就是說，模式1不成立。

彩里在模式1的那一列用鉛筆畫了兩條線。

	A	B	C	D
概要	從屍體掉落大麻	海報上女人喘息	砂糖當成興奮劑	注意到大麻
紀錄者	瀧野、釧	泉田、釧	篤美、瀧野	篤美、泉田
模式1	○	×	○	×
模式2	○	×	×	○
模式3	×	○	○	×
模式4	×	○	×	○

「還剩下三個。」

「下一題更簡單。模式2是A、D為『事實幻覺』，B、C不是『事實幻覺』的組合情況。犯人可能是寫B的兩人其中之一，也可能是寫C的兩人其中之一。寫B的是泉田和釧，寫C的是篤美和瀧野。**沒有人符合兩個條件，換句話說，模式2不是正確答案。**」

彩里在模式2的那一列畫了二條線。

「模式3也是一樣。這次B、C是『事實幻覺』，而A、D則不是。犯人可能是寫A的兩人其中之一，也可能是寫D的人兩人其中之一。寫A的是瀧野和釧，寫D的是篤美和泉田。**果然還是沒有符合這兩個條件的人，所以模式3也不是正確答案。**」

彩里在模式3那一列畫了兩線條。剩下最後一個。

「就剩下模式4了，也就是B、D是『事實幻覺』但A、C則不是的組合。犯人可能是寫下A、C兩個紀錄的人，寫A的是瀧野和釧，寫C的是篤美和瀧野。這樣就有符合條件的人了。」

彩里得意地說。

「殺害百谷的犯人，就是瀧野。」

彩里臉上的笑容看來就像是抓到蝴蝶的小孩子。

車輪翻動砂石的聲音傳來。

望向窗外，一輛從山路開過來的吉普車停在門口。那不是警車。可能是瀧野或泉田的同事因為失聯的關係感到擔心，所以前來探視。

「糟糕，得趕快逃走。」

彩里睜大眼睛站了起來。

「為什麼？」

「那些人會報警吧。如果我被採集尿樣的話就糟糕了。」

彩里推開拉門，急忙奔上了樓梯。顯然她不只是一個單純的養樂多上癮者。岡下緊緊跟在後面。

一樓傳來門鈴的聲音。

彩里趕緊躲進左手邊的房間，跨出陽臺、坐在欄杆上。

「喂！危險啊！」

「我只是想躲一下而已。」

彩里站在柵欄上。她抓起髮束，緩緩地環顧窪地四周。

「妳有看過篤美的屍體吧？妳會重蹈他的覆轍！」

「沒問題，我不會走錯入口的。」

彩里回過頭，指著房間的牆壁。

「你看那個海報，下半部都被擋住了對吧，其他房間也是一樣的。」

「妳想說什麼？」

「我覺得白川為了隱藏什麼可疑的東西，所以改變了家具的位置。也正因為如此，篤美才會搞錯屍體漂浮在窗外的位置。」

接著，她露出了調皮的笑容。

「真正的入口在這裡。」

彩里飛到半空中。

岡下走到陽臺上，俯瞰著下方的空地。彩里不在那裡。從吉普車上走下來的男人，一臉懷疑地看著窗戶的方向。

岡下嘆了口氣。即使是不良少女，終歸還是自己的姪女。岡下爬上欄杆、屏住呼吸，就這樣跳進了亞空間。

參考文獻

「費米悖論　廣闊的宇宙中僅地球人存在的75個理由」
史蒂芬・韋伯著松浦俊輔譯（青土社）

初出

美食偵探消失了　全新收錄

嘔吐等於排泄、排泄等於嘔吐　「小說寶石」二〇二〇年二月號

隔壁的女人　「小說寶石」二〇二〇年二月號

小丸子與強寶　「小說寶石」二〇一八年十二月號

偵探・用藥過量　「小說寶石」二〇二一年一月號

※本作品為虛構，與任何現實中的人物、團體或事件無關。

逆思流

上癮謎題

（原名：ミステリー・オーバードーズ）

作者／白井智之　譯者／李喬智
執行長／陳君平　榮譽發行人／黃鎮隆
協理／洪琇菁　國際版權／黃令歡
總編輯／呂尚燁
執行編輯／陳昭燕　美術編輯／李政儀
出版／城邦文化事業股份有限公司　尖端出版
台北市中山區民生東路二段一四一號十樓
電話：（〇二）二五〇〇七六〇〇　傳真：（〇二）二五〇〇二六八三
E-mail：7novels@mail2.spp.com.tw
發行／英屬蓋曼群島商家庭傳媒股份有限公司城邦分公司　尖端出版
台北市中山區民生東路二段一四一號十樓
電話：（〇二）二五〇〇－七六〇〇（代表號）
傳真：（〇二）二五〇〇－一九七九
中彰投以北經銷／楨彥有限公司
電話：（〇二）八九一九－三三六九
傳真：（〇二）八九一四－五五二四
雲嘉經銷／威信圖書有限公司　嘉義公司
電話：（〇五）二三三－三八五二
傳真：（〇五）二三三－三八六三
客服專線：〇八〇〇－〇二八－〇二八
南部經銷／威信圖書有限公司　高雄公司
電話：（〇七）三七三－〇〇七九
傳真：（〇七）三七三－〇〇八七
香港總經銷／城邦（香港）出版集團有限公司
香港灣仔駱克道193號東超商業中心1樓
電話：（八五二）二五〇八－六二三一
傳真：（八五二）二五七八－九三三七
E-mail：hkcite@biznetvigator.com
馬新經銷／城邦（馬新）出版集團　Cite(M)Sdn.Bhd.
E-mail：Cite@cite.com.my
法律顧問／王子文律師　元禾法律事務所
台北市羅斯福路三段三十七號十五樓
二〇二三年十二月一版一刷

■中文版■

郵購注意事項：
1.填妥劃撥單資料：帳號：50003021戶名：英屬蓋曼群島商家庭傳媒(股)公司城邦分公司。2.通信欄內註明訂購書名與冊數。3.劃撥金額低於500元，請加附掛號郵資50元。如劃撥日起 10～14日，仍未收到書時，請洽劃撥組。劃撥專線TEL：(03)312-4212 ． FAX：(03)322-4621。E-mail：marketing@spp.com.tw

國家圖書館出版品預行編目資料

上癮謎題 / 白井智之 著 ; 李喬智 譯. --1版.
--臺北市：尖端出版, 2023.12
面 ; 公分. --(逆思流)
譯自:ミステリー・オーバードーズ
ISBN 978-626-377-494-0(平裝)

861.57　　112018392